我的第一本
西班牙語會話
|QR碼行動學習版|

全MP3一次下載

https://www.globalv.com.tw/mp3-download-9789864544486/

掃描QR碼進入網頁（須先註冊並保持登入）後，按「全書音檔下載請按此」，
可一次性下載音檔壓縮檔，或點選檔名線上播放。

全MP3一次下載為zip壓縮檔，部分智慧型手機須先安裝解壓縮app方可開啟，iOS系統請升級至iOS 13以上。
此為大型檔案，建議使用WIFI連線下載，以免占用流量，並請確認連線狀況，以利下載順暢。

使用說明

專為華人設計的西班牙語學習書
全方位收錄生活中真正用得到的會話

■ Sección I ｜基本簡短對話
10 個主題，歸納出 60 多個基本對話。

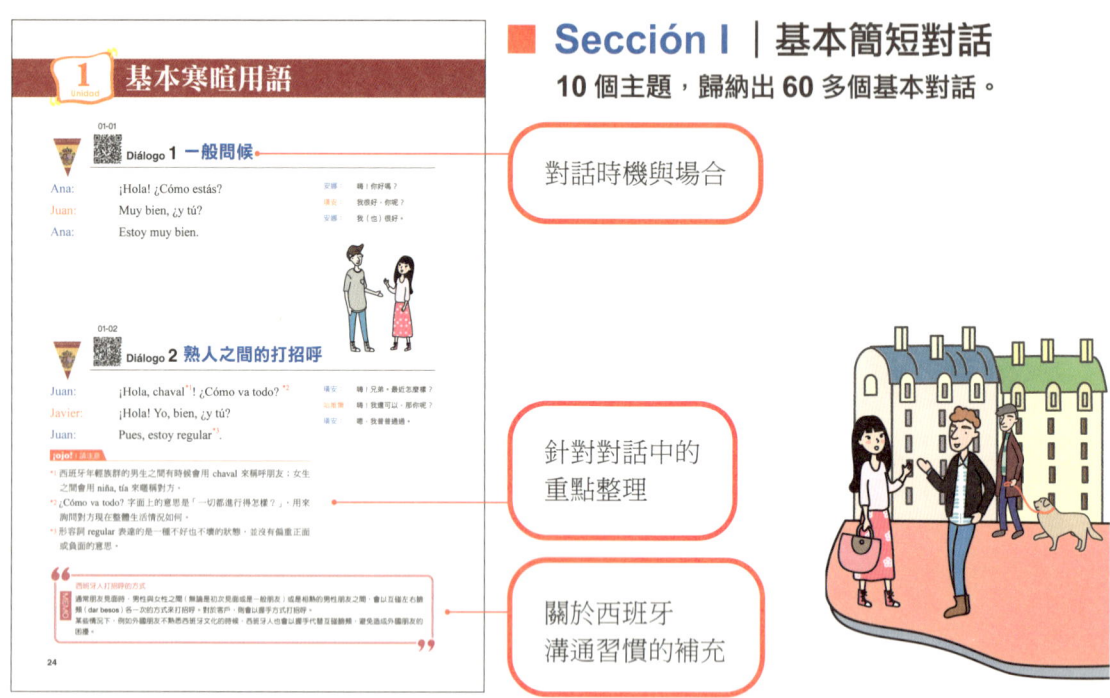

- 對話時機與場合
- 針對對話中的重點整理
- 關於西班牙溝通習慣的補充

■ Sección II ｜到當地一定要會的場景會話
適合用來「教學」與「自學」，有系統的 24 堂會話課

★ 跟著精心規畫的場景會話，讓您體驗在西班牙的每一天。

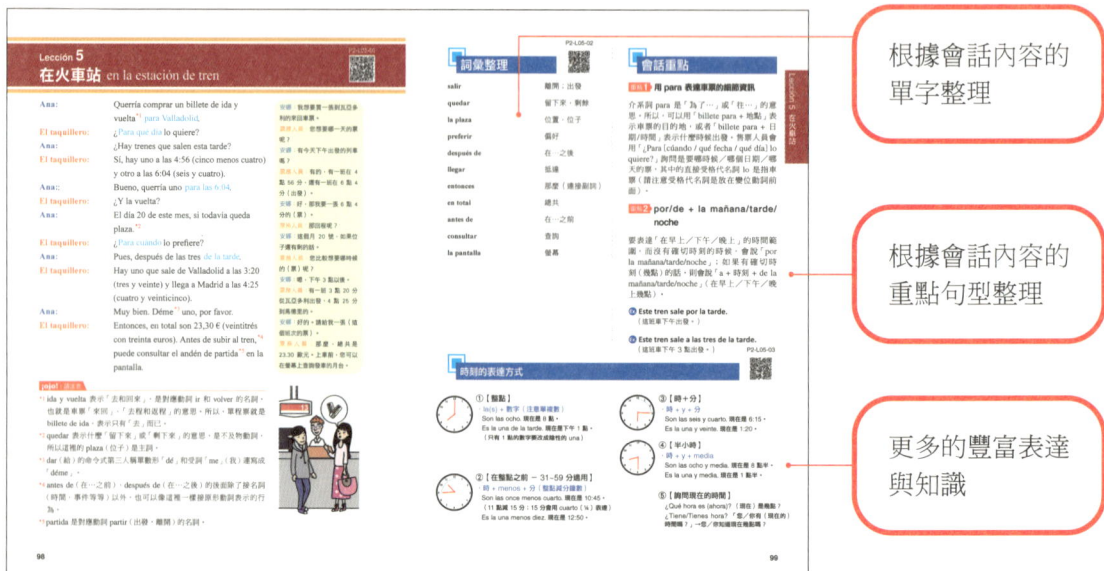

- 根據會話內容的單字整理
- 根據會話內容的重點句型整理
- 更多的豐富表達與知識

★ 每課都結合一個文法學習主題，並且用簡單的方式講解文法規則。

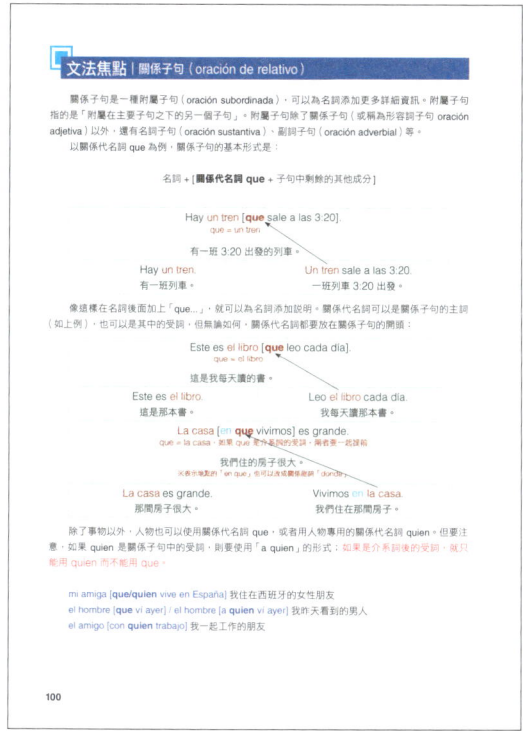

★ 補充同一場景的更多短對話，讓您學到其他狀況的表達方式。

★ 透過填空、重組句子等各種練習，檢測對文法與會話重點的學習成果。

★ 依照每課場景繪製的圖解單字，用圖像方式加深單字記憶。

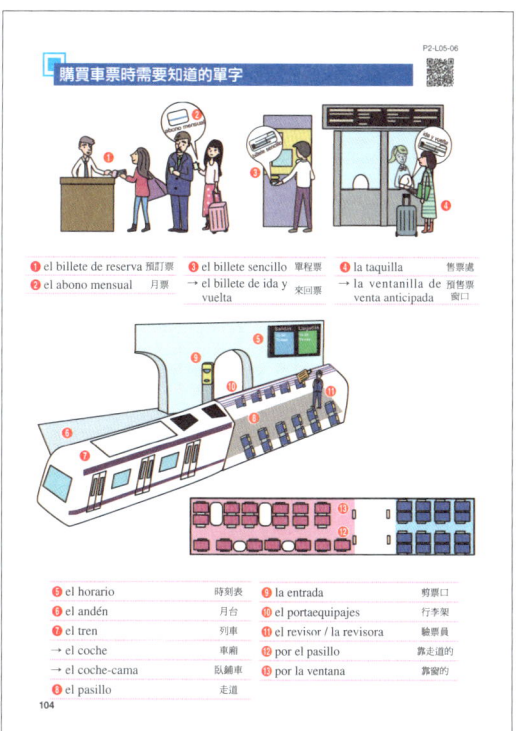

課程大綱 | Sección I 基本簡短對話

單元	場合	主題	對話重點
1	基本寒暄用語	對話❶ 一般問候	¿Cómo estás?
		對話❷ 熟人之間的打招呼	¿Cómo va todo?
		對話❸ 與不熟的人／長者打招呼	¿Cómo está usted?
		對話❹ 早上的問候	Buenos días.
		對話❺ 下午的問候	Buenas tardes.
		對話❻ 晚間的問候	Buenas noches.
		對話❼ 睡前的問候	¡Que descanses!
		對話❽ 久別重逢	Ahora estoy trabajando en...
		對話❾ 道別 (1)	Hasta luego.
		對話❿ 道別 (2)	Adiós.
		對話⓫ 天氣話題	¡Qué buen tiempo hace hoy!
		對話⓬ 歡迎對方到訪	Bienvenido/a(s).
2	初次見面	對話❶ 一般自我介紹	Me llamo...
		對話❷ 國籍自我介紹	Soy de...
		對話❸ 介紹第三者	Te presento a...
		對話❹ 主動問對方身分	¿Cómo te llamas?
3	謝謝、對不起	對話❶ 表達謝意	Gracias.
		對話❷ 很感謝對方	Muchas gracias.
		對話❸ 回應對方的感謝	De nada.
		對話❹ 表達歉意	Lo siento por...
		對話❺ 回覆對方的歉意	No pasa nada.
		對話❻ 請對方再說一次	¿Qué has dicho?
		對話❼ 請求別人幫忙	¿Podría pedirle un favor?
4	與陌生人搭話	對話❶ 跟對方說借過	Con permiso...
		對話❷ 問路	¿Dónde está...?
		對話❸ 詢問能否訂位	Quería reservar una mesa para 2 personas.
5	求助	對話❶ 提出請求	¿Podría dejarme un boli y un folio?
		對話❷ 詢問資訊	¿A qué hora se abre la biblioteca?
		對話❸ 求助警察	¡Socorro!
6	做決定	對話❶ 接受建議	Me parece muy bien.
		對話❷ 提出意見	Creo que...
		對話❸ 確認事項	¿Está seguro?
		對話❹ 回應他人	¿Cómo me queda este vestido?
		對話❺ 婉拒	Me lo pensaré.
		對話❻ 制止	Está prohibido...

單元	場合	主題		對話重點
7	餐桌用語	對話 ❶	請服務生做介紹	¿Qué nos recomienda?
		對話 ❷	點餐	Un café solo y un cruasán, por favor.
		對話 ❸	準備用餐	¡Que aproveches!
		對話 ❹	上菜了	¡A comer!
		對話 ❺	結帳	La cuenta, por favor.
8	祝福與道賀	對話 ❶	一般恭賀用語	¡Felicidades!
		對話 ❷	祝好運	¡Buena suerte!
		對話 ❸	為對方加油	Anímate.
		對話 ❹	祝旅途愉快	¡Buen viaje!
		對話 ❺	祝週末愉快	¡Buen fin de semana!
		對話 ❻	祝玩得愉快	¡Que lo pases muy bien!
		對話 ❼	生日(1)	¡Feliz cumpleaños!
		對話 ❽	生日(2)	¿Qué quieres para tu cumpleaños?
		對話 ❾	祝新年快樂	¡Feliz Año Nuevo!
9	慰問	對話 ❶	安慰	Lo siento mucho.
		對話 ❷	祈禱	Rezamos por...
		對話 ❸	鼓勵	¡Ánimo!
		對話 ❹	詢問發生什麼事	¿Qué te pasa?
		對話 ❺	弔唁	¡Que descanse en paz!
		對話 ❻	關心對方健康	¿Estás bien?
		對話 ❼	詢問目前狀況	¿Te encuentras bien?
10	電話用語	對話 ❶	一般電話問候語	¿Dígame?
		對話 ❷	確認自己就是要找的人	Soy yo.
		對話 ❸	詢問對方身分	¿De parte de quién?
		對話 ❹	請對方等一下	Espere un momento.
		對話 ❺	為對方轉接	Ahora mismo se pone.
		對話 ❻	要找的人不在	Ahora no está en oficina.
		對話 ❼	忙線中	Siempre está ocupado.
		對話 ❽	詢問是否需要留言	¿Quiere dejar un recado?
		對話 ❾	請求留言	¿Podría dejarle un recado?
		對話 ❿	聽不清楚	No le oigo bien.
		對話 ⓫	打錯電話	¿Su número es 901235687?

課程大綱 | Sección II 到當地一定要會的場景會話

課別	場景	會話內容	會話重點
1	在機場大廳	從機場到市中心	❶¿Saber + si + 子句？ ❷poder + inf.
2	在巴士總站	搭公車到美術館	❶表示「搭乘」的動詞 ❷指引路線時常用的表達方式
3	在地鐵站	買地鐵公車 10 次票	❶受格代名詞的位置與連寫法 ❷「用現金」、「用信用卡」的說法
4	在地鐵內	搭錯方向了	「必須、應該」的用法：「tener que + inf.」、「hay que + inf.」、「deber + inf.」
5	在火車站	訂火車票	❶用 para 表達車票的細節資訊 ❷por/de + la mañana/tarde/noche
6	在租車中心	辦理租車手續	動詞 recomendar 的用法
7	在大街上	問路	動副詞（gerundio）
8	在飯店	辦理入住手續	❶過去分詞的用法 ❷用「que + 虛擬式」表達希望、祝願
9	在旅遊服務中心	諮詢旅遊資訊	❶dar 的用法 ❷表示「使人產生情感」的動詞
10	在餐廳	點菜	點餐時會聽到的問句
11	在咖啡廳與麵包店	定冠詞、不定冠詞的用法區分	受詞提前時，會用代名詞再次指稱
12	在學校	介紹自己	❶de...、a...（從...、到...） ❷encantado/a 和 bienvenido/a 的用法

文法焦點	補充表達	圖解單字	法國文化賞析
西班牙語的疑問句型	數字1-20	機場航廈內外實用單字	如何從機場到市中心
疑問詞 Qué、Cuándo 及連接詞 Cuando	①20 以後的數字 ②與巴士相關的表達	①公車站及公車內相關單字 ②距離的表達方式	馬德里的公車系統
命令式的用法	①序數的說法 ②購買地鐵票時相關的單字	①地鐵內外的相關單字 ②西班牙的樓層	使用「多功能卡」（tarjeta multi）
條件式	與搭乘地鐵相關的表達	列車及月台的相關單字	馬德里的地鐵系統介紹
關係子句	①時刻的表達方式 ②日期與時間的表達	購買車票時需要知道的單字	西班牙國家鐵路
直接受格代名詞與間接受格代名詞	①200以後的數字 ②開車上路的相關表達	與汽車相關的單字	在西班牙自行開車旅遊
未來時態	方向的表達	大馬路上的相關單字	在西班牙旅遊不可不知的文化差異
「有代動詞」的用法	①飯店的房型 ②訂房用語	飯店裡的設施與服務	在西班牙住宿
現在完成時態	詢問旅遊資訊的說法	旅遊服務中心相關事物	不可不知的西班牙
虛擬式用法1：表達建議、否定意見	幾分熟的表達方式	餐具	西班牙的一日五餐
定冠詞、不定冠詞的用法區分	在咖啡廳及麵包店買東西的相關表達	咖啡與糕點相關單字	西班牙的麵包
gustar 動詞的用法	①表示個性、態度的形容詞 ②描述國家和城市	國家與國籍的詞彙	西班牙的學制

課別	場景	會話內容	會話重點
13	在超市	問商品在哪裡	❶以疑問詞引導的名詞子句 ❷表示特價的詞彙
14	在市場	購買農產品	❶acabar de inf. 剛做了⋯ ❷ser buena 還是 estar buena ?
15	在銀行	開戶	❶abrir（開啟）和 encender（打開）的差別 ❷junto con 和 junto a 的用法
16	在郵局	寄信	表達「預付、事先、提前」的用語
17	在家	聯絡水管工	❶「介於主動與被動之間」的有代動詞 ❷justo 的用法
18	在警察局	東西被偷了	❶表示「發生」的 pasar 和 ocurrir ❷denunciar 和 reclamar
19	在診所	看病	❶疼痛的表達方式 ❷疾病形容詞與疾病名詞
20	在百貨公司	試穿衣服	❶probar 和 probarse 的用法 ❷el vestido（洋裝）和 el traje（套裝、西裝）
21	在書店	找書	❶buscar（找）和 encontrar（找到）的差別 ❷cuando 子句使用陳述式和虛擬式的差別
22	在美容院	和髮型師討論髮型	❶表示「穿著」和「髮型」的 llevar ❷「剪頭髮」的說法
23	在劇院	買歌劇門票	se ve、se oye 表示事物「看／聽得到」的用法
24	在博物館	買博物館門票	❶hacerse表示「成為」的用法 ❷Cuánto es/son...、Cuánto cuesta(n)... 　和 Cuánto vale(n)...

文法焦點	補充表達	圖解單字	法國文化賞析
名詞子句	①超市常用的表達方式 ②位置的表達方式	超市裡面的商品	西班牙的超市
動詞 parecer 及 parecerse 的用法	①表達食材的份量 ②計量單位	在市場會看到的食物	西班牙的市集和市場
動詞 tener 的用法	①紙鈔的種類 ②硬幣和其他金融工具	銀行裡的相關事物	西班牙的銀行
比較法	①寄件方式 ②寄件物品的種類	與郵局有關的詞彙	如何在西班牙寄件
hacer 的常見用法	①關於住家與環境品質的詞彙 ②關於居家問題的表達方式	家中的物品	在西班牙租屋
簡單過去時態	①各種求救、防身、提醒的用語 ②發生意外時的用語	與警察相關的單字表現	在西班牙報案
未完成過去時態	①疼痛的種類 ②與症狀相關的表達	與診所、醫院相關的單字	在西班牙看診及購買藥品
quedar 和 quedarse 的用法	①打折的表達方式 ②與折扣、金額高低相關的用語	各種服裝、配件的名稱	西班牙英國宮百貨
虛擬式過去未完成時態	①閱讀、逛書店相關的表達 ②書籍內容的類型	書籍種類及相關單字	西班牙的書店
虛擬式用法2：願望、要求、推測、主觀意見與感受、不確定的未來時間	上髮廊會用到的表達方式	①髮型、髮質及頭髮狀態的表達方式 ②美容沙龍裡的事物	西班牙的髮廊及美容院
最高級	西班牙語日期的表達方式	關於戲劇和電影的單字	西班牙戲劇中的經典角色「唐璜」
por 和 para	到旅遊景點會用到的表達	馬德里中心區的景點與美術館	馬德里普拉多美術館

9

🟧 主要人物介紹

Juan 璜安
西班牙人，19 歲，目前就讀馬德里自治大學，喜歡登山、做菜、旅遊。

David 大衛
台灣人，20 歲，因為喜歡西班牙的文學與藝術，而在馬德里自治大學留學。

Ema 艾瑪
西班牙人，18 歲，目前就讀馬德里自治大學。喜歡登山、聽音樂、攝影，對電影和藝術有特別研究。

Ana 安娜
台灣人，20 歲，在馬德里自治大學當交換學生。喜歡畫插畫、學習語言，也會演奏鋼琴和小提琴。

🟧 其他人物介紹

Alicia 艾莉西亞
Juan 的鄰居。

Señor Sánchez
桑切斯先生
David 的老師。

María y Lucía
瑪莉亞和露西亞
Ana 寄宿家庭的母女。

Javier 哈維爾
Ana 的同班同學。

目　錄

使用說明 2
課程大綱 4
人物介紹 10
基礎暖身 14

Sección I | 基本簡短對話

Unidad 1　基本寒暄用語 24

Unidad 2　初次見面 30

Unidad 3　謝謝、對不起 32

Unidad 4　與陌生人搭話 36

Unidad 5　求助 38

Unidad 6　做決定 40

Unidad 7　餐桌用語 43

Unidad 8　祝福與道賀 46

Unidad 9　慰問 51

Unidad 10　電話用語 55

Sección II | 到當地一定要會的場景會話

Lección 1　在機場大廳　en el vestíbulo del aeropuerto 62
　　　　　　單字補充　機場航廈內外實用單字
　　　　　　文化篇　　如何從機場到市中心

Lección 2　在巴士總站　en la estación de autobuses 70
　　　　　　單字補充　公車站及公車內相關單字
　　　　　　　　　　　距離的表達方式
　　　　　　文化篇　　馬德里的公車系統

Lección 3　在地鐵站　en la estación de metro 80
　　　　　　單字補充　地鐵內外的相關單字
　　　　　　文化篇　　使用「多功能卡」

Lección 4　在地鐵內　en metro 90
　　　　　　單字補充　列車及月台的相關單字
　　　　　　文化篇　　馬德里的地鐵系統介紹

Lección 5　在火車站　en la estación de tren 98
　　　　　　單字補充　購買車票時需要知道的單字
　　　　　　文化篇　　西班牙國家鐵路（Renfe）

Lección 6　在租車中心　en la agencia de alquiler de autos 106
　　　　　　單字補充　與汽車相關的單字
　　　　　　文化篇　　在西班牙自行開車旅遊

目錄

Lección 7 在大街上 en la calle ... *116*
單字補充　大馬路上的相關單字
文化篇　　在西班牙旅遊不可不知的文化差異

Lección 8 在飯店 en el hotel ... *126*
單字補充　飯店裡的設施與服務
文化篇　　在西班牙住宿

Lección 9 在旅遊服務中心 en la oficina de turismo ... *136*
單字補充　旅遊服務中心相關事物
文化篇　　不可不知的西班牙

Lección 10 餐廳 en el restaurante ... *146*
單字補充　一定要會的味覺形容詞
文化篇　　西班牙的一日五餐

Lección 11 在咖啡廳與麵包店 en la cafetería y en la panadería ... *156*
單字補充　咖啡與糕點相關單字
文化篇　　西班牙的麵包

Lección 12 在學校 en el colegio ... *164*
單字補充　國家與國籍的詞彙
文化篇　　西班牙的學制

Lección 13 在超市 en el supermercado ... *174*
單字補充　超市裡面的商品
文化篇　　西班牙的超市

Lección 14 在市場 en el mercado ... *184*
單字補充　在市場會看到的食物
文化篇　　西班牙的市集和市場

Lección 15 在銀行 en el banco ... *194*
單字補充　銀行裡的相關事物
文化篇　　西班牙的銀行

Lección 16 在郵局 en Correos ... *202*
單字補充　與郵局有關的詞彙
　　　　　寄件物品的種類
文化篇　　如何在西班牙寄件

Lección 17 在家 en casa ... *212*
單字補充　家中的物品
文化篇　　在西班牙租屋

Lección 18 在警察局 en la comisaría ... *222*
單字補充　與警察相關的單字表現
文化篇　　在西班牙報案

Lección 19 在診所 en la clínica ... *232*
單字補充　與診所、醫院相關的單字
文化篇　　在西班牙看診及購買藥品

目　錄

Lección 20 在百貨公司　en el almacén ………………………… *242*
　　單字補充　各種服裝、配件的名稱
　　文化篇　　西班牙英國宮百貨

Lección 21 在書店　en la librería ………………………………… *252*
　　單字補充　書籍種類及相關單字
　　文化篇　　西班牙的書店

Lección 22 在美容院　en el salón de belleza ………………… *262*
　　單字補充　美容沙龍裡的事物
　　文化篇　　西班牙的髮廊及美容院

Lección 23 在劇院　en el teatro ……………………………………… *272*
　　單字補充　關於戲劇和電影的單字
　　文化篇　　西班牙戲劇中的經典角色「唐璜」

Lección 24 在博物館　en el museo ………………………………… *280*
　　單字補充　馬德里中心區的景點與美術館
　　文化篇　　馬德里普拉多美術館

練習題解答篇 …………………………………………………………… *289*

不規則動詞整理表

陳述式簡單現在時態 …………………………………………………… *20*

命令式 …………………………………………………………………………… *88*

條件式 …………………………………………………………………………… *97*

陳述式未來時態 ………………………………………………………… *124*

動副詞 …………………………………………………………………………… *125*

過去分詞／完成分詞 …………………………………………………… *145*

虛擬式現在時態 ………………………………………………………… *154*

陳述式簡單過去時態 …………………………………………………… *230*

虛擬式過去未完成時態 ………………………………………………… *261*

基礎暖身
開始西班牙語旅程之前，必備的文法知識

I. 西班牙語字母與發音

依照西班牙皇家語言學院（Real Academia Española，RAE）最新頒布的標準，西班牙字母共有 27 個，比英文字母多一個「ñ」。不過，實務上通常會再加入 ch、ll、rr，因為這幾個字母組合有獨自的發音方式。西班牙語的一大特色是拼字完全符合發音，例外非常少，所以只要知道個別字母的發音，就能輕鬆念出任何單字。

西班牙語字母如下表所示。粉紅底色表示母音，字母名稱與發音相同；其他字母是子音，大部分和字母名稱中的發音相同。

00-01

字母	字母名稱	字母	字母名稱	字母	字母名稱
A	a	J	jota	R	ere
B	be	K	ka	RR	erre
C	ce	L	ele	S	ese
CH	che	LL	elle	T	te
D	de	M	eme	U	u
E	e	N	ene	V	uve
F	efe	Ñ	eñe	W	uve doble
G	ge	O	o	X	equis
H	hache	P	pe	Y	ye (i griega)
I	i	Q	cu	Z	zeta

00-02

有些字母在不同情況下有不同發音，或者需要特別注意：

字母	發音方式
C*	[k]: ca, co, cu／[θ]: ce, ci（與字母 Z 發音相同）
G*	[g]: ga, go, gu／[x]: ge, gi（與字母 J 發音相同） *gue, gui, güe, güi 發音為 [ge][gi][gwe][gwi]
H	不發音，只能從字面上確認
Q*	只出現在 que, qui 中，發音為 [k]，q 後面的 u 不發音
R 和 RR	「rr」表示較長的「顫音」（即所謂「彈舌音」）；字首的 r 和 -lr-, -nr-, -sr- 中的 r 也都是顫音。其他情況的 r，是短暫接觸上顎的「閃音」。
X*	通常是 [ks]（如 examen「測驗」，但也有發 [x] 的情況（如 México「墨西哥」）
Y	發音類似字母「I」的半母音。RAE 建議稱為簡潔表示發音的「ye」，傳統上則稱為「i griega」（「希臘的 i」）。

＊記號為音檔中有收錄發音的部分

14

II. 重音位置

西班牙語的重音位置，是根據字尾來判斷。如果是母音（a, e, i, o, u）或 n, s 結尾的單字，重音在倒數第二個音節的母音上；其他子音（除了 n, s 以外）結尾的單字，重音在最後一個音節的母音上。

如果遇到帶有重音符號（tilde）的單字，就表示其重音位置並不是依據上述重音規則，而是落在符號標示的地方。例如：número（號碼）、¿Cómo estás?（你好嗎？）、María（瑪麗亞）…等等。

III. 性與數

1. 西班牙語的每個名詞都有「陰性」或「陽性」的屬性，例如 manzana（蘋果）屬於陰性，plátano（香蕉）屬於陽性等等。事物名詞的性通常只是文法上的屬性，和事物本身的性質無關，但人物和動物名詞的「陽性、陰性」大部分可以和實際上的「男性、女性」或「雄性、雌性」對應，例如 el niño / la niña（小男孩／小女孩）、el médico / la médica（男醫師／女醫師）、el perro / la perra（公狗／母狗）等等。在本書中，單獨的名詞會刻意加上定冠詞 el/la 以顯示陽／陰性。

2. 很多名詞符合 -o = 陽性、-a = 陰性的規則，也有一些字尾和陰陽性有直接對應的關係，但仍然有許多不能以規則判斷或例外的情況，需要個別記憶。

性	字尾	例子
大多是陽性	-o, -aje, -or（如果指人而且是女性，常改為 -ora）	el chico、el coraje（勇氣）、el sensor（感應器）、el director（主任；女性為 la directora）
大多是陰性	-a, -ción/sión, -d (-dad/-tad)	la chica、la invitación（邀請）、la facultad（能力）
大多陰陽同形	-ista, -ente(/ante)（※ 但有時女性人物改為 -enta）	el/la artista（藝術家）、el/la estudiante（學生） ※el cliente（男顧客）、la clienta（女顧客）

¡ojo!｜請注意

- 一些不符合「**-o** = 陽性、**-a** = 陰性」的例子：**la mano**（手）、**la moto**（摩托車）、**el sofá**（沙發）、**el día**（日子）…等等。
- **-e** 結尾的名詞有可能是陽性，也有可能是陰性，例如 **el café**（咖啡）、**la leche**（牛奶）。
- 數字和日期、星期名詞屬於陽性，例如 **el tres**（三）、**el martes**（星期三）。

3. 名詞有單複數的區分，複數形依下表所示規則加「s」。

字尾是…	單數→複數	例子
母音	+s	小男孩 chico → chicos
子音	+es	主任 director → directores
-s（單音節或尾音節重音的字）	+es	月份 mes → meses
-s（其他情況）	不變	星期三 martes → martes

4. 形容詞、冠詞也有「性」和「數」的區分，並且要和對應的名詞一致。

un chico alto 一個高的男孩（陽性單數）

una chica alta 一個高的女孩（陰性單數）

unos chicos altos 一些高的男孩（陽性複數）

unas chicas altas 一些高的女孩（陰性複數）

※ 字尾 -o 的形容詞是陽性，改為 -a 即成為陰性；其他字尾的形容詞，則通常是陰陽同形，例如 diligente（勤奮的）、fácil（簡單的），但仍然有單複數的區分（diligente → diligentes，fácil → fáciles）。

IV. 定冠詞和不定冠詞

	不定冠詞 el artículo indeterminado		定冠詞 el artículo determinado	
	陽性	陰性	陽性	陰性
單數	un	una	el	la
複數	unos	unas	los	las

冠詞用在名詞前面。基本上，「不定冠詞」用於非特定或第一次提到的對象，「定冠詞」用於已知的特定對象。所以，對話中常出現剛提到某對象時用不定冠詞，接著再次提到時用定冠詞的情況。

Hay **una** cafetería nueva cerca de mi casa. **La** cafetería está en la avenida Gran Vía.

我家附近有一家新的咖啡館。那家咖啡館在格蘭大道。

V. 指示詞

	這（離說話者近）		那（離聽話者近）		那（遠離說話者與聽者）	
	陽性	陰性	陽性	陰性	陽性	陰性
單數	este	esta	ese	esa	aquel	aquella
複數	estos	estas	esos	esas	aquellos	aquellas

指示詞用來表示「這個／這些」、「那個／那些」，但請注意西班牙語的「那」有 ese 和 aquel 的區別。指示詞除了加在名詞前面的形容詞用法以外，也可以單獨當名詞使用。

Este chico es mi hermano. 這個男孩是我的弟弟。

Esa mujer de ahí es mi novia. （你那邊）那邊那個女人是我的女朋友。

Aquella chica de allí es mi hija. （不在我們這邊的）那邊那個女孩是我的女兒。

VI. 代名詞的人稱與格

和中文的「我、你、他」一樣，西班牙語的代名詞也有「第一、第二、第三人稱」的區別，每種人稱又有單數和複數的區別，所以總共可以分成 6 類。要特別注意的是，尊稱對方的 usted/ustedes（您／您們）在文法上屬於第三人稱，可以想成是心理距離比較遠的說法。

人稱	主格	受格				所有格形容詞
		直接	間接	有代／反身	介系詞後	
第1人稱單數	yo 我	me	me	me	mí	mi 我的
第2人稱單數	tú 你	te	te	te	ti	tu 你的
第3人稱單數	él/ella/usted 他／她／您	**lo/la**	le	se	［同主格］	su 他的／您的
第1人稱複數	nosotros/nosotras 我們／我們（女）	nos	nos	nos	［同主格］	nuestro 我們的
第2人稱複數	vosotros/vosotras 你們／妳們	os	os	os	［同主格］	vuestro 你們的
第3人稱複數	ellos/ellas/ustedes 他們／她們／您們	**los/las**	les	se	［同主格］	su 他們的／您們的

17

　　1. 動詞的主詞使用主格，表示行為主體；受詞使用受格，表示接受行為的對象。所有格形容詞修飾名詞，表示人、事、物的所有者。

　　2. 受格的種類看起來很複雜，但除了介系詞後的形式以外，其實只有第三人稱各自不同。關於受格代名詞的種類及用法，在第二部分的第6課、第8課、第12課有詳細的介紹。這裡用幾個例句簡單呈現四種受詞的性質：

【直接受詞】**Te** amo. 我愛你。（直接接受動作的對象）

【間接受詞】Mi padre **me** regaló una moto. 我爸爸送了我機車。（間接接受動作的對象）

【有代動詞的受詞】**Me** llamo Antonio. 我叫安東尼歐。（有代動詞 llamarse = 我叫…）

【介系詞後的受詞】Voy a pensar en **ti**. 我會想你的。（動詞 pensar 搭配介系詞 en 使用）

　　3. 表列的所有格形容詞必須放在所修飾的名詞前面，並且會隨著所修飾的名詞而有單複數的變化（複數時直接加 -s）。另外，nuestro、vuestro 還要和所修飾的名詞性別一致（陽性時字尾為 -o，陰性時字尾為 -a）。

Mis hermanos son futbolistas. 我的哥哥們是足球員。

Nuestra profesora es de España. 我們的（女）老師來自西班牙。

VII. 最基本的動詞變位：陳述式簡單現在時態（presente de indicativo）

　　西班牙語有許多不同的動詞時態，而每種時態都有六種人稱（1、2、3人稱 × 單複數區分）各自不同的動詞變化形式，這也是法語、義大利語等等和拉丁語有淵源的語言共同的特色。因為從動詞形式就可以判斷人稱與單複數，所以西班牙語通常會在不影響理解的情況下省略主詞。

　　在這裡，我們要先了解最基本的動詞變位：「陳述式簡單現在時態」。簡單現在時態表示「現在或即將發生的事」、「持續性的事實或習慣」、「已經確定在不久的將來會做的事」等等，是日常會話最常出現的時態。動詞有 -ar, -er, -ir 三種字尾，變化方式各有不同。下面介紹的是規則變化法，但請記得動詞常有不規則變化的情形，需要另外記憶。

人稱	動詞原形		
	hablar 說	**comer** 吃	**vivir** 居住
1 單 yo	hablo	como	vivo
2 單 tú	hablas	comes	vives
3 單 él/ella/usted	habla	come	vive
1 複 nosotros/-as	hablamos	comemos	vivimos
2 複 vosotros/-as	habláis	coméis	vivís
3 複 ellos/ellas/ustedes	hablan	comen	viven

¿Hablas español? 你（會）說西班牙語嗎？

Como con mis padres esta tarde. 我今天下午要和我爸媽吃午餐。

Vivo en Madrid. 我住在馬德里。

※ 小提示：想要查詢個別動詞的變位法，可以到 RAE 的線上字典網站（http://dle.rae.es），輸入要查詢的動詞原形，點進詞條頁面並按下「Conjugar」按鈕，就可以看到變位表。也可以輸入動詞變化形反查原形，再到原動詞的頁面查看變位表。

◉ 陳述式簡單現在時態（presente de indicativo）

不規則動詞整理

・特別常用的動詞

人稱	ser 是	estar 在	ir 去	venir 來
1單	soy	estoy	voy	vengo
2單	eres	estás	vas	vienes
3單	es	está	va	viene
1複	somos	estamos	vamos	venimos
2複	sois	estáis	vais	venís
3複	son	están	van	vienen

人稱	dar 給	decir 說	tener 有，拿	oír 聽
1單	doy	digo	tengo	oigo
2單	das	dices	tienes	oyes
3單	da	dice	tiene	oye
1複	damos	decimos	tenemos	oímos
2複	dais	decís	tenéis	oís
3複	dan	dicen	tienen	oyen

・只有第一人稱單數不規則的動詞

人稱	hacer 做	poner 放	traer 帶	salir 出去，離開
1單	hago	pongo	traigo	salgo
2單	haces	pones	traes	sales
3單	hace	pone	trae	sale
1複	hacemos	ponemos	traemos	salimos
2複	hacéis	ponéis	traéis	salís
3複	hacen	ponen	traen	salen

人稱	valer 價值	saber 知道	conocer 認識	conducir 駕駛
1單	valgo	sé	conozco	conduzco
2單	vales	sabes	conoces	conduces
3單	vale	sabe	conoce	conduce
1複	valemos	sabemos	conocemos	conducimos
2複	valéis	sabéis	conocéis	conducís
3複	valen	saben	conocen	conducen

· **字根母音變化**：e→ie

人稱	querer 想要	pensar 想，思考	cerrar 關閉	empezar 開始
1單	quiero	pienso	cierro	empiezo
2單	quieres	piensas	cierras	empiezas
3單	quiere	piensa	cierra	empieza
1複	queremos	pensamos	cerramos	empezamos
2複	queréis	pensáis	cerráis	empezáis
3複	quieren	piensan	cierran	empiezan

其他：despertar（使醒來）、mentir（說謊）、nevar（下雪）、perder（失去）、recomendar（推薦）、sentar（使坐下）、sugerir（建議）、preferir（偏好）、sentir（感覺）…等等

· **字根母音變化**：o→ue

人稱	poder 能，可以	volver 回來，回去	costar（事物）花費	dormir 睡
1單	puedo	vuelvo	cuesto	duermo
2單	puedes	vuelves	cuestas	duermes
3單	puede	vuelve	cuesta	duerme
1複	podemos	volvemos	costamos	dormimos
2複	podéis	volvéis	costáis	dormís
3複	pueden	vuelven	cuestan	duermen

其他：almorzar（吃午餐）、envolver（包）、morir（死）、mover（使移動）、probar（嘗試）、recordar（記住，想起，提醒）、resolver（解決）、soñar（作夢）…等等

· **字根母音變化**：e→i

人稱	pedir 要求，請求	seguir 繼續	reír 笑	vestir 穿著
1單	pido	sigo	río	visto
2單	pides	sigues	ríes	vistes
3單	pide	sigue	ríe	viste
1複	pedimos	seguimos	reímos	vestimos
2複	pedís	seguís	reís	vestís
3複	piden	siguen	ríen	visten

其他：conseguir（取得）、elegir（選擇）、medir（測量）、servir（上〔菜〕）、repetir（重覆）、sonreír（微笑）…等等

· **其他母音變化：極少數，個別記憶即可**

人稱	jugar 玩，參加球類運動	adquirir 獲得
1單	juego	adquiero
2單	juegas	adquieres
3單	juega	adquiere
1複	jugamos	adquirimos
2複	jugáis	adquirís
3複	juegan	adquieren

Sección I | 基本簡短對話

- **Unidad 1**：基本寒暄用語 *24*
- **Unidad 2**：初次見面 *30*
- **Unidad 3**：謝謝、對不起 *32*
- **Unidad 4**：與陌生人搭話 *36*
- **Unidad 5**：求助 *38*
- **Unidad 6**：做決定 *40*
- **Unidad 7**：餐桌用語 *43*
- **Unidad 8**：祝福與道賀 *46*
- **Unidad9**：慰問 *51*
- **Unidad 10**：電話用語 *55*

 基本寒暄用語

01-01

Diálogo 1 一般問候

Ana:	¡Hola! ¿Cómo estás?
Juan:	Muy bien, ¿y tú?
Ana:	Estoy muy bien.

安娜： 嗨！你好嗎？
璜安： 我很好，你呢？
安娜： 我（也）很好。

01-02

Diálogo 2 熟人之間的打招呼

Juan:	¡Hola, chaval*¹! ¿Cómo va todo?*²
Javier:	¡Hola! Yo, bien, ¿y tú?
Juan:	Pues, estoy regular*³.

璜安： 嗨！兄弟。最近怎麼樣？
哈維爾： 嗨！我還可以，那你呢？
璜安： 嗯，我普普通通。

¡ojo!｜請注意

*¹ 西班牙年輕族群的男生之間有時候會用 chaval 來稱呼朋友；女生之間會用 niña, tía 來暱稱對方。

*² ¿Cómo va todo? 字面上的意思是「一切都進行得怎樣？」，用來詢問對方現在整體生活情況如何。

*³ 形容詞 regular 表達的是一種不好也不壞的狀態，並沒有偏重正面或負面的意思。

> **MEMO 西班牙人打招呼的方式**
>
> 通常朋友見面時，男性與女性之間（無論是初次見面或是一般朋友）或是相熟的男性朋友之間，會以互碰左右臉頰（dar besos）各一次的方式來打招呼。對於客戶，則會以握手方式打招呼。
>
> 某些情況下，例如外國朋友不熟悉西班牙文化的時候，西班牙人也會以握手代替互碰臉頰，避免造成外國朋友的困擾。

01-03

Diálogo 3 與不熟的人／長者打招呼

David:　　　　Buenos días, Señor Sánchez.
Sr. Sánchez:　¡Buenas!
David:　　　　¿Cómo está usted?[*1]
Sr. Sánchez:　Bien, gracias.

大衛：　　　　早安，桑切斯先生。
桑切斯先生：　早！
大衛：　　　　您好嗎？
桑切斯先生：　我很好，謝謝。

¡ojo!｜請注意

[*1] 要表示禮貌時，會使用代名詞 usted（您）來代表對方，動詞使用第三人稱單數的形態（例如這段對話中的 está），而不是第二人稱。

 01-04

Diálogo 4 早上的問候

David:　Buenos días. ¿Qué tal estás?
Ema:　　Estoy muy bien, ¿y tú?
David:　Estoy bien, gracias. ¡Que tengas un buen día![*1]
Ema:　　Gracias, igualmente[*2].

大衛：　早安！你好嗎？
艾瑪：　我很好，你呢？
大衛：　我很好，謝謝。祝你有美好的一天！
艾瑪：　謝謝，你也是。

¡ojo!｜請注意

[*1]「Que + 虛擬式（subjuntivo）」表示希望、祝福。（que〔無重音符號〕是關係代名詞〔pronombre relativo〕；關於虛擬式的說明，請參考本書第 10 課。）

[*2] 副詞 igualmente 表示給予對方相同的祝福。

第一單元　基本寒暄用語

Diálogo 5 下午的問候

Ana:	Buenas tardes.*1
Ema:	Buenas tardes.
Ana:	¿Cómo va todo?
Ema:	Todo va muy bien.

安娜：	（下午好）午安。
艾瑪：	午安。
安娜：	一切都好嗎？
艾瑪：	一切都很好。

¡ojo! | 請注意

*1 在西班牙，午餐時間通常是下午 2 點，buenas tardes 是在午餐之後使用的問候語。所以，在早上 11 點到下午 1 點左右還是會說 buenos días。

Diálogo 6 晚間的問候

David:	Buenas noches.
Ema:	Buenas noches.
David:	¿Cómo va tu día?
Ema:	Todo va muy bien.

大衛：	（晚上好）晚安。
艾瑪：	晚安。
大衛：	你今天過得怎樣？
艾瑪：	一切都很好。

01-07

Diálogo 7 睡前的問候

David: Me voy a la cama.[*1]

Ema: Yo también. Mañana tengo que madrugar.[*2]

David: Buenas noches. ¡Que descanses![*3]

Ema: Gracias. ¡Que descanses!

大衛： 我要上床睡覺了。
艾瑪： 我也是。明天我得早起。
大衛： 晚安。好好休息！
艾瑪： 謝謝。（你也）好好休息！

¡ojo! | 請注意

[*1]「有代動詞 irse + a + 地點」表示離開並前往某個地方。

[*2]「tener que + inf.（原形動詞）」表示「必須做…」。不及物動詞 madrugar 表示「早起」。

[*3] Que + 動詞descansar的虛擬式。

01-08

Diálogo 8 久別重逢

Ema: ¡Hombre[*1], David! ¿Qué tal?

David: ¡Hola, Ema! ¿Cómo estás? ¿Todo bien?

Ema: Bien, bien. Ahora estoy trabajando en un restaurante.[*2] ¿Y tú?

David: Yo estoy trabajando en una farmacia.

艾瑪： 哇！大衛！你好嗎？
大衛： 嗨！艾瑪，你好嗎？一切都好嗎？
艾瑪： 不錯啊。我現在在一家餐廳工作。你呢？
大衛： 我在一家藥局工作。

¡ojo! | 請注意

[*1] hombre 當一般名詞時表示「男人」或「人類」，但這裡是表示驚嘆的意思，類似我們對話中說的「哇！」。

[*2] 這裡用「(yo) estoy trabajando en + 地點」來表達「我現在在…工作」。這是「estar + 動副詞」（參見第7課）的句型，表示正在進行中的狀態。

第一單元 基本寒暄用語

Diálogo 9 道別 ①

Juan: Lo siento, tengo que irme ya.
Leticia: Vale, nos vemos[*1] otro día.
Juan: De acuerdo. Hasta luego.

璜安： 抱歉，我該走了。
蕾蒂西亞： 好吧，我們改天見。
璜安： OK。再見。

¡ojo! | 請注意

*1 動詞 ver（看）一般的用法是 ver la tele（看電視）、ver la película（看電影）等等，但這裡用的是 verse（nos vemos），表示「我們見彼此→見面、碰面」的意思。

MEMO
表達「再見」的其他說法
Hasta luego　　　　　　　再見（最常見的用語）
Hasta pronto　　　　　　　待會見
Hasta ahora　　　　　　　一會見
Hasta la vista　　　　　　（有機會的話）再見
Hasta la semana que viene　下週見

Diálogo 10 道別 ②

Ana: Me voy. Tengo clase a las diez.
Ema: ¡Ah! También tengo que correr. Adiós.
Ana: Hasta luego, niña[*1]

安娜： 我走囉。我十點有課。
艾瑪： 啊！我也得趕快了。再見。
安娜： 再見，親愛的。

¡ojo! | 請注意

*1 在熟識的朋友之間，年輕人會使用 tío, tía, niño, niña 來稱呼對方。有些時候，西班牙的長者會稱呼晚輩 niño, niña, cariño 來表達親近或是關切的態度。甚至在進入一間店或者跟長者問路時，對方也會親切地稱呼晚輩（包括不認識的外國人）niño, niña 來表達友善。

・西班牙語表示道別的說法，並沒有熟識與否、對長輩或對平輩的差別。西班牙人也會用 chao 來道別，有點像我們說「bye」的感覺。這個字原本是義大利語 ciao，表示「你好」或「再見」的意思，但到了西班牙語就變成只在道別的時候使用了。

28

01-11

 **Diálogo 11 天氣話題**

Ema:	¡Qué buen tiempo hace hoy!*¹
David:	Es verdad. Me encanta el sol en verano.*²
Ema:	Vamos a la playa este fin de semana. ¿Qué te parece?
David:	¡Buena idea!

艾瑪： 今天天氣真好！
大衛： 真的。我很喜歡夏天的陽光。
艾瑪： 這週末我們去海邊。你覺得如何？
大衛： 好主意！

¡ojo! 請注意

*¹ 感嘆句型的基本形式，是用「疑問詞 Qué + 名詞/形容詞/副詞」開頭，例如 ¡Qué bien!「真好！」（Qué + 副詞）、¡Qué guapa estás!「妳（今天）好美！」（Qué + 形容詞 + 動詞）。如果形容詞後面有直接修飾的名詞，在形成感嘆句時也會一起移到句首，例如這裡如果要單純敘述「今天天氣很好」的話，會說 Hace buen tiempo hoy.，但表示感嘆時則是「¡Qué buen tiempo hace hoy!」（Qué + 形容詞 + 名詞 + 動詞）。

*² 「me encanta + 單數名詞/原形動詞」、「me encantan + 複數名詞」表示「我很喜歡…」。例如 Me encanta viajar.（我很喜歡旅行）、Me encantan las manzanas.（我很喜歡蘋果）。

01-12

  **Diálogo 12 歡迎對方到訪**

La madre de Juan:	Pasa, pasa. Bienvenida.*¹
Ema:	Gracias, Señora López. Gracias por invitarme.*²
La madre de Juan:	De nada. Ponte cómoda.*³
Ema:	Muchas gracias.

璜安的媽媽： 請進，請進。歡迎。
艾瑪： 謝謝，羅貝斯太太。謝謝您邀請我。
璜安的媽媽： 不客氣。請妳當作自己家裡，別拘束。
艾瑪： 非常謝謝您。

¡ojo! 請注意

*¹ Bienvenido/a/os/as. 表示「歡迎」。字尾會隨著對方的單複數與性別而變化，所以這裡用的是陰性單數的 -a。

*² 「gracias por + inf.（原形動詞）」表示感謝對方做的事情。介系詞 por 在這裡表示「原因」（por + 原因）；表示目的的介系詞則是 para（para + 目的）。

*³ 「ponerse + 形容詞」表示「讓自己…」、「把自己變得…」，所以對話中的句子字面上是「請讓妳自己舒適」的意思。再舉一個例子，Ponte guapa. 是表示「妳要把自己打扮漂亮」（ponte = poner 的第二人稱單數肯定命令式 pon + 反身代名詞 te）。

2 初次見面
Unidad

02-01

Diálogo 1 一般自我介紹

Ana:	¡Hola! Soy Ana. Encantada.[*1]	安娜：	嗨！我是安娜。很高興認識你。
Juan:	¡Hola! Me llamo Juan. Con mucho gusto.[*2]	璜安：	嗨！我叫璜安。很高興認識妳。

¡ojo! | 請注意

[*1] 形容詞 encantado/a 表示「高興的」，在會話中用來表示剛認識對方而感到高興的心情，所以字尾是依照說話者的性別決定的。

[*2] Con mucho gusto. 也是表示「很高興認識你」的慣用語，名詞 gusto 在這裡是「高興」的意思。

02-02

Diálogo 2 國籍自我介紹

Ana:	¿De dónde eres?[*1]	安娜：	你來自哪裡？
Juan:	Soy de España.[*2] ¿Y tú?	璜安：	我來自西班牙。你呢？
Ana:	Soy taiwanesa.	安娜：	我是台灣人。

¡ojo! | 請注意

[*1] 對於晚輩、平輩，或者在非正式場合認識的新朋友，可以直接用第二人稱的 tú 稱呼對方，這時候動詞也使用第二人稱變位。

[*2] 表達國籍時，可以說「ser + de + 國家名稱（首字母大寫）」，或者「ser + 國名形容詞（不大寫）」。使用形容詞時，要注意字尾必須符合性別。

Soy de	España. Argentina. Taiwán.	Soy	español / española. argentino / argentina. taiwanés / taiwanesa.

（國名、國籍名稱詳見第12課的介紹）

Diálogo 3 介紹第三者

David:	Ema, te presento al Señor Li.[*1] Es el nuevo profesor de chino.	大衛：	艾瑪，我跟你介紹李先生。他是新來的中文老師。
Ema:	Encantada de conocerlo.[*2]	艾瑪：	很高興認識您。
Sr. Li:	Igualmente.	李先生：	我也是（很高興認識您）。

¡ojo! | 請注意

[*1]「Te/Le（間接受詞）presentar + a + 人」表示「為你／您介紹某人」。

[*2] 這裡用代名詞直接受格的第三人稱單數形「lo」（您）表示敬意。

Diálogo 4 主動問對方身分

La dueña[*1] de piso:	¿Cómo te llamas?[*2]	公寓房東太太：	你叫什麼名字？
Juan:	Me llamo Juan.	璜安：	我叫璜安。
La dueña de piso:	¿Eres estudiante?	公寓房東太太：	你是學生嗎？
Juan:	No, trabajo en una empresa privada.	璜安：	不是，我在一家私人公司工作。

¡ojo! | 請注意

[*1] dueño/a 除了指「房東」以外，還有「老闆」、「主人」的意思。

[*2] 問別人名字時，問法是¿Cómo te llamas? / ¿Cómo se llama?，後者用第三人稱的代名詞和動詞形態表示敬意。

3 Unidad 謝謝、對不起

Diálogo 1 表達謝意

Ana:	¡Hola! Póngame[*1] una barra de pan, por favor.
El dependiente:	Aquí tiene.[*2] ¿Algo más?
Ana:	Nada más, gracias.
El dependiente:	Muy bien. Son 2(dos) euros.
Ana:	Aquí tiene. Gracias.
El dependiente:	Gracias. Adiós.

安娜：你好！請給我一條長棍麵包。
店員：（長棍麵包）在這裡。還需要什麼嗎？
安娜：不用，謝謝。
店員：好的。總共是2歐元。
安娜：（2歐元）在這裡。謝謝。
店員：謝謝。再見。

¡ojo! 請注意

[*1] 買食材（例如在麵包店、水果店、肉店等等）常用 Póngame... 表示「請您給我…」。ponga 是 poner（放置）的命令式第三人稱單數變位，me 是代名詞 yo 的間接受格，表示「…給我」；請注意兩者連寫之後，為了保持 ponga 的重音位置，所以加上了重音符號。關於命令式，請看第3課的介紹。

[*2] 要付錢、找零或給別人東西的時候，會說 Aquí tiene / tienes，表示「（東西在這裡，您／你）拿去」的意思。

MEMO 西班牙餐廳點餐的方式

在西班牙的餐廳或酒吧點餐，通常都是直接跟服務生說明需要的品項，用餐完離開前才結帳。少數的店家才有自行填寫點菜單、到櫃檯先行結帳的點餐方式，例如在馬德里有很多分店的迷你潛艇堡連鎖店「100 Montaditos」就是如此。

點完東西以後，店家老闆或餐廳、酒吧的服務生會問 ¿algo más?（還有什麼嗎？）做最後確認。不過，通常不會像台灣的餐廳服務人員一樣複誦點餐或購買物品的內容。

Diálogo 2 很感謝對方

Ana: ¿Este paraguas*1 es tuyo?

Juan: ¡Ah! Sí, muchas gracias, eres muy amable*2.

安娜: 這支雨傘是你的嗎?
璜安: 啊！是的，非常感謝你，你人真好。

¡ojo! | 請注意

*1 paraguas（雨傘）是由動詞 parar（擋住）和複數名詞 aguas（水）形成的複合字。不過，雖然 agua 是陰性，但 paraguas 是陽性，而且單複數形式相同，如下：el paraguas, los paraguas。

*2 接受了別人的幫助時，除了用 gracias 表達感謝以外，也可以說 (eres/es) muy amable（你／您人真好）。

第三單元 謝謝、對不起

Diálogo 3 回應對方的感謝

Ana: ¿Podría traerme una jarra de agua?*1

El camarero: Por supuesto. Ahora mismo.

Ana: Muchas gracias.

El camarero: De nada.*2

安娜: 可以麻煩您拿給我一壺水嗎？
服務生: 當然，立刻（送過來）。
安娜: 非常感謝。
服務生: 不客氣。

¡ojo! | 請注意

*1 「¿Podría + inf.?」（poder 的條件式，第三人稱單數）的用法，是很客氣、禮貌地表達「您可以…嗎？」的說法。（關於條件式，請參考第4課）

*2 除了 de nada 以外，也可以用 no hay de qué 表達「不客氣」。

33

03-04

Diálogo 4 表達歉意

Juan: ¡Lo siento por llegar tarde!
Ana: No pasa nada.

璜安： 抱歉我遲到了！
安娜： 沒關係。

03-05

Diálogo 5 回應對方的歉意

David: Lo siento mucho por romper su maceta de flores.
Sra. Martínez: Tranquilo, cariño. No pasa nada.

大衛： 非常抱歉打破您的花盆。
馬丁內斯太太： 親愛的別擔心。沒關係。

¡ojo!｜請注意

*1 Tranquilo/a.（冷靜）常用來安撫對方激動、緊張、不安的情緒，可以說是「別擔心、沒事的」的意思。

Diálogo 6 請對方再說一次

David:	Perdone[*1], ¿dónde está el Museo del Prado?
Un viandante:	¿Cómo?[*2] ¿Qué has dicho?[*3]
David:	¿Dónde está el Museo del Prado?
Un viandante:	¡Ah! Está allí. Enfrente de esta calle.

大衛：	不好意思，普拉多美術館在哪裡？
路人：	什麼？你剛剛說什麼？
大衛：	普拉多美術館在哪裡？
路人：	喔！在那邊。這條街的對面。

第三單元　謝謝、對不起

¡ojo! 請注意

[*1] 和 perdón（名詞）比起來，perdone（動詞 perdonar 的命令式第三人稱單數變位）是更禮貌地表示「抱歉、不好意思」的說法。

[*2] ¿Cómo? 會用在沒聽清楚的時候。後面除了接著問「你說什麼」以外，也可以說 No te oigo bien.（我沒聽清楚你說的）。如果希望對方說慢一點，可以說 Más despacio, por favor.

[*3] 有時候長輩對晚輩或比較年輕的人說話，即使不認識也會直接用第二人稱。

Diálogo 7 請求別人幫忙

Ema:	Disculpe[*1], ¿podría pedirle un favor?
Un estudiante:	Sí, dime[*2].
Ema:	¿Podría ayudarme a rellenar esta encuesta?
Un estudiante:	No hay problema.

艾瑪：	不好意思，可以請您幫我一個忙嗎？
學生：	好的，你說。
艾瑪：	您可以幫我填寫這份問卷嗎？
學生：	沒問題。

¡ojo! 請注意

[*1] 和 perdone 一樣，disculpe（動詞 disculpar 的命令式第三人稱單數變位）也是很禮貌地表示「抱歉、不好意思」的說法。

[*2] dime 是 di（decir「說」的命令式第二人稱單數變位）和 me（間接受詞「我」）連寫的結果，字面意義是「你跟我說吧」。除了長輩對晚輩以外，在非正式場合也常直接用第二人稱指以前沒見過面的對方，不一定要使用表達敬意的第三人稱。不過，這裡因為 Ema 要請對方協助填寫問卷，所以她還是使用第三人稱來稱呼對方。

35

4 Unidad 與陌生人搭話

04-01

Diálogo 1 跟對方說借過

Ana:	Con permiso[*1], ¿me deja pasar?	安娜：	不好意思，請你讓我過一下好嗎？
Un viandante:	¡Oh! Lo siento.	路人：	喔！抱歉。
Ana:	No pasa nada.	安娜：	沒關係。

¡ojo!｜請注意

[*1] 雖然 perdón、perdone、disculpe 也都是「不好意思」，但要請別人「借過」的時候，會說 Con permiso, ...；其他情況（例如想要問路或請人幫忙時）才會用前面幾種說法。

04-02

Diálogo 2 問路

David:	Perdón, ¿dónde está la estación de Chamartín?	大衛：	不好意思，查馬丁車站在哪裡？
Una viandante:	Sigue todo recto, y luego gira a la derecha en el primer semáforo.[*1]	路人：	您從這裡直走，然後在第一個紅綠燈右轉。
David:	Muchas gracias.	大衛：	非常感謝。

¡ojo!｜請注意

[*1] 指示行走的方向時，最常使用到的動詞就是 seguir（繼續）及 girar（轉彎）。指路的人大多使用命令式（文中使用的是第二人稱）來表達。關於指引路線的方式，詳見第 2 課的「會話重點」。

Diálogo 3 詢問能否訂位

Ema:	¡Hola! Quería reservar una mesa para 2 personas.[*1]	艾瑪：	嗨！我想預訂兩個人的位子（兩人桌）。
Camarero:	Muy bien. ¿Para cuándo?[*2]	服務生：	好的。（要預訂）什麼時候？
Ema:	Para el domingo que viene.	艾瑪：	下個週日。
Camarero:	Lo siento, está totalmente completo ese día.	服務生：	抱歉，那天（訂位）全滿了。
Ema:	¡Qué pena! Pues, entonces nada. Adiós.	艾瑪：	真可惜！那麼（也只能）算了。再見。
Camarero:	Lo siento mucho. Adiós.	服務生：	非常抱歉。再會。

¡ojo! | 請注意

[*1] 「Quería + inf.」表示「我想要…」，其中 quería 是動詞 querer 的未完成過去時態，表示客氣。（關於「未完成過去時態」，請參考第19課。）

[*2] 訂位時，服務人員會用「para + 日期／時間／人數」詢問顧客的需求，例如 ¿Para qué fecha?（要訂哪個日期？）、¿Para cuántas personas?（幾個人？），而顧客也可以直接用「para + 具體的日期／時間／人數」來回答。

Unidad 5 求助

05-01

Diálogo 1 提出請求

David: ¿Podría dejarme un boli[*1] y un folio[*2]?

La recepcionista: Aquí tiene, señor.

David: Gracias.

La recepcionista: No hay de qué.

大衛： 可以請您借我一枝原子筆和一張紙嗎？

櫃台人員： 先生，（紙筆）在這裡。

大衛： 謝謝。

櫃台人員： 不客氣。

¡ojo! 請注意

[*1] 在西班牙的口語中，可以將 bolígrafo（鋼珠筆／原子筆）簡稱為 boli。口語中類似的簡略說法還有 universidad（大學）→ uni。

[*2] folio 指的是一般 A4 大小的紙張。

05-02

Diálogo 2 詢問資訊

Ema: Perdone, ¿a qué hora se abre la biblioteca?[*1]

La información: A las 8(ocho) de la mañana.

Ema: Gracias.

艾瑪： 不好意思，圖書館幾點開呢？

服務台： 早上八點。

艾瑪： 謝謝。

¡ojo! 請注意

[*1] ¿A qué hora... ? 是問「在幾點…？」的問句。另外，「現在幾點？」則是 ¿Qué hora es?。本句的「se abre」是有代動詞無人稱（impersonal）的用法，表示行為者不明確、不重要、或者泛指一般人的情況。

38

Diálogo 3 求助警察

Ema:	¡Socorro! ¡Ladrón! ¡Que me roban![*1]
El policía:	Señorita, ¿te encuentras bien?[*2]
Ema:	Estoy bien, no me hace daño.
El policía:	Menos mal. Acompáñeme a la comisaría para dejar una denuncia.[*3]

艾瑪： 救命啊！小偷！有人搶我東西！
警察： 小姐，你還好嗎？
艾瑪： 我沒事，他沒有傷到我。
警察： 幸好。麻煩您跟我一起去警察局做筆錄。

¡ojo! 請注意

[*1] 這是另一種無人稱的表達方式，直接用 robar 的第三人稱複數形 roban 表示行為者不明確。

[*2] 有代動詞形式的 encontrarse bien/mal 表示身體狀況好／不好。也可以單純用表示狀態的動詞 estar 表達：estar bien/mal。

[*3] denuncia 是指對於不公平或不合法的對待或行為提出的公開表態。如果是客戶要投訴，或者舉報警察行為不當等等，則是用 poner una queja（抱怨）/sugerencia（建議）表達。

第五單元 求助

Unidad 6 做決定

Diálogo 1 接受建議

06-01

David: ¿Qué planes tienes para este fin de semana[*1]?

Ema: ¿Qué tal si vamos de camping?[*2]

David: Me parece muy bien.[*3]

大衛： 這個週末你有什麼計畫？
艾瑪： 我們去露營如何？
大衛： 我覺得很棒。

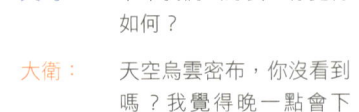

¡ojo! 請注意

[*1] 在口語中，el fin de semana（週末）可以說成 el finde。

[*2] 可以用「ir de + 名詞」表達「去做某種活動」，例如 ir de compras（去購物）、ir de pícnic（去野餐）；至於 ir de tapas，則是指去幾家酒吧、吃點小菜（tapa）。

[*3] 贊同別人的意見時，除了使用「Me parece + 副詞／形容詞」（我覺得、我認為…）的句型，如 Me parece genial/estupendo.（我覺得太棒了）以外，也可以說 (Me parece una) Buena idea.（好主意）。

Diálogo 2 提出意見

06-02

Ema: Vamos de pícnic esta tarde. ¿Qué te parece?[*1]

David: Está nublado, ¿no lo ves? Creo que va a llover más tarde.[*2]

Ema: Pues, nada. Nos vamos otro día.

艾瑪： 下午我們去野餐，你覺得如何？
大衛： 天空烏雲密布，你沒看到嗎？我覺得晚一點會下雨。
艾瑪： 那就算了。我們改天去吧。

¡ojo! 請注意

[*1] ¿Qué te parece? 是問對方對某件事有什麼想法、意見。

[*2] 要明確表達意見時，可以使用「Creo que / Opino que / Me parece que + 直述句」（我想…／我認為…／我覺得…）的句型。另外，本句中的 va a llover 是以「ir a inf.」的形式表達「即將要…」的意思。

06-03

Diálogo 3 確認事項

David:	¡Qué raro! ¡Todavía no ha llegado el autobús C1!	大衛：	真奇怪！C1公車還沒來！
Un viandante:	El autobús C1 pasó por aquí hace 5(cinco) minutos.[*1]	路人：	C1公車五分鐘前經過這裡。
David:	¿Está seguro?[*2]	大衛：	您確定嗎？
Un viandante:	Segurísimo.[*3]	路人：	非常確定。

¡ojo! 請注意

[*1] 「hace + 時間長度」表示「經過多久」。可以像這裡和簡單過去時態連用，表示「多久之前發生了…」，也可以和現在時態、現在完成時態連用，表示「已經持續了多久」，例如 Hace dos años vivimos en Madrid.（我們住在馬德里已經兩年了）。

[*2] ¿Estás/Está seguro(/a)? 表示「你／您確定嗎？」，¿(Es) Seguro?（動詞 es 可以省略）則表示「某件事是確定的嗎？」。

[*3] 這裡是在 seguro 後面加上了表示「非常」的字尾 -ísimo（絕對最高級，是指沒有特定比較範圍的最高級形式，詳見23課文法）。如果不是非常確定的話，可以說 Creo que sí.（我想是吧）。

06-04

Diálogo 4 回應他人

Ana:	Mira.[*1] ¿Cómo me queda este vestido?[*2]	安娜：	你看。這件洋裝我穿起來如何？
Ema:	Te queda muy bien. Cómpratelo.	艾瑪：	很適合你。你把它買下來（給你自己）吧。
Ana:	También me gusta mucho. Me lo llevo[*3], entonces.	安娜：	我也很喜歡。那麼我就買了。

¡ojo! 請注意

[*1] Mira/e（你看／您看；動詞 mirar 的肯定命令式），是用來喚起注意。

[*2] 動詞 quedar 在這裡是「適合」的意思，主詞是 este vestido，字面意思是「這件洋裝適合我的程度如何」。

[*3] llevar 是「帶去，穿戴」的意思，但這裡用的是 llevarse（帶走，相處），請區分兩者的差別。就像中文會說「我要帶這件」一樣，西語會用 llevarse 表示「購買」的意思。這裡的 lo 是代名詞直接受格，表示 el vestido。

06-05

Diálogo 5 婉拒

La dependiente: Bienvenido. Ahora estamos en temporada de rebajas. Si compra dos, sólo paga uno.

David: Me lo pensaré, gracias.

店員： 歡迎光臨。現在我們正在打折。買一送一喔（如果您買兩個，只要付一個的錢）。

大衛： 我考慮一下，謝謝。

> **MEMO** 折扣季（temporada de rebajas）
> 西班牙每年有兩次主要的折扣季，夏季從 7 月 1 日開始，冬季從 1 月 6 日或 7 日開始。折扣季常見的標語，除了 rebajas（打折）以外，還有 liquidación（出清）、descuento（折扣）等。第一波折扣時款式較齊全，而到了第二波、第三波，雖然會下殺到很低的價格，但出清的速度也比較快，很有可能買不到自己之前看上的款式。

06-06

Diálogo 6 制止

La bibliotecaria: Disculpe[*1], está prohibido hablar en voz alta aquí.[*2]

David: Lo siento.

La bibliotecaria: Gracias por su comprensión.

圖書館員： 不好意思，這裡禁止大聲談話。

大衛： 不好意思。

圖書館員： 謝謝您的諒解。

¡ojo! 請注意

[*1] Disculpe 是動詞 disculpar（原諒）的命令式第三人稱單數，原意是「請原諒」，但在口語中常表示「不好意思…」，用來引起注意並提出要求。

[*2] 也可以用「No está permitido + inf.」（…是不被允許的）來表達禁止。

Unidad 7 餐桌用語

07-01

Diálogo 1 請服務生做介紹

El camarero:	¡Hola! ¿Qué desean ustedes?	服務生：	您好！兩位要點什麼？
David:	Pues, no tengo ni idea. ¿Qué nos recomienda?[*1]	大衛：	嗯，我不知道（一點想法也沒有）。您推薦我們什麼呢？
El camarero:	El bocadillo de calamares es el más pedido.	服務生：	花枝堡是最多人點的（最常被點的）。
David:	Me gustan mucho los calamares. Entonces, un bocadillo de calamares para mí.	大衛：	我很喜歡花枝。那麼，我就點一份花枝堡。
El camarero:	De acuerdo.	服務生：	好的。

¡ojo! | 請注意

[*1] 請服務生推薦餐點，也可以說 ¿Hay alguna especialidad de la casa?（有什麼本店特色餐點嗎？）或者 ¿Cuál es el menú del día?「今日套餐是什麼？」。el menú del día 通常包括前菜（primero）、主菜（segundo）、飯後甜點（postre）、飲料（bebida），內容也會比較符合大多數人的口味。

MEMO 關於附餐內容的詢問

服務生會在主餐用完之後，到桌邊詢問客人 Qué desea/quiere para beber?（您想要喝什麼？），或者說 ¿Algo de beber?（要喝什麼嗎？），然後會說 ¿Y de postre?（那甜點呢？）。

Diálogo 2 點餐

El camarero: ¡Hola! ¿Qué desea, señorita?
Ema: Un café solo y un cruasán, por favor.[*1]
El camarero: Muy bien, de acuerdo.

服務生： 您好！您想要什麼呢，小姐？
艾瑪： 請給我一杯黑咖啡和一個可頌麵包。
服務生： 好的。

¡ojo! | 請注意

[*1] 拿鐵咖啡則是 un café con leche。點餐時可以不使用動詞，直接說「個數 + 名稱」就可以了。

> **MEMO**
> 在咖啡館點咖啡
> 在西班牙的咖啡館，服務人員大多不會提供飲料品項的菜單給顧客，因為大部分咖啡館提供的品項都差不多。即使是有比較多選擇的情況，也會寫在吧台後面的看板上，顧客只要看這裡就行了。和台灣不同，花式冰咖啡並不是咖啡館必備的品項。如果點冰咖啡（café con hielo）的話，服務生會給一杯熱咖啡和一杯冰塊，讓顧客自製冰咖啡。

Diálogo 3 準備用餐

David: ¡Parece muy rico![*1]
Ema: Sí. ¡Que aproveche!
Juan: ¡Que aproveche!

大衛： 看起來很好吃的樣子！
艾瑪： 是啊。好好享用！
大衛： （你也）好好享用！

¡ojo! | 請注意

[*1] 這裡的動詞 parecer 表示「主詞（餐點）看起來…」。還有兩個看起來相似但意思不同的用法：me/te/le/nos/os/les parece（某人覺得…）、parecerse（彼此相像），請注意區分。

07-04

Diálogo 4 上菜了

| Ema: | La cena está lista.[*1] ¡A comer![*2] ¡Que aproveche! | 艾瑪： | 晚餐已經準備好了。吃飯囉！好好享用！ |
| David: | Gracias. ¡Que aproveche! | 大衛： | 謝謝。（你也）好好享用！ |

¡ojo! 請注意

[*1] estar listo/a 表示「某人或某物已經準備好了」（狀態），但 ser listo/a 則是「某人很聰明」（性質）的意思。

[*2] 「介系詞 a + inf.（原形動詞）」表示「去做某件事吧！」。

07-05

Diálogo 5 結帳

El camarero:	¿Algo para beber?	服務生：	要喝點什麼嗎？
David:	No, gracias. La cuenta, por favor.[*1]	大衛：	不了，謝謝。請給我帳單。
El camarero:	Sí, ahora mismo.	服務生：	好的，馬上（送過來）。

¡ojo! 請注意

[*1] 這裡要表達的意思是 ¿Podría traerme la cuenta, por favor?（可以請您拿帳單給我嗎？），但在餐廳只說「物品名稱, por favor.」也可以表達同樣的意思。

第七單元 餐桌用語

8 Unidad 祝福與道賀

Diálogo 1 一般恭賀用語
08-01

La madre de Ema: ¡Felicidades*¹, cariño! Has aprobado la oposición*² para ser maestra*³ de escuela primaria.

Ema: Gracias, mamá.

安娜媽媽：親愛的，恭喜！你通過了小學老師的考試。
艾瑪：謝謝，媽媽。

¡ojo! | 請注意

*¹ 表示「恭喜」的 felicidades，固定使用複數形。其他表達恭喜的方式還有 felicitaciones、enhorabuena 等。
*² 在西班牙，oposición 可以指特定職務資格的公開考試。
*³ 小學到初中的老師通常稱為 maestro/-a，高中以上的老師則是 profesor/-ra。

Diálogo 2 祝好運
08-02

David: Hoy tendré el examen de manejo.
Ema: Te saldrá muy bien.*¹ ¡Buena suerte!*²
David: Gracias.

大衛：今天我要去考駕照（我將會有駕駛考試）。
艾瑪：你會考很好的。祝你好運！
大衛：謝謝。

¡ojo! | 請注意

*¹ salir 除了表示「離開」以外，也可以表示「結果是⋯」的意思，還可以像這裡一樣加上受詞，表示「在某人身上的結果⋯」。
*² 祝好運也可以只說 ¡Suerte!。

46

08-03

Diálogo 3 為對方加油

Juan:	Vamos[*1], vamos, David.	璜安：	衝、衝，大衛。
David:	¡Qué cansancio![*2]	大衛：	好累啊！
Juan:	Anímate[*3], ya verás cómo lo conseguirás[*4].	璜安：	加油！你可以的！

¡ojo! ┃ 請注意

[*1] vamos 雖然字面上是「我們走」，但在口語中也常用來表達像是「加油啊！」或者英語「Come on!」的意思。

[*2]「¡Qué + 名詞/副詞/形容詞！」表示感嘆或驚訝。cansancio 是表示「疲累」的名詞。

[*3] 這裡用有代動詞 animarse 表示「振作起來、開心點、加油」，如果只有 animar 則是「鼓勵」的意思。也可以只用 ánimo 這個字表示「加油」。

[*4] 這裡的直接受格代名詞 lo 是指對方正在努力的事情。動詞 ver 是「看」，conseguir 是「得到、達成」的意思，兩者都用了未來時態；這句話字面上是說「你會看到你怎麼（一步一步）達成目標」。

08-04

Diálogo 4 祝旅途愉快

Una amiga:	Voy a viajar a España por dos semanas.	一個朋友：	我要去西班牙旅行兩個禮拜。
Ema:	¡Buen viaje!	艾瑪：	旅途愉快！
Una amiga:	Gracias.	一個朋友：	謝謝。

第八單元 祝福與道賀

Diálogo 5 祝週末愉快

Javier: ¡Por fin llega el viernes!

Ana: Sí, ya puedes aprovechar este finde para relajarte.[*1]

Javier: ¡Buen fin de semana!

Ana: Igualmente, nos vemos entonces.[*2]

哈維爾： 終於到星期五了！
安娜： 是啊，你可以利用這個週末放鬆一下。
哈維爾： 週末愉快！
安娜： 你也是，再見。

¡ojo! 請注意

[*1]「poder + inf.」表示「能夠…」。aprovechar：利用。relajarse：放鬆。

[*2] nos vemos entonces 可以在之後有約的情況下表達「到時候見」，但即使沒有約，也可以單純用來表示「再見」的意思。

Diálogo 6 祝玩得愉快

Un compañero: Tendremos lugar la celebración del cumpleaños de mi hermano en casa esta noche.[*1]

Ana: ¡Qué bien! ¡Que lo pases muy bien![*2]

一個同學： 今天晚上我們要在家舉辦我弟弟的生日慶祝會。
安娜： 好棒！祝你玩得愉快！

¡ojo! 請注意

[*1] Tener lugar 是「舉辦」的意思。

[*2] 要祝別人玩得愉快，還可以說 ¡Que lo pases bomba! 或 ¡Que te diviertas mucho!。這些表達祝願的說法，都使用了動詞的虛擬式。（關於虛擬式，請參考第 10 課。）

08-07

Diálogo 7 生日 ①

Ana:	¡Feliz cumpleaños, Lucía!	安娜：	露西亞，生日快樂！
Lucía:	Gracias, Ana.	露西亞：	謝謝你，安娜。
Ana:	Este regalito[*1] es para ti.	安娜：	這是給你的禮物。
Lucía:	¿Para mí? Muchas gracias.	露西亞：	是給我的嗎？非常謝謝你。

第八單元 祝福與道賀

¡ojo! 請注意

[*1] 這裡把 regalo 變成縮小詞 regalito，但不一定表示禮物尺寸很小，在這裡是表現出親暱、可愛的感覺，有點像是中文的「小禮物」。縮小詞可以表示親暱（例：Carmen〔女性名稱〕→Carmencita）或者口語用法（例：Dame un cafecito. 給我一杯咖啡）。

MEMO 西班牙人習慣當場打開禮物

贈送禮物時，西班牙人通常希望對方當場打開來看，因為他們會期待看到收到禮物的人驚喜或開心的反應。所以收到禮物的人在道謝之後，會禮貌性詢問 ¿Puedo abrirlo?（我可以打開它嗎？）或 ¿Lo abro?（我打開囉？）。

08-08

Diálogo 8 生日 ②

La madre de Lucía:	Cariño, ¿Qué quieres para tu cumpleaños?	露西亞的媽媽：	親愛的，你生日想要什麼禮物？
Lucía:	Pues, quiero un reloj nuevo.	露西亞：	嗯，我想要一支新的手錶。
La madre de Lucía:	Vale. Papá y yo te lo compraremos para tu cumpleaños.	露西亞的媽媽：	好。爸爸和我會買手錶給你當生日禮物。

49

Diálogo 9 祝新年快樂

Ana: ¡Feliz Año Nuevo!
Alicia: ¡Que tengáis un año nuevo maravilloso!
Juan: ¡Os deseo un año nuevo lleno de prosperidad![*1]

安娜: 新年快樂!
艾莉西亞: 祝你們有個美好的新年!
璜安: 我希望你們有個幸福美滿的新年!

¡ojo! | 請注意

*1 lleno/a de...：充滿…的。prosperidad：繁榮，順利。

MEMO

其他祝福用語

在西班牙語中，可以用 Que（無重音符號）+ 虛擬式表達祝願。一些慣用的說法如下：

祝你心想事成　¡Que se cumplan todos tus sueños!
　　　　　　　（祝你所有的夢想都能達成）
祝你身體健康　¡Que tengas buena salud!
　　　　　　　（祝你擁有好的健康）
祝你平安抵達　¡Que llegues sano y salvo!

Unidad 9 慰問

Diálogo 1 安慰
09-01

David: Me separé de mi novia ayer.[*1]

Ema: Lo siento mucho. Si necesitas hablar con alguien[*2], aquí me tienes.

David: Gracias.

大衛： 我昨天跟女朋友分手了。

艾瑪： （聽到這消息）太遺憾了。如果你需要跟人聊聊，我會在這裡。

大衛： 謝謝。

¡ojo! | 請注意

[*1]「和⋯分手」是 separarse de...，「愛上⋯」是 enamorarse de...，介系詞都是 de。很多學習者會受到英語或中文的影響，在這兩個表達方式中使用錯誤的介系詞 con（和⋯），要特別注意。

[*2] 也可以說 Si necesitas alguien que te escuche...（如果你需要有人聽你說的話⋯）。

MEMO — 就算沒話講，也會想辦法搭話的西班牙人

西班牙人是很熱衷聊天、說話的民族，就算只是搭計程車，通常司機也會想跟沒見過面的乘客聊上幾句。如果在朋友聚會中有人不講話，西班牙人會認為他可能心情不好，或者身體不舒服，所以會習慣性地問他狀況怎麼樣，當作聊天的話題。

Diálogo 2 祈禱
09-02

David: Acaba de ocurrir el terremoto allí.[*1]

Ema: ¡Qué horror! Menos mal que el servicio de emergencia llega allí muy pronto.

David: Rezamos por las víctimas.

大衛： 那裡剛剛發生了地震。

艾瑪： 真可怕！還好救援團隊很快就到那裡了。

大衛： 我們來為受害者祈禱。

¡ojo! | 請注意

[*1] acabar de + inf. 表示「剛剛⋯」、「才剛⋯」的意思。注意 acabar 用現在時態，表示距離現在此刻沒有多久。

Diálogo 3 鼓勵

Juan: Tengo una semana llena de exámenes.

Ana: Yo también. Llevaba todas las vacaciones de la Navidad repasando los apuntes.*1 *2

Juan: Espero que te salga todo bien. ¡Ánimo!

Ana: Y tú también.

璜安：這一整個禮拜我都有考試。

安娜：我也是。整個聖誕假期我都在複習筆記。

璜安：希望你考試一切順利。加油！

安娜：你也是。

¡ojo! | 請注意

*1 「llevar + gerundio（動副詞）+ 期間」（後兩者的位置可以互換）表示「持續做某件事一段時間」。這裡用過去未完成時態的 llevaba 表示「過去一定期間持續的行為」。（關於未完成過去時態，參見第19課。）

*2 vacaciones（假期）慣用複數形。

Diálogo 4 詢問發生什麼事

La madre de Ema: Cariño, ¿qué te pasa?*1

Ema: ¿Has visto mi móvil*2? Es que no recuerdo dónde lo dejé*3.

La madre de Ema: Espera, te llamo a tu móvil ahora. A ver si lo podemos encontrar en casa.*4

艾瑪的媽媽：親愛的，你怎麼了？

艾瑪：你有看到我的手機嗎？因為我不記得我放到哪裡了。

艾瑪的媽媽：你等等，我現在打電話到你的手機。看看我們能不能在家裡找到它。

¡ojo! | 請注意

*1 字面上的意思是「什麼發生在你身上」，主詞是 qué，所以用 pasar 的第三人稱單數變位。

*2 手機也可以說 celular 或是 teléfono móvil；家用電話則是 teléfono fijo。

*3 dejé 是 dejar（留下，遺留）的第一人稱單數過去時態。

*4 「A ver si...」表示「（我們）看看是否…」。lo podemos encontrar 也可以改成 podemos encontrarlo（將直接受詞 lo 與動詞連寫）。

52

09-05

Diálogo 5 弔唁

La vecina:	Ayer murió mi abuelo.
Juan:	Lamento mucho. ¡Que descanse en paz!
La vecina:	Gracias.

鄰居： 昨天我爺爺過世了。
璜安： （聽到這件事）太遺憾了。希望他安息！
鄰居： 謝謝。

第九單元 慰問

09-06

Diálogo 6 關心對方健康

Ema:	¿Estás bien? Tienes mala cara.
David:	Estoy bien, gracias. Sólo el nuevo trabajo me cansa mucho.[1]
Ema:	No trabajes tanto y date un respiro. Cuídate mucho.[2]

艾瑪： 你還好嗎？你的臉色不好。
大衛： 我沒事，謝謝。只是新工作讓我很累。
艾瑪： 別工作這麼拚。讓自己喘口氣（休息一下）。好好照顧自己。

¡ojo! 請注意

[1] 動詞 cansar 表示「使疲憊」，主詞是讓人疲累的事（el nuevo trabajo），受詞是覺得累的人（me，「我」的直接受格）。
[2] Ema 說的這兩句話，動詞全都是命令式。（關於命令式，參見第 3 課。）

53

Diálogo 7 詢問目前狀況

Ema: ¿Te encuentras bien?
David: Me caí por las escaleras hace poco.[*1]
Ema: ¿Estás bien? ¿Te hace mucho daño?[*2]
David: Estoy bien. Nada grave.

艾瑪： 你還好嗎？
大衛： 我剛剛從樓梯摔下來。
艾瑪： 你還好嗎？傷得重嗎？
大衛： 我沒事，沒甚麼大礙。

¡ojo! 請注意

[*1] 有代動詞 caerse 表示「摔倒」。這裡用介系詞 por 是表示「沿著」樓梯摔下去。

[*2] hacer daño 表示「造成傷害」。這裡的主詞是「摔倒那件事」，所以動詞用第三人稱單數形。

10 Unidad 電話用語

Diálogo 1 一般電話問候語

10-01

Un amigo de Juan:	¿Sí? ¿Dígame?[*1]
Juan:	Hola, Pablo. Soy Juan. ¿Qué tal?
Un amigo de Juan:	Hola, Juan. Yo, bien. ¿Sabes? Me mudaré a Madrid el mes que viene.[*2] Tengo un trabajo nuevo allí.
Juan:	¿De veras? Ven a mi casa cuando puedas.[*3]

璜安的朋友：	喂？
璜安：	嗨，巴布羅。我是璜安。最近好嗎？
璜安的朋友：	嗨，璜安。我很好。你知道嗎？我下個月要搬去馬德里。我在那裡有新的工作。
璜安：	真的嗎？有空的時候就來我家吧。

¡ojo! 請注意

[*1] 接起電話時，會說 ¿Sí?、¿Dígame? 或 ¿Diga?。因為還不知道對方是誰，所以用 decir 的命令式第三人稱單數形 diga，字面意義是「請說話」。

[*2] me mudaré 是 mudarse（搬遷）的第一人稱單數未來時態。「下週／下個月／明年」的說法是「la semana／el mes／el año + que viene」。

[*3] ven 是 venir（來）的命令式第二人稱單數形，puedas 是 poder（能夠）的虛擬式現在時態第二人稱單數形。句意是「要是你能來的時候，你就來我家」。

Diálogo 2 確認自己就是要找的人

10-02

Un amigo de Juan:	Hola. ¿Está Juan, por favor?[*1]
Juan:	Soy yo.
Un amigo de Juan:	Hola, Juan. Soy Pablo. ¿Qué tal? Mira[*2], ¿estás libre esta noche?

璜安的朋友：	喂，請問璜安在嗎？
璜安：	我就是。
璜安的朋友：	嗨，璜安。我是巴布羅。最近好嗎？是這樣子的，你今晚有空嗎？

¡ojo! 請注意

[*1] 要問某個人在不在，直接說「¿Está + 人名？」即可。

[*2] mira 本來是「你看！」的意思，但在口語中，要提起某事之前也會說 mira，類似英語的「Look, ...」，本身沒有什麼特別的意思，有點像是為了填補思考時間而插入的字。

Diálogo 3 詢問對方身分

David:	Buenos días. ¿Está Pablo, por favor?	大衛：	早安。請問巴布羅在嗎？
El padre de Pablo:	¿De parte de quién?*1	巴布羅的爸爸：	請問哪裡找？
David:	Soy un compañero suyo. Me llamo David.	大衛：	我是他的同學。我叫做大衛。

¡ojo! | 請注意

*1 ¿De parte de quién? 是在電話中詢問「您是誰」的說法。

Diálogo 4 請對方等一下

Ana:	Hola, soy Ana. ¿Está Ema, por favor?	安娜：	你好，我是安娜。請問艾瑪在嗎？
El hermano de Ema:	Espere*1 un momento, por favor.	艾瑪的弟弟：	請您稍等一下。
Ana:	Gracias.	安娜：	謝謝。

¡ojo! | 請注意

*1 espere 是 esperar（等待）的命令式第三人稱單數形（表示對「您」的尊敬）。

Diálogo 5 為對方轉接

El colega de Martín:	Inmobiliaria AH, buenos días.
Ema:	Buenos días. Soy Ema Rodríguez. ¿Podría hablar con el señor Martín Gonzáles?
El colega de Martín:	Espere un momento, por favor. Ahora mismo se pone.[*1]

馬汀的同事：	AH不動產，早安。
艾瑪：	早安。我是艾瑪・羅德利傑斯。馬汀・龔薩雷斯先生現在方便接電話嗎（我可以跟馬汀・龔薩雷斯先生講話嗎）？
馬汀的同事：	請您等一下。立刻為您轉接。

¡ojo! 請注意

[*1] 這是轉出電話前的慣用語，使用 ponerse 的第三人稱單數形，表示「對方指定的那個人來接聽或回應電話」的意思。

Diálogo 6 要找的人不在

Ema:	Hola, soy Ema Rodríguez. ¿Está el señor Martín Gonzáles, por favor?
El colega de Martín :	Lo siento, ahora no está en oficina.
Ema:	De acuerdo. Lo vuelvo a llamar más tarde, gracias.[*1]

艾瑪：	你好，我是艾瑪・羅德利傑斯。請問馬汀・龔薩雷斯先生在嗎？
馬汀的同事：	很抱歉，現在他人不在辦公室。
艾瑪：	好的。我晚點再打給他，謝謝。

¡ojo! 請注意

[*1]「volver a + inf.」表示「再次…」。副詞 tarde 表示「遲、晚」，這裡再加上副詞 más（比較，更加），表示「比較晚的時候」。

第十單元 電話用語

Diálogo 7 忙線中

Juan: Llevo un rato llamándolo a Pablo[*1], pero siempre está ocupado.

David: Puede ser que su teléfono fijo no esté bien colgado.[*2]

璜安：我已經連續打給巴布羅好一會，但是電話一直佔線。

大衛：可能他的家用電話沒掛好。

¡ojo! | 請注意

[*1] 這裡的代名詞 lo（第三人稱單數直接受格）就等於 a Pablo，西班牙語經常像這樣同時使用第三人稱代名詞的受格和具體名稱，讓人清楚知道是在指誰。

[*2] 「puede ser que + 子句」表示「（情況）有可能是…」。esté 是 estar 的虛擬式現在時態第三人稱單數變位，表示不確定性。colgado 是過去分詞，當形容詞用，表示「掛上的」。上一句的 ocupado（被佔用的）也是過去分詞當形容詞用。

MEMO 電話打不通的情況

除了電話佔線以外，還有其他可能的情況：

他那邊訊號不好　Está fuera de cobertura.（他在〔訊號〕覆蓋範圍外）／手機關機　El móvil está apagado.
他關了手機　Apagó el teléfono móvil.／他沒掛好電話　Deja el teléfono descolgado.
他的手機關了　Tiene el teléfono móvil apagado.／電話沒掛好　El teléfono está descolgado.

Diálogo 8 詢問是否需要留言

Ana: Hola, soy Ana. Querría hablar con Ema.[*1]

El hermano de Ema: De momento no está en casa. ¿Quiere dejar un recado?

Ana: ¿Podría pedirla a llamarme cuando vuelva?[*2]

El hermano de Ema: De acuerdo.

安娜：你好，我是安娜。我找艾瑪（我想跟艾瑪講話）。

艾瑪的弟弟：現在她不在家。您要留言嗎？

安娜：她回來的時候可以請她打電話給我嗎？

艾瑪的弟弟：好的。

¡ojo! | 請注意

[*1] 和「¿Podría + inf.?」（您可以…嗎？）一樣，「Querría + inf.」（我想要…）也是用條件式表示禮貌的說法。

[*2] 「pedir a + inf.」表示「要求（某人）去做…」。vuelva 是 volver 的虛擬式現在時態第三人稱單數。

Diálogo 9 請求留言

Ana:	Hola, soy Ana. ¿Está Ema, por favor?
El hermano de Ema:	Ahora no está.
Ana:	¿Podría dejarle un recado?[*1]
El hermano de Ema:	Sí, claro.

安娜：	你好，我是安娜。請問艾瑪在嗎？
艾瑪的弟弟：	現在她不在。
安娜：	我可以留言給她嗎？
艾瑪的弟弟：	當然可以。

¡ojo! 請注意

[*1] le 是代名詞第三人稱單數間接受格。un recado（訊息）也可以說是 un mensaje。

Diálogo 10 聽不清楚

David:	Hola, buenas. Querría consultar algo sobre mi cuenta.
La empleada de banco:	Perdone, señor. No le oigo bien.[*1] ¿Podría repetir?
David:	Pues, le llamo de nuevo.

大衛：	您好。我想要詢問關於我帳戶的事情。
銀行行員：	抱歉，先生。我聽不太清楚。可以請您重複嗎？
大衛：	那我再打一次給您好了。

¡ojo! 請注意

[*1] No le oigo bien. 也可以說成 No lo oigo bien.，差別在於第一句的 le 是 RAE（西班牙語皇家學院）認可的 leísmo 用法（leísmo 是指在本來應該用直接受詞 lo, la 的地方使用間接受詞 le 的現象，有些情況下被認為是一種文法錯誤），也就是用 le 取代直接受詞 lo, la 來表示禮貌。後面 David 說的 le llamo 也是一樣。

Diálogo 11 打錯電話

David: Hola, buenas. ¿Está José?

Un señor: No, se ha equivocado[*1] el número.

David: Disculpe, ¿su número es 901235687?

Un señor: No, este es 901235678.

David: Lo siento mucho.

Un señor: No pasa nada.

大衛： 你好。荷西在嗎？
一位先生： 不是，你打錯電話了。
大衛： 抱歉，您的電話號碼是 901235687 嗎？
一位先生： 不是，這裡是 901235678。
大衛： 對不起。
一位先生： 沒關係。

¡ojo! | 請注意

[*1]「haber + 過去分詞」表示「已經做了…」。動詞 equivocarse 表示「搞錯」。（關於 haber 的用法，請參考第 9 課）

Sección II |
到當地一定要會的場景會話

Lección 1
在機場大廳 en el vestíbulo del aeropuerto

Ana:	Hola, buenos días.
El recepcionista:	Buenos días, ¿en qué puedo ayudarle?*1
Ana:	Es que quiero ir al centro.*2 ¿Sabes si hay autobuses por aquí cerca para llegar allí?*3
El recepcionista:	Podría coger el autobús exprés aeropuerto.
Ana:	¿Dónde está la parada del autobús exprés aeropuerto?
El recepcionista:	Hay dos paradas. Una está en la terminal 1(uno), la salida 2(dos) y la otra está en la terminal 2, la salida 3(tres).
Ana:	¿Cuánto tiempo tarda en llegar?*4
El recepcionista:	Más o menos 20(veinte) minutos.
Ana:	¿Dónde puedo comprar el billete?
El recepcionista:	Podría comprarlo en máquina de venta de billetes en la parada o en el mostrador de estación de autobuses.*5
Ana:	Muchas gracias.
El recepcionista:	De nada. Adiós. ¡Que tenga un buen día!*6

安娜：嗨，早安。

櫃台服務人員：早安，有什麼我能幫您的嗎？

安娜：我想要去市中心。你知道這附近是否有巴士可以到那裡嗎？

櫃台服務人員：您可以搭乘機場快捷巴士。

安娜：機場快捷巴士站在哪裡呢？

櫃台服務人員：有兩個站。一個在第一航廈的二號出口，另一個在第二航廈的三號出口。

安娜：到市中心要花費多少時間？

櫃台服務人員：差不多 20 分鐘。

安娜：我在哪裡可以買到車票呢？

櫃台服務人員：您可以在站牌處的售票機或是巴士站的售票櫃台買到車票。

安娜：非常感謝。

櫃台服務人員：不客氣。再見。祝您有美好的一天！

¡ojo! | 請注意

*1 le 是第三人稱單數的間接受格代名詞。服務人員會使用第三人稱（= usted）稱呼顧客以示禮貌。顧客同樣可以使用第三人稱指稱服務人員，但也可以像這裡用第二人稱（= tú）來拉近距離。

*2 這裡即使把 Es que 去掉，意思也差不多，但「Es que + 子句」有「是因為…的緣故」的語感，語氣顯得委婉一些。

*3 por aquí cerca 表示「在這附近」。「para + inf.」表示目的「為了做…、要做…」。

*4 這裡的 tarda（原形為 tardar），主詞是沒有說出來的「el recorrido」（旅程）。介系詞 en 也可以換成 para。

*5 parada 是指一般、簡易的停靠站，而 estación 是指較大型的車站設施。

*6 這裡用「Que + 虛擬式（subjuntivo）」表示希望、祝福（參考第8課會話重點、第10課文法）。

詞彙整理

el vestíbulo del aeropuerto	機場大廳
ayudar	幫忙
el centro	市中心
la parada de autobús	公車站
coger	搭乘；拿取
la terminal	航廈
※在西班牙通常視為陰性名詞，但在智利、哥倫比亞及其他部分國家常為陽性。	
la salida	出口
más o menos	大約，差不多
comprar	購買
el billete	車票
la máquina de venta de billetes (la máquina autoventa)	售票機（自動販售機）
el mostrador	櫃台

會話重點

重點1 ¿Saber + si + 子句？

「¿Saber + si + 子句？」是詢問某人「知道是否…嗎？」，si 在這裡表示「是否…」。所以，對話中的 ¿Sabes si hay autobuses...? 的意思是「你知道有沒有…的巴士嗎？」。

Ex. ¿Sabes si David tiene un hijo o una hija?
（你知道大衛是否有子女嗎？）

重點2 poder + inf.

「poder + inf.（動詞原形）」表示「能夠做…」。在課文中，除了一般的陳述式以外，還出現了「¿Podría...?」（條件式，第三人稱單數）的用法，是表示客氣、禮貌。（關於條件式，請參考第4課）

Ex. Puedo ir de compras contigo esta noche.
（今晚我可以和你去購物。）→ 陳述式；單純表示「能不能」

Ex. ¿Podrías pasarme la sal?
（可以麻煩你把鹽巴遞過來給我嗎？）→ 條件式；表示禮貌的請求

poder（能夠）的陳述式和條件式

主詞	陳述式（現在）	條件式
Yo	puedo	podría
Tú	puedes	podrías
Él, Ella, Usted	puede	podría
Nosotros/as	podemos	podríamos
Vosotros/as	podéis	podríais
Ellos, Ellas, Ustedes	pueden	podrían

（用條件式表示請求時，使用第二或第三人稱變位；關於條件式的解說，詳見第4課）

文法焦點｜西班牙語的疑問句型

剛到西班牙，最需要開口說話的情況就是詢問資訊了。疑問句的句型和直述句不同，而且依照是否使用疑問詞，可以分為兩種：

(1) 沒有疑問詞的問句

詢問陳述的內容正確與否，可以用「Sí」或「No」回答。這類問句的句型，是將主要動詞放在句首，如下：

直述句：Juan habla español. 璜安說西班牙語。
疑問句：¿Habla Juan español? 璜安說西班牙語嗎？

不過，因為西班牙語經常會省略主詞，所以這類疑問句的詞序有時候表面上和直述句相同，但還是可以從句尾上升的語調知道是在詢問資訊。另外，表示「有…」的無人稱動詞 **hay**，也有類似的情況。例如：

¿Sabes (tú) si hay autobuses para llegar allí? 你知道是否有到那裡的公車嗎？
（直述句為 (Tú) sabes...）
¿Hay autobuses para llegar allí? 有到那裡的公車嗎？
（直述句同樣是 Hay + 名詞 + 位置）
※除了以上介紹的一般句式以外，偶爾也會直接使用和直述句完全相同的「主詞 + 動詞…」詞序，並以句尾上揚的語調表示疑問。

(2) 使用疑問詞的問句

問「誰」、「什麼」、「哪裡」之類的問題。這類問句是用疑問詞開頭，並且會將主要動詞提前到疑問詞後面，如下：

直述句：La parada del autobús está... 公車站在…
疑問句：¿Dónde está la parada del autobús? 公車站在哪裡？

不過，當疑問詞與介系詞連用（介系詞 + 疑問代名詞），或者形容後面的名詞時（疑問形容詞 + 名詞），連用的成分會一起提前到句首。例如：

¿**En qué** puedo ayudarle?「我能夠在什麼（方面）幫忙您呢？」→有什麼我能幫忙的嗎？
¿**Cuánto tiempo** tarda en llegar al centro? 到市中心要多少時間？

常用的疑問詞

Qué 什麼（疑問形容詞／代名詞）　　　　**Dónde** 哪裡（疑問副詞）
　→ **Por qué** 為什麼〔詢問原因〕　　　　**Cuándo** 什麼時候（疑問副詞）
　→ **Para qué** 為了什麼〔詢問目的〕　　　**Cuánto** 多少（疑問形容詞／代名詞）
Quién 誰（疑問代名詞）　　　　　　　　**Cuál** 哪個，**Cuáles** 哪些（疑問形容詞／代名詞）
Cómo 怎樣（疑問副詞）

了解疑問句的文法之後,接下來就學習一些在西班牙旅遊時可以用來詢問資訊的實用問句吧!

A.「【地點】在哪裡?」

¿Dónde está 地點名稱 ?

→ ¿Dónde está la parada de autobús?
   公車站在哪裡?

B.「你知道(附近)有沒有【某種交通工具】可以到【目的地】嗎?」

¿Sabes si hay   交通工具   (por aquí cerca) para llegar a   目的地名稱 ?

→ ¿Sabes si hay autobuses por aquí cerca para llegar a la plaza mayor?
   你知道這附近是否有到主廣場的公車嗎?

¡ojo! | 請注意

hay(「有」,表示存在)的用法
- hay 為無人稱變化的動詞。
- 後接單數名詞時,只能使用不定冠詞(un, una)
  例如:Hay un ordenador en la mesa. 在桌上有一台電腦。
- 後接複數名詞時,可以不加冠詞,或用不定冠詞(unos, unas)表示「一些」。
  例如:Hay unos alumnos en el aula. 有一些學生在教室。
- 表達否定的時候,不加冠詞。
  例如:En mi piso no hay terraza. 在我的公寓沒有陽台。

C.「到【目的地】要花多少時間?」

¿Cuánto tiempo tarda en(/para) llegar a   目的地名稱 ?

→ ¿Cuánto tiempo tarda en(/para) llegar a la plaza de España?
   到西班牙廣場要花多少時間?

D.「我在哪裡可以買到【物品】?」

¿Dónde puedo comprar   物品名稱 ?

→ ¿Dónde puedo comprar el billete?
   我在哪裡可以買到車票?

→ ¿Dónde puedo comprar los zapatos de Camper?
   我在哪裡可以買到 Camper 的鞋子?

對話短句

目前位置

Perdone, estoy perdida. ¿Dónde estamos ahora?
不好意思,我迷路了(女性,用陰性字尾-a)。我們現在在哪裡呢?

*問路的時候,不會說「這裡是哪裡」,而是說「我們(我和對方)在哪裡」。

Estamos en la terminal 3, la salida 1.
我們在第三航廈的一號出口。

出口位置

Disculpe, ¿dónde está la salida 5?
不好意思,五號出口在哪裡?

Sigue todo recto hasta el final de este pasillo y luego gira a la derecha. Allí está.
你從這裡直走到走道盡頭然後向右轉。那裡就是(六號出口)。

確認方向

¿Tengo que girar a la derecha o a la izquierda?
我該向右還是向左轉?

En el primer semáforo gira a la derecha.
在第一個紅綠燈向右轉。

交通工具

¿Cómo puedo llegar a Sevilla?
我要如何才能到達賽維亞?

Podrías coger el AVE en la estación de Atocha.
你可以在阿多恰車站搭乘高鐵。

西班牙文的數字表達

uno 1	dos 2	tres 3	cuatro 4	cinco 5
seis 6	siete 7	ocho 8	nueve 9	diez 10
once 11	doce 12	trece 13	catorce 14	quince 15
dieciséis 16	diecisiete 17	dieciocho 18	diecinueve 19	veinte 20

Ejercicios | 練習題

A. 請將提示的單字填入空格。每個單字只能使用一次。

| qué   cómo   dónde   cuándo   cuánto |

❶ ¿En _____ puedo ayudarle?　　　　　　有什麼我能為您服務的嗎？

❷ ¿_____ está la parada del autobús exprés?　快捷巴士站在哪裡？

❸ ¿_____ tiempo tarda en llegar?　　　　要花多少時間才會到？

❹ ¿_____ sale el autobús?　　　　　　　巴士什麼時候出發？

❺ ¿_____ puedo comprar un billete?　　　我要怎麼買票呢？（我能怎樣買票呢？）

B. 請將問句和適當的回答連起來。

❶ ¿Cómo puedo llegar a Málaga?　•　　•(1) Sí, puede tomar el autobús de la línea 2.

❷ ¿Hay autobuses para ir al centro?　•　　•(2) Estamos aquí.

❸ ¿Dónde estamos en el plano?　•　　•(3) Podría coger el AVE.

❹ ¿Podrías pasarme la sal?　•　　•(4) Aquí tienes.

C. 請用提示的詞彙寫出完整的句子，並請注意將動詞改為正確的形態。

❶ 你知道這附近是否有公車嗎？（por aquí cerca / autobuses / saber / hay / si）

_____

❷ 我可以在哪裡買到火車票？（el billete de tren / poder / comprar / dónde）

_____

❸ 到托雷多要花多少時間？（llegar a / Toledo / tardar / en / tiempo / cuánto）

_____

正確答案請見附錄解答篇 p.290

機場航廈內外實用單字

❶ **el vestíbulo de llegadas** 入境大廳
❷ **el vestíbulo de salidas** 出境大廳 
❸ **la salida** 出境
❹ **la llegada** 入境
❺ **zona de recogida de equipajes** 行李提領處
❻ **transbordar / hacer transbordo / hacer escala** 轉機 
❼ **la oficina de cambio de monedas** 外幣兌換處 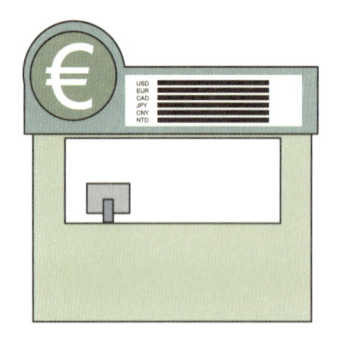
❽ **el mostrador de facturación** 登機報到櫃台 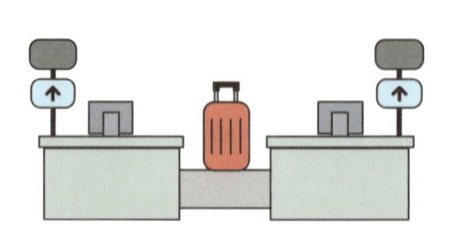
❾ **el autobús exprés aeropuerto** 機場快線巴士 
❿ **la aduana** 海關 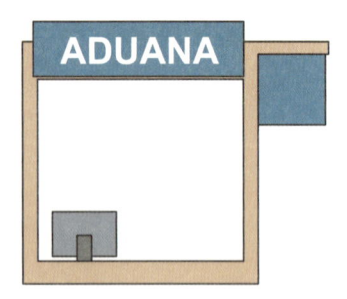
⓫ **el autobús de enlace / la lanzadera / el autobús de traslado** 接駁巴士 
⓬ **el control de seguridad** 出入境安檢

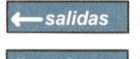

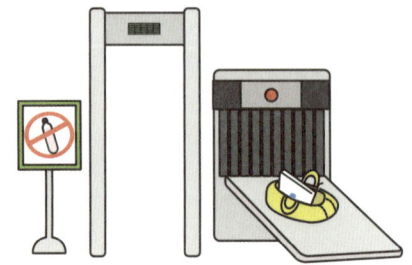

⑬ **el servicio de devolución de impuestos** 退稅服務處

⑭ **la tienda libre de impuestos** 免稅商店

補充表達

我要去轉機。	Voy a hacer escala. / Voy a hacer transbordo.
我要去第二航廈。	Voy a la terminal 2(dos).
我在等行李。	Estoy esperando los equipajes.
我要搭接駁巴士去市區。	Quiero ir al centro en autobús de enlace.
我要買機場快線的票。	Quiero comprar un billete de autobús exprés aeropuerto.
我要退稅。	Quiero hacer devolución de impuestos.
我要把歐元換成美元。	Quiero cambiar euros por dólares.
我得登機了。	Tengo que embarcar.
這是我的護照。	Este es mi pasaporte.
我的航班是…	Mi vuelo es …
我是來旅遊的/念書的。	Vengo a hacer turismo. / Vengo a estudiar.

如何從機場到市中心

　　相較於同時使用加泰隆尼亞語(el catalán) 及西班牙語(el castellano)的巴塞隆納，第一次拜訪西班牙的遊客或是留遊學的學生，大多會選擇馬德里作為第一個落腳的地點。馬德里的巴拉哈斯 (Barajas)機場航廈分為T1, T2, T3及T4。如果要從機場前往市中心，可以搭乘地鐵、火車、機場快捷公車或計程車。馬德里機場的標示非常清楚，如果要搭乘地鐵，只要循著標示Metro的標誌，就可以從機場搭乘8號線 (Línea 8) 到Nuevos Ministerios站，再依據每個人的需要，轉乘到其他地方。地鐵的票價分為一次票 (Un viaje) 及10次票 (10 viajes)，在機場轉搭地鐵時，無論是一次票或10次票的購票金額，都會加收機場費(suplemento) 3歐元。在 Tarjeta Multi（不記名的多功能交通卡）儲值 10 次票，可以用於搭乘地鐵與公車，也可以多人共用，是比較划算的選擇。因為西班牙的地鐵站並非每站都有手扶梯或電梯，因此常常需要自己搬行李上下樓梯。雖然有時候會遇到熱心的當地人幫忙提行李，但大多數都是要靠自己。如果選擇搭乘火車到市區，可以在T4搭乘西班牙國鐵 (Renfe) C1線的火車到阿多恰 (Atocha) 火車站，再從這裡轉乘。如果結伴同行的話，選擇共乘計程車也是不錯的選擇。無論是用哪種方式前往，都要注意將背包及隨身重要物品揹在胸前，進入擁擠的車廂也要注意身旁有沒有故意擠過來的陌生人，保護好自己的隨身物品，才不會成為扒手下手的目標。

Lección 2
在巴士總站 en la estación de autobuses

David: Disculpe. Querría ir al Museo Sorolla. ¿Qué línea de autobús tengo que coger?[*1]

El conductor: Sólo tiene que coger la línea 5 y bajar en la parada de Museo Sorolla, en la entrada principal del museo.

David: ¡Qué bien! ¡Es muy fácil de llegar allí![*2] ¿El Museo Sorolla está lejos de aquí?[*3]

El conductor: No, más o menos 25 minutos en autobús.

David: ¿Cuándo llegará el próximo autobús línea 5?[*4]

El conductor: A ver...[*5] llegará dentro de 10 minutos.

David: ¿Dónde está la parada de autobús línea 5?

El conductor: Está muy cerca de aquí. Siga todo recto por este pasillo y cuando ve una máquina expendedora de bebidas, gire a la derecha.[*6] La parada está allí.

David: Muchas gracias. Adiós.

El conductor: De nada. Adiós.

大衛：不好意思。我想要去索羅亞美術館。我應該搭哪一條公車路線呢？

公車司機：您只需要搭5號路線，並且在索羅亞美術館站下車，在美術館的正門口。

大衛：太棒了！到達那裡很容易嘛！索羅亞美術館離這裡很遠嗎？

公車司機：不會（很遠），搭公車大概25分鐘。

大衛：下一班5號公車何時會到？

公車司機：（我）看看…10分鐘以內會到。

大衛：5號公車的站牌在哪裡呢？

公車司機：離這裡很近。請您沿著這條走道直走，當您看到一台飲料販賣機時，就向右轉。站牌就在那裡。

大衛：非常感謝。再見。

公車司機：不客氣。再見。

¡ojo! 請注意

[*1]「tener que + inf.」表示「必須做…」。大衛用 tener 的第一人稱單數 tengo，司機則用第三人稱單數的 tiene 表示對他的禮貌。還可以用 y 連接兩個以上的動作，例如司機說的「tiene que coger... y bajar...」。

[*2]「Es (muy) fácil/difícil de + inf.」：做…很簡單／困難。

[*3]「名詞 está lejos/cerca de 地點」：名詞離某地點很遠／近。lejos、cerca 都是副詞，所以不會隨著主詞產生性與數的變化。

[*4] llegará 是動詞 llegar 的第三人稱單數未來時態。（關於未來時態，請看第7課的介紹）

[*5] 要找找看、查查看某個東西的時候，常用 A ver... 表示「我看看…／我們看看…」。

[*6] siga（←seguir）、gire（←girar）都是命令式的第三人稱單數形。關於命令式，在下一課會有詳細的介紹。

詞彙整理

la línea	線，路線
sólo	只有，只要（副詞）
bajar	下車
la entrada	入口
principal	主要的
fácil(↔difícil)	簡單的（↔困難的）
lejos	遠（副詞）
próximo/a	下一個的
dentro de	在…之內
cerca	近（副詞）
seguir	繼續，繼續走
todo recto	直直地，直走（副詞）
el pasillo	走廊，走道
la máquina expendedora (/autoventa) de refrescos	飲料販賣機
girar	轉彎
la derecha(↔la izquierda)	右邊（↔左邊）

會話重點

重點1 表示「搭乘」的動詞

除了 coger 之外，也可以用 tomar 表示「搭乘…」，後面直接接交通工具當受詞。如果要表達「上車」的動作，可以使用動詞 subir（上車、往上），但這時候是當不及物動詞用，所以中間要加上介系詞 a，例如 subir al autobús（上公車，a el 要改成 al）。另外，拼字和 coger 很接近的 recoger 是去「接（某人）」的意思。

tomar 其實是一個用途很廣泛的動詞，類似英語的「take」。除了「搭乘」以外，主要是表示「拿取」的意思，也可以表示「吃（藥）」或「喝（飲料）」（tomar café 喝咖啡）。tomar el sol（做日光浴）則是從「吸收陽光」的字面意義延伸出曬太陽、沐浴在陽光下的意思。

重點2 指引路線時常用的表達方式

除了這裡出現的 seguir todo recto（繼續直走）、girar a la derecha(/izquierda)（往右〔左〕轉）以外，也常用到「cruzar + 名詞」（穿越）、「encontrar + 名詞」（找到、遇到、發現）等表達方式。

Ex. **Siga todo recto y luego cruce la Plaza Mayor.**（請您直走，然後穿越主廣場。）

Ex. **Siga todo recto y encontrará una zona con tiendas de ropa.**（請您直走，然後就會找到有許多服飾店的區域。）

數字表達方式：20以後的數字

20	veinte		21	veintiuno
30	treinta		22	veintidós
40	cuarenta		23	veintitrés
50	cincuenta		24	veinticuatro
60	sesenta		25	veinticinco
70	setenta		26	veintiséis
80	ochenta		27	veintisiete
90	noventa		28	veintiocho
100	cien		29	veintinueve

※ 從 31 到 99，當個位數是 0 以外的數字時，直接用「y」來表示，例如 35 是 treinta y cinco。超過100 的數字會使用「ciento」的形式，而且 ciento 後面不加 y，例如 101 = ciento uno、119 = ciento diecinueve、168 = ciento sesenta y ocho。

文法焦點 ｜ 疑問詞 Qué、Cuándo 及連接詞 Cuando

第一課已經學過疑問句的構成方式，這一課我們再深入學習疑問詞 Qué、Cuándo 的用法，同時也順便學習形態類似但用法不同的連接詞 Cuando（在⋯的時候）。

(1) Qué（什麼）

Qué 可以當疑問代名詞或疑問形容詞。所謂「疑問代名詞」，就是取代句中要詢問的名詞性成分（主詞、受詞或補語）。請記得疑問句的結構原則上都是用「疑問詞 + 主要動詞」開頭。

¿**Qué** es esto? 這是什麼？

¿**Qué** haces ahora? 你現在（在）做什麼？

¿**Qué** te parece? 你覺得怎樣？

→ 動詞 parecer 表示「看起來」或「使⋯覺得」，本句是後者的用法，字面意義是「某事物讓你覺得是什麼（樣的事物）」。te 是間接受詞，qué 是主詞（某事物）的補語。

當形容詞時，後面直接接名詞做修飾，被修飾的名詞會一起移到句首。

¿**Qué línea de autobús** tengo que coger? 我應該搭幾號路線公車？

¿**Qué día** es hoy? 今天是星期幾？

¿**A qué hora** llegará el próximo autobús? 下一班公車幾點會到？

→ 與介系詞連用時，和介系詞一起提前。A qué hora：在幾點。

Qué 也是形成感嘆句的重要成分，基本句型是用「Qué + 名詞/形容詞/副詞」開頭。如果形容詞後面有直接修飾的名詞，會一起移到句首。

¡**Qué calor** (hace hoy)! （今天）好熱！〔名詞〕

¡**Qué buen tiempo** (hace hoy)! （今天）天氣真好！〔形容詞 + 名詞〕

¡**Qué guapa** (estás)! （妳現在）真漂亮！〔形容詞〕

¡**Qué bien** (has hecho)! （你做得）真好！〔副詞〕

(2) Cuándo（什麼時候）

Cuándo 是疑問副詞，取代句中的副詞性成分，用來詢問動作發生的時間。

¿**Cuándo** llegará el próximo autobús? 下一班公車什麼時候會到？

¿**Cuándo** es tu cumpleaños? 你的生日是什麼時候？

(3) Cuando（當⋯的時候）

Cuando 是連接詞。請注意它沒有重音符號，所以音調比 Cuándo 輕、低一些，在句子裡的功能也相當不同。Cuando 後面接從屬子句，並且具有連接從屬子句與主要子句的功能；Cuando（從屬）子句和主要子句的前後位置可以對調。Cuando 子句表示主要子句發生的「前提」或「條件」。

Cuando ve una máquina expendedora de refrescos, gire a la derecha.
　　　　　　　　從屬子句　　　　　　　　　　　　　　主要子句

= Gire a la derecha **cuando** ve una máquina expendedora de refrescos.
　　主要子句　　　　　　　　　　從屬子句

當您看到一台飲料販賣機時，請向右轉。

Cuando tengas tiempo libre, iremos al cine juntas.
當你有空閒時間的時候，我們就一起去看電影。（用「cuando 虛擬式 + 陳述式未來時態」表達尚未發生、假設性的情況。）

與巴士相關的表達

P2-L02-04

我在等公車。	Estoy esperando el autobús.
我想要買一張單程票。	Quiero/Querría comprar un billete sencillo.
我想要搭5號線公車。	Quiero/Querría tomar el autobús línea 5.
我想要上車。	Quiero/Querría subir.
我想要下車。	Quiero/Querría bajar.
您可以在車上購票。	Puede comprar el billete en el autobús.
本車開往市中心。	Este autobús va hacia el centro de la cuidad.
下車前請按停車鈕。	Pulse el botón STOP (el botón de parada de autobús) antes de bajar.
在1號月台	en el andén número 1
（車頭顯示文字）暫停服務	fuera de servicio

對話短句

P2-L02-05

確認方向

Perdone, ¿Este autobús pasa por la Puerta del Sol?
不好意思，這輛公車會經過太陽門嗎？

No, tiene que tomar la línea 2.
沒有，您必須要搭2號線。

Disculpe, ¿En qué dirección/sentido va este autobús?
不好意思，這輛公車是往什麼方向呢？

Este autobús va hacia la Universidad Autónoma de Madrid.
這輛公車開往馬德里自治大學。

幾號線

Disculpe, ¿Qué autobuses tengo que tomar para llegar al Museo del Prado?
不好意思，我該搭什麼公車才能到普拉多美術館呢？

Puede coger la línea 27.
您可以搭27號線。

Lección 2 在巴士總站

73

問距離

¿La Biblioteca Nacional está cerca de aquí?
國家圖書館離這裡很近嗎？

Más o menos 10 minutos en autobús.
搭公車大約10分鐘。

站牌位置

¿Dónde está la parada de autobús?
公車站牌在哪裡呢？

Está enfrente.
在對面。

買車票

Un billete sencillo, por favor.
麻煩您，一張單程票。

Son un euro con cincuenta (céntimos) (1,50 €).
一共是 1.50 歐元。

Un billete de 10 viajes, por favor.
麻煩您，一張 10 次票。

Son doce euros con veinte (céntimos) (12,20 €).
一共是 12.20 歐元。

時刻表

Disculpe, ¿A qué hora sale el primer autobús?
不好意思，首班車幾點發車？

A las seis.
6 點。

Disculpe, ¿Cómo consigo el plano de autobuses con horario y tarifa?
不好意思，我要如何取得包含時刻表及票價的公車路線圖？

Puede tenerlo en la información de turismo o en cualquier taquilla.
您可以到遊客中心或任何一個售票處索取。

停靠站

¿Este autobús para en el Mercado San José?
這台巴士會停靠聖荷西市場嗎？

No, este autobús va en sentido contrario.
沒有，這台巴士是開往反方向。

¿Cuántas paradas hay?
(路途中)有幾個停靠站？

10 paradas.
10個站。

確認站名

¿Esta es la parada "Mercado Central"?
這一站是中央市場嗎？

No es esta, es la siguiente.
不是，是下一個。

Ejercicios │ 練習題

A. 請完成下列的句子，並試著念念看。

① _____ ir al Museo Prado.　　　　　　我想要去普拉多美術館。

② Puede _____ la línea 25.　　　　　　您可以搭乘 25 號路線。

③ ¿_____ línea tengo que coger?　　　　我該搭幾號線？

④ Gire a la izquierda _____ ve una cafetería.　看到咖啡店的時候請左轉。

⑤ ¿_____ llegará el próximo autobús línea 16?　下一班 16 號公車什麼時候抵達？

B. 請選出正確的答句。

① ¿Este autobús pasa por la plaza mayor?

　　a. No, no pasa nada.

　　b. No, no pasa por ahí. Tiene que tomar la línea 20.

② ¿Qué línea de autobús tengo que tomar?

　　a. Tiene que tomar la línea 100.

　　b. Tiene que tomar más agua.

③ ¿El Museo Sorolla está lejos de aquí?

　　a. No, tiene que girar a la derecha.

　　b. No, sólo 10 minutos en autobús.

④ ¿Está la Biblioteca Nacional cerca de aquí?

　　a. No, está muy lejos.

　　b. Sí, pasa por la Biblioteca Nacional.

⑤ ¿Dónde está la parada de autobús?

　　a. Está en la entrada principal del museo.

　　b. No hay máquina autoventa de refrescos en la parada de autobús.

C. 請選出正確的西語句子。

① 購買單程票應該怎麼說？

　　a. Un billete de viaje, por favor.

　　b. Un billete sencillo, por favor.

❷ 想要取得有時刻表的公車路線圖該怎麼說？

　　a. ¿Cómo consigo el plano de autobuses con horario?

　　b. ¿A qué hora sale el primer autobús?

❸ 詢問公車是否停靠某站該怎麼說？

　　a. ¿Este autobús está fuera de servicio?

　　b. ¿Este autobús para en el mercadillo?

❹ 詢問公車有幾個停靠站該怎麼說？

　　a. ¿Cuánto cuesta?

　　b. ¿Cuántas paradas hay?

❺ 確認是不是某個站該怎麼說？

　　a. ¿Este autobús para en "Mercado Central"?

　　b. ¿Esta es la parada "Mercado Central"?

正確答案請見附錄解答篇 p.290

公車站及公車內相關單字

❶	la máquina autoventa de billetes / la máquina expendedora de billetes	自動售票機
❷	la taquilla	售票處
❸	el horario	時刻表
→	el mapa de ruta/línea	路線圖
→	la hora punta	尖峰時刻
→	la hora valle	離峰時刻
❹	la estación de autobuses	公車總站
❺	la parada de autobús	站牌
❻	la parada de salida	起始站
❼	la parada final	終點站
❽	el botón de parada / el timbre	下車鈴
❾	el billete	車票
❿	el pasajero (la pasajera)	乘客
⓫	el conductor (la conductora)	司機
⓬	el asiento	座位
→	el asiento reservado	博愛座

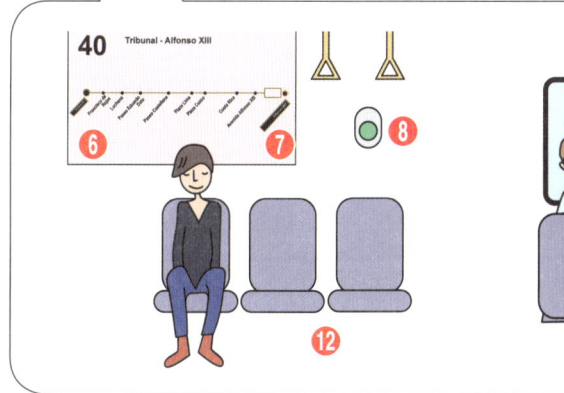

Lección 2 在巴士總站

77

距離的表達方式

la distancia	距離
① cerca (de...)	（離…）近
② lejos (de...)	（離…）遠
③ la/el más cerca	最近的
④ la/el más lejos	最遠的
al lado de...	在…旁邊
por aquí cerca	在這附近

metro	公尺
① un metro	1 公尺
② cincuenta metros	50 公尺
③ un kilómetro	1 公里
④ cinco kilómetros	5 公里

馬德里的公車系統

馬德里公車（EMT）路線分布很廣，許多地鐵無法到達的地點，可以搭乘市公車前往。但馬德里的公車不像台灣一樣有專用車道可以行駛，如果遇到交通繁忙的時段，比起不受地面交通影響的地鐵，搭乘公車可能沒有那麼快。在馬德里等公車，可以在站牌看到停靠本站的公車路線，也有電子看板顯示公車預估抵達的時間。

一般市區公車平日大多從早上 6 點營運到晚上約 11 點半，週末則略晚開始，通常是早上 7 點左右發車，末班車則多在晚上 11 點過後。除了一般時段以外，也有在 23:30 之後營運的夜間公車（Búho），讓深夜利用者可以搭乘。為了方便識別，夜間公車的路線編號前面會加上 N 字。EMT 絕大部分的夜間公車，都是從希貝雷斯廣場（la Plaza de Cibeles）發車。

公車票可以在車上購買，EMT 每次乘車的單程票是 1.5 歐元。記得車上不收面額超過 5 歐元的紙鈔哦！如果要買其他的票種，必須在售票處購買。另一種方法是事先購買多功能卡（Tarjeta Multi），這張卡可以在網路上事先申請，或者在部分菸草專賣店（estanco de tabacos）、銷售點、地鐵售票處購買，卡片本身的價格是 2.5 歐元（購買卡片的費用，無法折抵交通票價，所以必須另外儲值車票）。這張卡可以用來儲值單次票、十次票、觀光旅遊券（el Abono Turístico de Transporte）。卡片效期為 10 年，對於在馬德里旅遊或留學、遊學者都是很不錯的選擇。

▲行駛於馬德里街道的 EMT 公車。

Lección 3
在地鐵站 en la estación de metro

Ema: Disculpe. Querría comprar un billete de 10 viajes. ¿Hay taquillas por aquí cerca?

El personal de metro: Puede comprar los billetes en la máquina expendedora de billetes. Y también puede comprarlos en las taquillas de la primera planta.[*1]

Ema: ¿Podría enseñarme cómo manejarla?[*2]

El personal de metro: Claro. Primero, seleccione "metrobús 10 viajes", y luego, inserte moneda o billete para pagar[*3] en efectivo o pague con tarjeta de crédito según[*4] el importe mostrado[*5] en la pantalla. Al final, retire el billete comprado y el cambio o la tarjeta de crédito.

Ema: Muchas gracias.

El personal de metro: De nada.

> 艾瑪：不好意思。我想要買 10 次票。這附近有售票處嗎？
> 地鐵站務人員：您可以在自動售票機購買車票。您也可以在一樓（中文所說的「二樓」）的售票處購買（車票）。
> 艾瑪：您可以教我如何操作（機器）嗎？
> 地鐵站務人員：當然可以。首先，請您選擇「地鐵公車 10 次票」，然後，依照螢幕上顯示的金額，投入硬幣或鈔票以現金支付，或是用信用卡付款。最後，取出購買的車票及找零或是信用卡。
> 艾瑪：非常感謝。
> 地鐵站務人員：不客氣。

¡ojo! | 請注意

[*1] 在西班牙，地面層叫 planta baja，往上才是 primera planta（一樓）。請參考本課第 87 頁的說明。

[*2] 動詞 enseñar（教）的對象（被教的人）是間接受詞。「enseñar 人 + cómo + inf.」：教人如何做…

[*3] para + inf.：為了做…

[*4] 介系詞 según 是「跟著…」、「依照…」的意思。

[*5] mostrado 是動詞 mostrar（展示，顯示）的過去分詞，在這裡表示「被顯示出來的」。

詞彙整理

la taquilla	售票處	el billete	票；鈔票
la máquina expendedora de billetes	自動售票機	pagar*	支付
la planta	樓層	el efectivo	現金
primero/a	第一的	la tarjeta de crédito	信用卡
enseñar	教（導）	el importe	金額
manejar	操作	la pantalla	螢幕
seleccionar*	選擇	retirar*	取出
insertar*	插入，放入	el cambio	找零的錢
la moneda	硬幣		

*在課文中使用命令式第三人稱單數形

會話重點

重點1 受格代名詞的位置與連寫法

受詞是一般名詞時，放在動詞後面，但受格代名詞則是放在變位過的動詞（verbo conjugado）前面，例如：

Ex. A: ¿Has visto este bolso?
（你看過這個包包嗎？）

B: Sí, lo he visto en otro almacén.
（有，我在別的百貨公司看過。）

→ lo 是 he visto（ver 的完成時態）的直接受詞，代替前面的 este bolso

另外，在以下三種情況，會將受格代名詞接在動詞後連寫：1. 原形動詞（quiero comprarlo 我想買那個）、2. 現在分詞 camina comiéndolo（他一邊吃著那個一邊走路）、3. 肯定命令式（cómpralo 你買那個）。

重點2 「用現金」、「用信用卡」的說法

「用現金」、「用信用卡」雖然在中文都是「用」，但在西班牙語卻使用了不同的介系詞：en efectivo, con tarjeta de crédito。en 的基本意義是「在…裡面」（Ex: en casa 在家裡），但也可以表示「用…的形式」（Ex: hablar en español 用西班牙語說話），所以 en efectivo 可以理解為「用現金的形式」。而 con 除了表示「和…一起」（Ex: con mi novio 和我的男朋友一起）以外，也可以表示「用…當工具」（Ex: escribir con lápiz 用鉛筆寫），所以 con tarjeta de crédito 是「把信用卡當成工具」的意思。

Lección 3 在地鐵站

序數的說法

P2-L03-03

第一的	primero/a
第二的	segundo/a
第三的	tercero/a
第四的	cuarto/a
第五的	quinto/a
第六的	sexto/a
第七的	séptimo/a
第八的	octavo/a
第九的	noveno/a
第十的	décimo/a

※ 超過 10 的時候，雖然也有特定的序數形式，但口語上直接用表示數量的一般數字說法就可以了。序數可以用在名詞前面或後面，但在名詞前面的時候，陽性形容詞 primero（第一的）、tercero（第三的）要把字尾 -o 去掉。

購買地鐵票時相關的單字

P2-L03-04

票	el billete
跨區票（可以在所有計價分區使用的票）	→ el combinado
區間	la zona
定期票	el abono
支付（與pagar同義）	→ abonar
加值	recargar
多功能卡	la tarjeta multi

文法焦點 ｜ 命令式的用法

西班牙文的動詞分為三種模式（modo）：直述式（indicativo）、虛擬式（subjuntivo）及命令式（imperativo）。命令式除了規則動詞與不規則動詞的差異以外，還會區分「肯定」、「否定」兩種不同變化。值得注意的是，命令式表示同時在場的另一個人、另一群人、或包括說話者自己在內的「我們」的動作、行為，所以沒有第一人稱單數（我）的變化。即使是第三人稱的變化，也都是尊敬對方的說法（您、您們），而不是「他」或「他們」的意思。

肯定命令式的規則變化詞尾如下：

人稱	-ar 動詞	-er 動詞	-ir 動詞
yo 我	×	×	×
tú 你	-a	-e	-e
usted 您	-e	-a	-a
nosotros/as 我們	-emos	-amos	-amos
vosotros/as 你們	-ad	-ed	-id
ustedes 您們	-en	-an	-an

否定命令式的規則變化詞尾如下（必須搭配否定詞 no 使用）：

人稱	-ar 動詞	-er 動詞	-ir 動詞
yo	×	×	×
tú	-es	-as	-as
usted	-e	-a	-a
nosotros/as	-emos	-amos	-amos
vosotros/as	-éis	-áis	-áis
ustedes	-en	-an	-an

我們可以看到，肯定命令式只有第二人稱的形態和否定命令式不同，而且單數形（你）正好和陳述式現在時態的第三人稱單數形相同。除此之外的其他變位，都和陳述式現在時態相反：-ar 動詞使用陳述式的 -er 形，而 -er, -ir 動詞則使用陳述式的 -ar 形。

命令式的使用在西班牙生活中很常見，主要用來表示「命令」或「禁止」（使用否定形），例如：
Sal de aquí ahora mismo. 你立刻離開這裡。（salir：離開，第二人稱單數不規則變化）
No lo toques. 你不要碰那個。（tocar：觸碰，注意為了保持發音一致而將 c 改為 qu）

不過，雖然中文名稱叫「命令」，但實際上不一定是表示很強烈的要求，有可能是「准許對方做某事」或「希望」、「建議」的意思。

聽到有人敲門的時候──
Pasa. 進來吧。
→ 表示准許，動詞 pasar 是「通過」的意思

希望對方為了健康著想，不要喝太多酒——
No bebas tanto alcohol. 你不要喝這麼多酒。
→ 表示希望，beber：喝

服務人員指導乘客使用售票機——
Seleccione "metrobús 10 viajes." 請您選擇「地鐵公車 10 次票」。
→ 表示建議，seleccionar：選擇

在某些情況下，會重複兩次同一個單字來表達「緊急」、「鼓勵」、「安慰」、「加油打氣」或「強調」的意味，例如：

時間快來不及了，希望對方動作快一點——
Corre, corre, casi es la hora de cenar. Tenemos que llegar a casa antes de las seis.
快點，快點，就快到吃晚餐的時間了。我們必須在 6 點前到家。
（correr：跑）

朋友來家裡用餐，問能不能再多吃某道菜，我們可以回答——
Sí, claro. Come, come. / Toma, toma. 當然可以。吃吧，吃吧。
（comer, tomar：吃）

對話短句

P2-L03-05

買票1

Un billete sencillo, por favor.
麻煩一張單程票。

Muy bien. Aquí tiene.
好的，在這裡。

買票2

Un billete de 10 viajes, por favor.
麻煩一張10次票。

De acuerdo.
好的。

買票3

Querría comprar una tarjeta multi de zona A.
我想要買一張A區的多功能卡。

No hay problema.
沒問題。

Lección 3　在地鐵站

買票 4

Querría comprar una tarjeta multi.
我想要買一張多功能卡。

Muy bien. Aquí tiene.
好的,在這裡。

付款方式

¿Se puede pagar en efectivo?
可以用現金付款嗎?

¿Se puede pagar con tarjeta de crédito?
可以用信用卡付款嗎?

Sí, claro.
當然可以。

是否需要轉車

¿Tengo que cambiar de línea para llegar a la Puerta del Sol?
到太陽門我需要換車嗎?

No, esta parada y la de la Puerta del Sol están en la misma línea.
不用,這一站和太陽門站是在同一條線上。

Sí, tiene que cambiar de línea en la parada Ópera.
是的,您必須在歌劇院站換車。

幾號線 1

¿En qué línea está la parada Retiro?
雷提洛(公園)站在哪一條路線?

Está en la línea 2.
在 2 號線。

幾號線 2

Querría ir al Parque Retiro. ¿Cuáles son las líneas que puedo coger?
我想要去雷提洛公園。有哪幾條線是我可以搭乘的呢?

Puede coger la línea 2.
您可以搭 2 號線。

確認站名 1

¿En qué parada tengo que bajar para llegar al Corte Inglés?
要到英國宮(百貨公司),我必須在哪一站下車?

Puede coger la línea 5 y bajar en la parada Callao o la parada Gran Vía.
您可以搭 5 號線,然後在卡耀站或格蘭大道站下車。

確認站名 2

¿Cuál es la parada más cercana al Corte Inglés?
哪一站離英國宮最近？

¿Qué parada de metro está más cerca del Corte Inglés?
哪個地鐵站離英國宮最近？

La parada Goya está muy cerca del Corte Inglés.
哥雅站離英國宮很近。

Lección 3 在地鐵站

Ejercicios 練習題

A. 請完成下列句子，並試著念念看。

❶ Hay estación de metro por _____ _____? 　　這附近有捷運站嗎？

❷ Un _____ _____ _____ _____, por favor. 　　麻煩一張十次票。

❸ ¿Se puede pagar _____ efectivo? 　　可以用現金付款嗎？

❹ ¿Podría _____ cómo comprar el billete? 　　您可以教我怎麼買票嗎？

❺ A: ¿Sabes el nombre de la tienda? B: No _____ sé.

　　A：你知道那間店的名字嗎？　B：我不知道。

B. 請將下列直述式句子改寫成命令式。括號中的主詞是作為提示用，在句子裡不需要寫出來。

❶（主詞為 tú）Seleccionas "metrobús 10 viajes".　選擇「地鐵公車 10 次票」。

❷（主詞為 usted）Inserta moneda o billete.　投入硬幣或紙鈔。

❸（主詞為 usted）Retira el billete comprado.　取出購買的車票。

❹（主詞為 tú）No te olvidas de sacar el billete comprado.　不要忘記取出購買的車票。

❹（主詞為 usted）Paga con tarjeta de crédito.　用信用卡付款。

正確答案請見附錄解答篇 p.290

地鐵內外的相關單字

P2-L03-06

❶ el metro 地鐵

❷ la tarjeta de transporte público 大眾運輸交通卡

❸ la estación de metro 地鐵站

❹ el plano/mapa de metro 地鐵路線圖

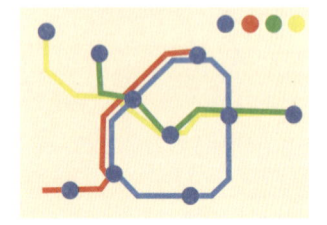

❺ la entrada 票閘入口

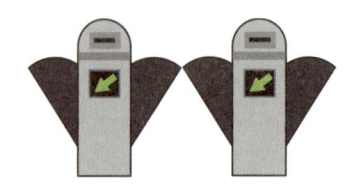

❻ la escalera mecánica 電動手扶梯

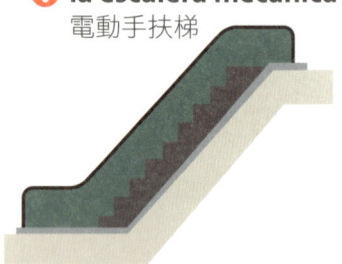

❼ la taquilla 售票處

❽ la máquina expendedora de billetes / la máquina autoventa de billetes 自動售票機

❾ la salida 出口

P2-L03-07

使用自動售票機時會看到的文字

inserte su tarjeta	請插入您的卡片	importe total	總金額
adquirir tarjeta (multi)	購買卡片（多功能卡）	aceptar / salir / cancelar	接受（確定）／離開／取消
seleccione su tipo de billete	請選擇您的票種	introduzca importe	請投入金額
→ 1 viaje / 10 viajes	1次票／10次票	→ introducido / por introducir	已投入金額／尚需投入金額
→ metrobús 10 viajes	地鐵公車 10 次票	operación realizada con éxito	交易成功
seleccione el número de billetes	請選擇車票張數	retire su tarjeta transporte público	請取出您的大眾運輸交通卡

使用「多功能卡」（tarjeta multi）

對於已經習慣使用悠遊卡等電子票證的人而言，使用馬德里的「多功能卡」並不困難，但還是需要了解一下它不一樣的地方。和悠遊卡在卡片中直接存入「金額」的概念不同，「多功能卡」是在卡片中儲值「車票」，所以必須先選擇票種，再投入金額（或刷卡）購買車票，感覺就像是把車票儲存在卡片裡面一樣。

在售票機的開始畫面，會看到 adquirir tarjeta（購買卡片：可以選這個來購買新的多功能卡）、inserte su tarjeta（請插入您的卡片）這兩個選項。插入卡片後，會看到選擇票種（seleccione su tipo de billete）的畫面，其中有「1 viaje」、「10 viajes」、「aeropuerto」（機場票）等票種可以選擇。通常建議選擇 10 次票，因為不但可以多人不記名使用，還能享有票價優惠。接下來就要選擇區域，有「metrobús」（地鐵公車票）、「combinado」（全區：可以跨越所有區域使用）和其他各種不同的分區。可以用來搭乘地鐵和 EMT 公車的「metrobús」，限定在地鐵 A 區（zona A）內使用，不過這個區域已經包含了馬德里的中心精華地區，重要景點也大多在這個範圍內，所以是很適合一般遊客的選擇。

選好票種與張數之後，會出現顯示總金額（importe total）的畫面，確認後會詢問「¿Desea copia de factura de la operación?」（您想要交易收據嗎？），選擇是否要收據之後，就可以投入現金，或者將信用卡插入機器付款。付款成功後，不要忘了取出票卡和收據。然後，就像台灣的捷運系統一樣，只要在閘門感應票卡（感應區在閘門上方，是一個綠色圓形的區塊），就可以開始暢遊馬德里了。

從 2024 年底開始，馬德里也在 Android 手機上推出虛擬交通卡「Tarjeta Transporte」app，讓使用者無需實體卡片，直接用手機 app 購票並搭乘地鐵與公車。iOS 版本則預定從 2025 年開始提供服務。

P2-L03-08

西班牙的樓層

西班牙、墨西哥的樓層編號方式，和大部分的歐洲國家相同：地面層有獨自的名稱（planta baja），往上才是從序數 1 開始編號，所以「primera planta / primer piso」通常是中文的「二樓」，「segunda planta / segundo piso」是中文的「三樓」，依此類推。不過，有些拉丁美洲國家採用和美國相同的樓層編號方式，也就是和中文說法相同，這時候中文的「一樓、二樓、三樓」分別稱為「primer piso, segundo piso, tercer piso」。在西班牙，二樓以上可以稱為 planta 或 piso，但在其他國家，則比較常用 piso 稱呼樓層，或者只用 piso 這個字。

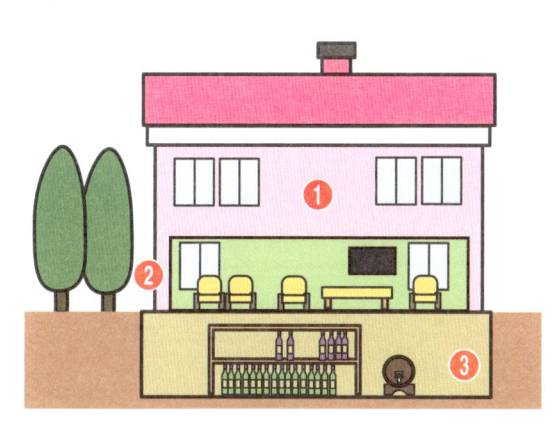

依照西班牙的編號規則，樓層標示、電梯按鈕可能會標示「S, B, 1, 2, 3…」（S = Sótano 地下室）或者「-1, 0, 1, 2, 3…」（0 為地面層）。

❶ la primera planta / el primer piso	地面層上面的第一層（中文所說的「二樓」）
❷ la planta baja	地面層
❸ el sótano	地下室

Lección 3　在地鐵站

命令式（imperativo）

※ 以下表格內容均為肯定命令式。否定命令式的形態和第 10 課將介紹的「虛擬式現在時態」完全相同，不論規則或不規則變化，只要在「虛擬式現在時態」前面加 no 即可。

※ 在 RAE 的網路字典「Diccionario de la lengua española」（http://dle.rae.es），點動詞條目的「Conjugar」鍵查詢變位法時，只會列出命令式的第二、第三人稱單、複數，共 4 種人稱變位，是因為命令式的第一人稱複數形實際上很少使用，通常用簡單現在時態即可；「你」除了 tú 以外，還會列出「vos」的形式，是阿根廷和一些中南美洲國家用的形式。

不規則動詞整理

・第二人稱單數有特殊形態的動詞

人稱	ser 是	ir 去	venir 來	salir 出去，離開
1 單	×	×	×	×
2 單	sé	ve	ven	sal
3 單	sea	vaya	venga	salga
1 複	seamos	vayamos	vengamos	salgamos
2 複	sed	id	venid	salid
3 複	sean	vayan	vengan	salgan

人稱	hacer 做	decir 說	tener 有，拿	poner 放
1 單	×	×	×	×
2 單	haz	di	ten	pon
3 單	haga	diga	tenga	ponga
1 複	hagamos	digamos	tengamos	pongamos
2 複	haced	decid	tened	poned
3 複	hagan	digan	tengan	pongan

・其他常用動詞

人稱	estar 在	dar 給	oír 聽	traer 帶
1 單	×	×	×	×
2 單	está	da	oye	trae
3 單	esté	dé	oiga	traiga
1 複	estemos	demos	oigamos	traigamos
2 複	estad	dad	oíd	traed
3 複	estén	den	oigan	traigan

· **字根母音變化：e → ie**（sentarse 為「有代動詞」－參考第8課文法）

人稱	pensar 想, 思考	cerrar 關閉	empezar 開始	sentarse 坐下
1單	×	×	×	×
2單	piensa	cierra	empieza	siéntate
3單	piense	cierre	empiece	siéntese
1複	pensemos	cerremos	empecemos	sentémonos
2複	pensad	cerrad	empezad	sentaos
3複	piensen	cierren	empiecen	siéntense

其他：atravesar（越過）、despertar（使醒來）、recomendar（推薦）、sugerir（建議）、sentir（感覺）、entender（了解）、divertirse（玩得開心）…等等

· **字根母音變化：o → ue**

人稱	recordar 記住, 提醒	almorzar 吃午餐	volver 回來, 回去	dormir 睡
1單	×	×	×	×
2單	recuerda	almuerza	vuelve	duerme
3單	recuerde	almuerce	vuelva	duerma
1複	recordermos	almorcemos	volvamos	durmamos（*例外）
2複	recordad	almorzad	volved	dormid
3複	recuerden	almuercen	vuelvan	duerman

其他：envolver（包）、mover（使移動）、probar（嚐試）、cocer（煮, 烤）resolver（解決）…等等

· **字根母音變化：e → i**

人稱	pedir 要求, 請求	seguir 繼續	reír 笑	vestir 穿著
1單	×	×	×	×
2單	pide	sigue	ríe	viste
3單	pida	siga	ría	vista
1複	pidamos	sigamos	riamos	vistamos
2複	pedid	seguid	reíd	vestid
3複	pidan	sigan	rían	vistan

其他：conseguir（取得）、elegir（選擇）、medir（測量）、servir（上〔菜〕）、repetir（重覆）、sonreír（微笑）…等等

· **其他母音變化：極少數，個別記憶即可**

人稱	jugar 玩, 參加球類運動	adquirir 獲得
1單	×	×
2單	juega	adquiere
3單	juegue	adquiera
1複	juguemos	adquiramos
2複	jugad	adquirid
3複	jueguen	adquieran

89

Lección 4
在地鐵內 en metro

Juan: David, ¿estamos en la dirección equivocada?
David: ¿Sí? No estoy seguro.
Juan: Parece que este metro va hacia "Las Rosas".*1

問人確認方向

Juan: Perdone, señorita. Queremos ir a la Puerta del Sol. ¿Estamos en la dirección correcta?
La viandante: Lo siento mucho, estáis en la dirección contraria. Deberíais coger la línea 2 en dirección a "Cuatro Caminos". Podríais bajar en la parada siguiente para cambiar de tren.*2 *3
Juan: ¿Tenemos que esperar otro tren en el andén de enfrente o en el mismo andén donde bajamos?*4
La viandante: Tenéis que cambiar de tren en el andén de enfrente.
Juan: Muchas gracias.
La viandante: No hay de qué.

璜安：大衛，我們是不是搭錯方向了？
大衛：是嗎？我不確定耶。
璜安：好像這輛車是開往「Las Rosas」。

問人確認方向

璜安：不好意思，小姐。我們想要去太陽門，我們（搭車的）方向是正確的嗎？
路人：很抱歉，你們在反方向（的車上）。你們應該搭 2 號線往「四條路」的方向。你們可以在下一站下車去換車。
璜安：我們應該要到對面的月台去等另一班車，或是在我們同一個下車的月台等？
路人：你們必須在對面的月台換車。
璜安：非常感謝。
路人：不客氣。

¡ojo! 請注意

*1 「Parece que + 子句」：（情況、事實等）似乎⋯。這種用法固定使用 parecer 的第三人稱單數形。

*2 「cambiar de + 單數名詞」是「從一個換到另一個」的意思，除了 cambiar de tren（換車）以外，常見的用法還有 cambiar de casa/nombre/opinión（搬家／改名／改變意見）等等。也可以用介系詞 a 表達「換到某一條路線」，例如 cambiar a la línea 2（換到 2 號線）／cambiar a la línea roja（換到紅線）。

*3 tren 泛指所有「列車」，從地鐵、傳統鐵路到高鐵的車輛都可以稱為 tren。

*4 「el… andén donde bajamos」裡面的 donde 是關係副詞（不像疑問詞一樣有重音符號）；關係子句 donde bajamos（我們下車的〔那個地方〕）修飾前面的場所 andén（月台）。

詞彙整理

P2-L04-02

la dirección	方向
equivocado/a	錯誤的
seguro/a	確定的
hacia	往…，朝著…
correcto/a	正確的
contrario/a	相反的
siguiente	接下來的，下一個的
cambiar	換，改變
enfrente	在對面（副詞）

會話重點

重點 1 「必須、應該」的用法：「tener que + inf.」、「hay que + inf.」、「deber + inf.」

tener que 在西語文法體系中被歸類為「動詞短語／片語」（perífrasis verbales）的其中一種。動詞短語的結構為「動詞 + que/a/de」，而這個動詞會失去部分或全部的原意，例如：tener（有）+ que（關係代名詞）→必須。

tener que + inf.（必須）通常用來表達因為某個目的或動機，使得主詞必須去做某件事。

Ex. **Tengo que estudiar mucho para aprobar los exámenes**。（為了通過考試，我必須努力讀書。）

同樣有可能翻譯成「必須」的 hay que + inf.，是無人稱的用法（固定使用 haber 的無人稱形 hay），表示非特定的一般人必須做的事，意思接近「…是必要的」。

Ex. **Hay que trabajar mucho.**（〔一般人〕努力工作是必要的。）

deber + inf.（必須，應該）通常顯示一種規則、義務，表示希望主詞所代表的人稱可以做到、或應該做到的事情，也帶有勸導的意味。

Ex. **Cada uno debe trabajar para vivir.**（每個人都該工作謀生。）

雖然 tener que 和 deber 的意思有些類似，但在否定句中，兩者的意思完全不同：no tener que + inf. 是「不必做…」的意思，no deber + inf. 則表示「不該做、不可以做…」。

與搭乘地鐵相關的表達

P2-L04-03

上車	subir
下車	bajar
在（車站名稱）下車	bajar en...
有幾站？	¿Cuántas paradas hay?
（月台邊緣的）護欄	barreras
等車	esperar el tren
列車到站中。	El tren está llegando.
（月台螢幕顯示） 下一班列車…分鐘後到站 再下一班…分鐘後到站	próximo tren llegará en: ... min. siguiente en ... min.
（列車到站時的月台螢幕） 月台方向：（終點站名）	andén sentido: ...
一個擠滿人的車廂	un vagón lleno de gente
錯過列車	perder el tren
排隊	hacer fila

文法焦點 | 條件式（modo condicional）

所謂的「條件式」，在西語文法裡其實歸類為陳述式之下的一種表達方式。條件式的變化法非常簡單，除了某些動詞字根會發生不規則變化以外，只要在動詞後面直接添加字尾即可，而且三類動詞的變化都一樣。

人稱	-ar 動詞	-er 動詞	-ir 動詞
yo	-ía	-ía	-ía
tú	-ías	-ías	-ías
él, ella, usted	-ía	-ía	-ía
nosotros	-íamos	-íamos	-íamos
vosotros	-íais	-íais	-íais
ellos, ellas, ustedes	-ían	-ían	-ían

條件式的用途大致分為以下 5 種：

1. 委婉表達希望

    Me gustaría ir a España contigo este verano, pero no tengo vacaciones.
    今年夏天我想跟你一起去西班牙，但我沒有長假可放。

2. 給予建議

    Tendrías que tomar menos alcohol. 你應該少喝點酒。
    → tener 的條件式為不規則變化：tendr + 字尾

3. 表達禮貌、客氣，及以緩和語氣表達要求（也可以使用未完成過去時態）

    Querría/quería comprar un billete para Valladolid.
    條件式／未完成過去

    我想要買一張到瓦亞多利的車票。
    → querer 的條件式為不規則變化：querr + 字尾
    ※關於未完成過去時態（pretérito imperfecto），請參考第 19 課。

4. 表達對於過去事物的懷疑、可能性

    A: ¿Por qué David no vino a clase ayer? 昨天大衛為什麼沒有來上課？
    B: **Estaría** enfermo. 他可能生病了。

5. 表達過去的未來

    David me dijo que **iría** a España este verano.
    大衛之前跟我說（過去時態）他今年夏天會去（條件式）西班牙。

對話短句

過閘門

¿Cómo se usa esta tarjeta?
這張卡怎麼用？

Sólo tiene que pasarla por el sensor.
您只要把它放在感應器上即可。

確認月台

¿Está aquí el andén 2 para Cuatro Caminos?
往「四條路」的第 2 月台在這裡嗎？

Sí, aquí está.
是的，就在這裡。

確認方向 1

¿Este tren va en dirección a Cuatro Caminos?
這班車是往「四條路」的方向嗎？

No, está en la dirección contraria.
沒有，您在反方向（的車上）。

¿Este tren para en Cuatro Caminos?
這班車停靠「四條路」嗎？

確認方向 2

¿Este tren va hacia la Puerta del Sol?
這班車是往太陽門的嗎？

No, tiene que cambiar a la línea 2 en la parada siguiente.
沒有，您必須在下一站轉乘 2 號線。

*位於太陽門的馬德里地鐵站叫「Sol」。不管說 la Puerta del Sol 還是 Sol，都可以知道是要去 Sol 車站。

No, tiene que coger la línea 2.
沒有，您必須搭乘 2 號線。

轉車

¿Este tren va directo hacia la Puerta del Sol?
這台車直達太陽門嗎？

Sí, eso es.
是的，沒錯。

¿Es necesario cambiar de tren para la Puerta del Sol?
去太陽門必須換車嗎？

Sí, tiene que cambiar a la línea 2 en la parada Callao.
是的，您必須在「卡耀」站換到 2 號線。

Lección 4 在地鐵內

P2-L04-04

93

確認站名 1

¿La próxima parada es la Puerta del Sol?
下一站是太陽門嗎？

Sí.
是的。

確認站名 2

Quiero ir a la parada Callao. ¿La he perdido?
我要去「卡耀」站。已經過站了嗎（我已經錯過那站了嗎）？

Sí, tendrías que bajar en la parada anterior.
是的，你要在上一站下車才行。

P2-L04-05

列車及月台的相關單字

el vagón 車廂

el andén 月台

❶	el pasillo	走道
❷	el asidero	吊環、握把
❸	la puerta	車門
❹	el asiento	座位
→	el asiento reservado	博愛座
❺	la ventanilla	車窗
❻	el pasamano(s)	扶手柱

（使用字尾加 s 的形式時，單複數同形）
※ 除了指公車或捷運上的扶手柱以外，這個字也很常用來表示樓梯的扶手。pasamanos 是欄杆上方橫向的部分，而欄杆中一根根並列的柱子則稱為 barandilla，兩者合在一起就是我們常見的樓梯扶手形式。所以就算是沒有下方欄杆的樓梯扶手，也稱為 pasamanos。車上的吊環、握把則是 asidero。

❼	el tren	列車
❽	la señal de dirección	方向指示牌
❾	el altavoz	廣播
❿	la vía férrea	軌道
⓫	la brecha entre el andén y el tren	月台與列車間的空隙

Ejercicios | 練習題

A. 請依照中文選出恰當的表達方式。

❶（指導某人該怎麼用感應卡）只要把您的卡片放在感應器上即可。

Sólo (tiene que / hay que) pasar su tarjeta por el sensor.

❷（一般人）每天運動是必要的。

(Hay que / Deben) hacer ejercicio todos los días.

❸ 今天我不必上學。

Hoy (no tengo que / no debo) ir a la escuela.

❹ 你不可以說謊話。

(No tienes que / No debes) decir mentiras.

B. 請填入正確的條件式動詞。括號中的主詞是作為提示用，不需要寫出來。

❶ Ana _____ （tener）que girar a la derecha en el primer semáforo.

❷ _____ （deber：主詞為 usted）comprar el abono en la taquilla.

❸ _____ （querer：主詞為 yo）un billete para Barcelona.

❹ _____ （poder：主詞為 usted）comprar la tarjeta multi aquí.

❺ Me _____ （gustar）viajar a España este verano.

C. 請參考中文，將西班牙文重組成完整的句子。

❶ en / estamos / correcta / la dirección　我們在正確的方向。

_____

❷ la línea 2 / deberíais / coger　你們必須搭 2 號線。

_____

❸ siguiente / bajar / podríais / la parada / en　你們可以在下一站下車。

_____

❹ otro tren / el andén / en / tenemos que / esperar / de enfrente　我們必須在對面月台等另一班車。

_____

❺ al sur / va / dirección / este tren / en / de Madrid.　這班車開往馬德里南部。

_____

正確答案請見附錄解答篇 p.291

馬德里的地鐵系統介紹

在馬德里搭乘地鐵旅遊是很便利的選擇，對於剛到西班牙的遊客，是很不錯的移動方式。馬德里的收費分區包括：A區（涵蓋馬德里市區主要的景點，占整個地鐵的 2/3 路線）、B1、B2、B3、C1、C2。馬德里地鐵總共有 13 條地下鐵路線，加上三條輕軌鐵路（Metro Ligero，以縮寫 ML 作為識別標誌），總共 16 條線。最早期的 1~3 號路線，都從位於馬德里中心地點太陽門（la Puerta del Sol）的「Sol」車站向外延伸，可見 Sol 車站與地面上的太陽門廣場同樣具有重要的中樞地位，當然也是最繁忙的車站之一。

在馬德里搭地鐵旅遊，除了知道如何購買及選擇需要的票卡、看懂乘車地圖及方向以外，有一些在馬德里搭車的小常識也是很重要的。首先，在某些舊型的列車上，需要手動去按門上的按鈕，或是將門把上提才能開車門。在乘車的尖峰時段，遇到人多擁擠時，要隨時注意有沒有人刻意圍住你或是擠過來。在馬德里地鐵有一些扒手，會集體行動竊取財物。他們通常會同時上車，然後選定目標，並圍住對方，再用報紙當作掩護，伸手到目標的包包裡偷竊。得逞之後，他們會在下一站立刻下車。過去人們常以外表判斷可疑對象，但如今許多扒手的穿著整潔、神情自然，如果只憑外貌來辨識，很容易掉以輕心。為了避免遭竊，一定要記得把包包背在前面（就連馬德里當地人也或多或少有這個習慣）。聽到有人說 (Ten) cuidado 的時候，就是在提醒別人「小心！有人要被偷東西了！」

▲馬德里地鐵「Sol」車站的出入口。遠處有現代化圓頂造型的也是出入口之一。

● 條件式（condicional）

不規則動詞整理

※ 條件式的字根不規則變化，和第 7 課將介紹的「陳述式未來時態」是相似的，兩者之間可以直接轉換。也請參考第 7 課的文法說明和不規則動詞表。

・特別常用的動詞

人稱	poder 能（助動詞）	saber 知道	haber（完成時態助動詞）
1 單	podría	sabría	habría
2 單	podrías	sabrías	habrías
3 單	podría	sabría	habría
1 複	podríamos	sabríamos	habríamos
2 複	podríais	sabríais	habríais
3 複	podrían	sabrían	habrían

人稱	venir 來	salir 出去，離開	tener 有，拿	poner 放
1 單	vendría	saldría	tendría	pondría
2 單	vendrías	saldrías	tendrías	pondrías
3 單	vendría	saldría	tendría	pondría
1 複	vendríamos	saldríamos	tendríamos	pondríamos
2 複	vendríais	saldríais	tendríais	pondríais
3 複	vendrían	saldrían	tendrían	pondrían

人稱	hacer 做	decir 說	querer 想要
1 單	haría	diría	querría
2 單	harías	dirías	querrías
3 單	haría	diría	querría
1 複	haríamos	diríamos	querríamos
2 複	haríais	diríais	querríais
3 複	harían	dirían	querrían

97

Lección 5
在火車站 en la estación de tren

Ana:	Querría comprar un billete de ida y vuelta[*1] para Valladolid.
El taquillero:	¿Para qué día lo quiere?
Ana:	¿Hay trenes que salen esta tarde?
El taquillero:	Sí, hay uno a las 4:56 (cinco menos cuatro) y otro a las 6:04 (seis y cuatro).
Ana::	Bueno, querría uno para las 6:04.
El taquillero:	¿Y la vuelta?
Ana:	El día 20 de este mes, si todavía queda plaza.[*2]
El taquillero:	¿Para cuándo lo prefiere?
Ana:	Pues, después de las tres de la tarde.
El taquillero:	Hay uno que sale de Valladolid a las 3:20 (tres y veinte) y llega a Madrid a las 4:25 (cuatro y veinticinco).
Ana:	Muy bien. Déme[*3] uno, por favor.
El taquillero:	Entonces, en total son 23,30 € (veintitrés con treinta euros). Antes de subir al tren,[*4] puede consultar el andén de partida[*5] en la pantalla.

安娜：我想要買一張到瓦亞多利的來回車票。
票務人員：您想要哪一天的票呢？
安娜：有今天下午出發的列車嗎？
票務人員：有的，有一班在 4 點 56 分，還有一班在 6 點 4 分（出發）。
安娜：好，那我要一張 6 點 4 分的（票）。
票務人員：那回程呢？
安娜：這個月 20 號，如果位子還有剩的話。
票務人員：您比較想要哪時候的（票）呢？
安娜：嗯，下午 3 點以後。
票務人員：有一班 3 點 20 分從瓦亞多利出發、4 點 25 分到馬德里的。
安娜：好的。請給我一張（這個班次的票）。
票務人員：那麼，總共是 23.30 歐元。上車前，您可以在螢幕上查詢發車的月台。

¡ojo! │請注意

[*1] ida y vuelta 表示「去和回來」，是對應動詞 ir 和 volver 的名詞，也就是車票「來回」、「去程和返程」的意思。所以，單程票就是 billete de ida，表示只有「去」而已。

[*2] quedar 表示什麼「留下來」或「剩下來」的意思，是不及物動詞，所以這裡的 plaza（位子）是主詞。

[*3] dar（給）的命令式第三人稱單數形「dé」和受詞「me」（我）連寫成「déme」。

[*4] antes de（在⋯之前）、después de（在⋯之後）的後面除了接名詞（時間、事件等等）以外，也可以像這裡一樣接原形動詞表示的行為。

[*5] partida 是對應動詞 partir（出發，離開）的名詞。

98

詞彙整理

P2-L05-02

salir	離開;出發
quedar	留下來,剩餘
la plaza	位置,位子
preferir	偏好
después de	在…之後
llegar	抵達
entonces	那麼(連接副詞)
en total	總共
antes de	在…之前
consultar	查詢
la pantalla	螢幕

會話重點

重點1 用 para 表達車票的細節資訊

介系詞 para 是「為了…」或「往…」的意思。所以,可以用「billete para + 地點」表示車票的目的地,或者「billete para + 日期/時間」表示什麼時候出發。售票人員會用「¿Para [cúando / qué fecha / qué día] lo quiere?」詢問是要哪時候/哪個日期/哪天的票,其中的直接受格代名詞 lo 是指車票(請注意受格代名詞是放在變位動詞前面)。

重點2 por/de + la mañana/tarde/noche

要表達「在早上/下午/晚上」的時間範圍,而沒有確切時刻的時候,會說「por la mañana/tarde/noche」;如果有確切時刻(幾點)的話,則會說「a + 時刻 + de la mañana/tarde/noche」(在早上/下午/晚上幾點)。

Ex. Este tren sale por la tarde.
(這班車下午出發。)

Ex. Este tren sale a las tres de la tarde.
(這班車下午 3 點出發。)

Lección 5 在火車站

P2-L05-03

時刻的表達方式

①【整點】
· la(s) + 數字(注意單複數)
Son las ocho. 現在是 8 點。
Es la una de la tarde. 現在是下午 1 點。
(只有 1 點的數字要改成陰性的 una)

②【在整點之前 － 31~59 分適用】
· 時 + menos + 分(整點減分鐘數)
Son las once menos cuarto. 現在是 10:45。
(11 點減 15 分;15 分會用 cuarto〔¼〕表達)
Es la una menos diez. 現在是 12:50。

③【時＋分】
· 時 + y + 分
Son las seis y cuarto. 現在是 6:15。
Es la una y veinte. 現在是 1:20。

④【半小時】
· 時 + y + media
Son las ocho y media. 現在是 8 點半。
Es la una y media. 現在是 1 點半。

⑤【詢問現在的時間】
¿Qué hora es (ahora)? (現在)是幾點?
¿Tiene/Tienes hora?「您/你有(現在的)時間嗎?」→您/你知道現在幾點嗎?

99

文法焦點 | 關係子句（oración de relativo）

關係子句是一種附屬子句（oración subordinada），可以為名詞添加更多詳細資訊。附屬子句指的是「附屬在主要子句之下的另一個子句」。附屬子句除了關係子句（或稱為形容詞子句 oración adjetiva）以外，還有名詞子句（oración sustantiva）、副詞子句（oración adverbial）等。

以關係代名詞 que 為例，關係子句的基本形式是：

名詞 + [**關係代名詞 que** + 子句中剩餘的其他成分]

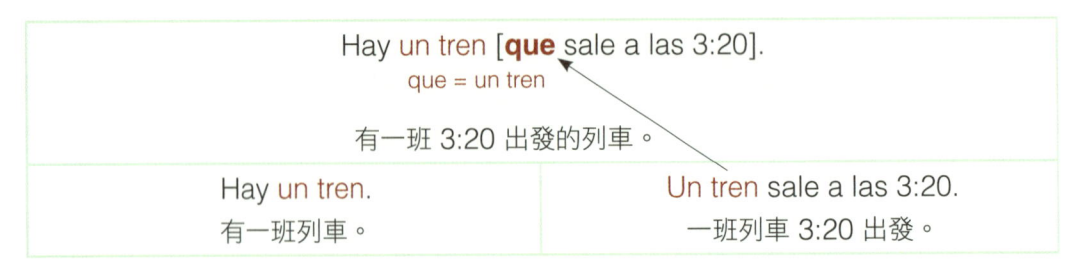

Hay un tren [**que** sale a las 3:20].	
que = un tren	
有一班 3:20 出發的列車。	
Hay un tren.	Un tren sale a las 3:20.
有一班列車。	一班列車 3:20 出發。

像這樣在名詞後面加上「que...」，就可以為名詞添加說明。關係代名詞可以是關係子句的主詞（如上例），也可以是其中的受詞，但無論如何，關係代名詞都要放在關係子句的開頭：

Este es el libro [**que** leo cada día].	
que = el libro	
這是我每天讀的書。	
Este es el libro.	Leo el libro cada día.
這是那本書。	我每天讀那本書。
La casa [en **que** vivimos] es grande.	
que = la casa，如果 que 是介系詞的受詞，兩者要一起提前	
我們住的房子很大。	
※表示地點的「en que」也可以改成關係副詞「donde」	
La casa es grande.	Vivimos en la casa.
那間房子很大。	我們住在那間房子。

除了事物以外，人物也可以使用關係代名詞 que，或者用人物專用的關係代名詞 quien。但要注意，如果 quien 是關係子句中的受詞，則要使用「a quien」的形式；如果是介系詞後的受詞，就只能用 quien 而不能用 que。

mi amiga [**que/quien** vive en España] 我住在西班牙的女性朋友
el hombre [**que** ví ayer] / el hombre [a **quien** ví ayer] 我昨天看到的男人
el amigo [con **quien** trabajo] 我一起工作的朋友

對話短句

Lección 5 在火車站

確認車票

Un billete para León, por favor.
請給我一張到雷昂的票。

Querría un billete para León. ¿Todavía queda plaza?
我想要一張到雷昂的票。還有位子嗎?

Espere un momento, por favor.
請您稍等一下。

預訂車票

Querría un billete para León que sale a las seis de esta noche.
我想要一張今天晚上 6 點出發到雷昂的票。

Un billete para León, el día 20 de enero a las 9 de la mañana, por favor.
請給我一張 1 月 20 號早上 9 點(出發)到雷昂的票。

Lo siento, ya no queda plaza a esa hora.
很抱歉,這個時間已經沒有位子了。

確認時間

¿A qué hora quiere salir de aquí?
您想要幾點從這裡出發?

¿A qué hora necesita llegar al aeropuerto?
您必須在幾點抵達機場?

A las tres de la tarde.
下午三點。

確認票種

¿(Quiere un billete de) ida y vuelta o sólo ida?
(您想要一張)來回還是單程(票)?

Sólo ida, por favor.
單程,麻煩了。

Ida y vuelta para León.
到雷昂的來回票。

確認座位

Querría un billete para León, el lunes 20 de agosto por la tarde. ¿Todavía queda plaza?
我想要一張 8 月 20 日禮拜一下午(出發)到雷昂的票。還有位子嗎?

Sí, hay uno que sale a las tres y media y otro que sale a las cinco y media.
有的,有一班 3 點半出發,還有一班 5 點半出發的。

101

確認月台
¿De qué andén sale el tren de las tres y media para León?
3 點半出發往雷昂的列車，在哪個月台發車？

(El tren sale) del andén 5.
（這班車）在五號月台（發車）。

確認方向
¿Este tren va hacia León?
這班車開往雷昂嗎？

Sí, eso es.
是的。

確認張數
¿Para cuántas personas?
幾個人（的票）呢？

Dos, por favor.
兩個人，麻煩了。

Dos adultos y un niño(/infante).
兩個大人和一個小孩。

P2-L05-05

日期與時間的表達

要同時表達日期、星期、時間時，使用「星期 + 日期 + 時刻」的順序。

日期	el (día) 14 de enero	1 月 14 日
時刻	a las ocho	在 8 點
時刻 de 時段	a las ocho de la mañana	在早上 8 點
日期 + 時刻	el (día) 14 de enero a las ocho de la mañana	在 1 月 14 日早上 8 點
星期 + 日期 + 時刻	el sábado 14 de enero a las ocho de la mañana	在 1 月 14 日禮拜六早上 8 點 ※星期的名稱，請參考273頁

月份 los meses

一月	enero	七月	julio
二月	febrero	八月	agosto
三月	marzo	九月	septiembre
四月	abril	十月	octubre
五月	mayo	十一月	noviembre
六月	junio	十二月	diciembre

Ejercicios | 練習題

A. 請將以下介系詞填入空格。每個介系詞只能使用一次。

| a   de   hacia   para   por |

① Un billete＿＿＿＿＿ León, por favor.

② El tren sale ＿＿＿＿＿ la una de la tarde.

③ ¿＿＿＿＿ qué andén sale el tren de las tres y cuarto?

④ ¿Este tren va ＿＿＿＿＿ Toledo?

⑤ Querría un billete que sale ＿＿＿＿＿ la tarde.

B. 請用西班牙文表達以下時間

① 現在是下午 2:30。＿＿＿＿＿＿＿＿＿＿＿＿＿＿＿＿＿（用 media 表達）

② 現在是早上 5:15。＿＿＿＿＿＿＿＿＿＿＿＿＿＿＿＿＿（用 cuarto 表達）

③ 現在是晚上 9:45。＿＿＿＿＿＿＿＿＿＿＿＿＿＿＿＿＿（用 cuarto 表達）

④ 現在是下午 3:10。＿＿＿＿＿＿＿＿＿＿＿＿＿＿＿＿＿

⑤ 現在是下午 12:50。＿＿＿＿＿＿＿＿＿＿＿＿＿＿＿＿＿

C. 請參考中文翻譯，將句子重組。

① de aquí / quiere / qué hora / a / salir 您想要幾點從這裡出發？

② plaza / no / queda / esa hora / a 這個時間沒有位置了。

③ ida / querría / vuelta / y / un billete / de 我想要一張來回票。

④ personas / para / cuántas 幾個人（的票）呢？

⑤ andén 5 / sale / tren / el / del 列車從五號月台發車。

正確答案請見附錄解答篇 p.291

Lección 5 在火車站

103

購買車票時需要知道的單字

P2-L05-06

❶ el billete de reserva 預訂票
❷ el abono mensual 月票
❸ el billete sencillo 單程票
→ el billete de ida y vuelta 來回票
❹ la taquilla 售票處
→ la ventanilla de venta anticipada 預售票窗口

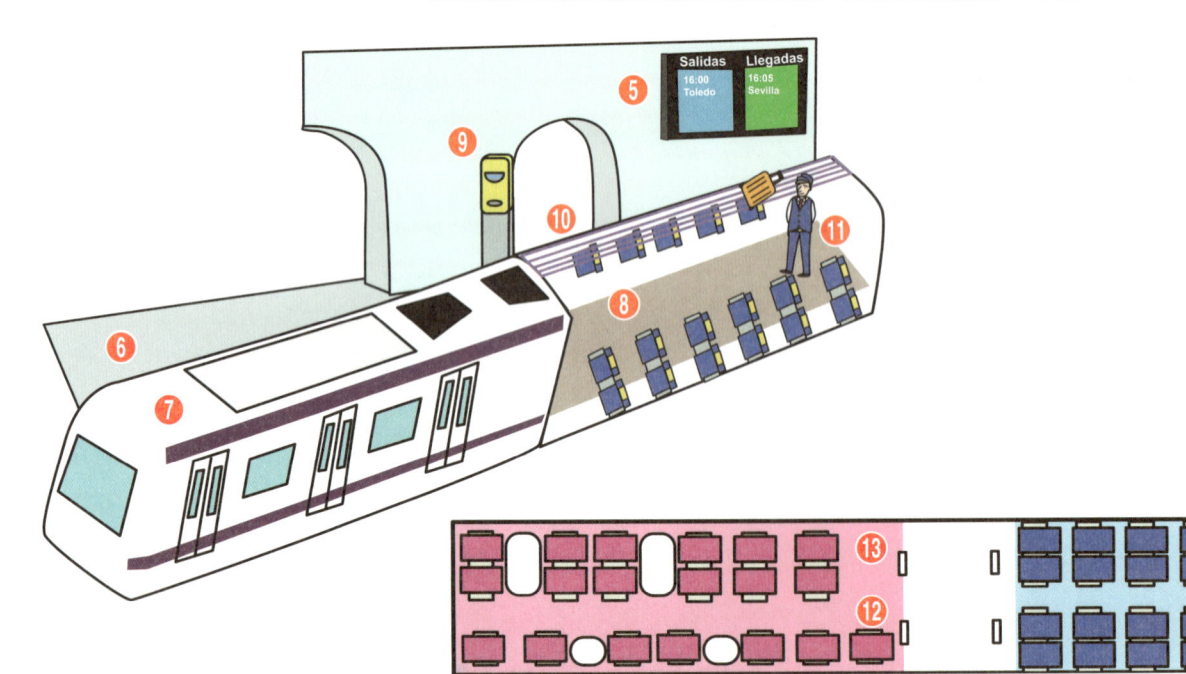

❺ el horario 時刻表
❻ el andén 月台
❼ el tren 列車
→ el coche 車廂
→ el coche-cama 臥鋪車
❽ el pasillo 走道
❾ la entrada 剪票口
❿ el portaequipajes 行李架
⓫ el revisor / la revisora 驗票員
⓬ por el pasillo 靠走道的
⓭ por la ventana 靠窗的

車票上的資訊

el asiento numerado / no numerado	對號／非對號座位
fecha	搭乘日期
salida	出發（站名、時間）
llegada	抵達（站名、時間）
vagón de fumadores	吸菸車廂
vagón de no fumadores	禁菸車廂
coche...	第⋯車廂
plaza...	⋯號座位

補充表達

• Tengo un billete reservado.	我有一張預訂的車票。
• El tren está llegando.	火車進站中。
• Quedan dos paradas para llegar a León.	到雷昂還有兩站。

西班牙國家鐵路（Renfe）

　　西班牙的鐵路四通八達，自從1992年西班牙高速列車 AVE 開通第一條路線（馬德里—賽維亞）之後，更大幅縮短了乘車的時間。以下就介紹一下西班牙的火車類別，以及搭乘火車時需要了解的資訊。

　　依照旅程距離的長短，可以將西班牙火車分為三大類：長程及西班牙高速列車（Larga distancia y Alta Velocidad Española〔AVE〕）、中程（Media distancia）及短程（Cercanía）。長程火車的車種有 AVE（全程高速鐵路規格）、Alvia（兼容傳統與高速鐵路）、Euromed（從巴塞隆納到阿利坎特〔Alicante〕的地中海沿岸準高速列車）、Intercity（大多行駛於傳統軌道，速度較慢）。中程的車種當中，Avant 屬於中程快車，舒適、快速且價格親民。Cercanía（短程車）則類似台灣鐵路的區間車。

　　在決定搭乘火車在西班牙移動或旅行時，除了認識西班牙的火車種類之外，購票時也要認識一下座位的分級。estándar 是一般的標準座位，confort 則是舒適的大座位。一般來說，火車車廂都是禁菸的，所以，購票時不用特別跟售票員說要禁菸區。值得提醒的是，如果搭乘的是高速火車，最好提前到車站，因為在上車前需要將行李放進 X 光機檢查，到月台時還要驗票，就像搭乘飛機一樣，會花一些時間。

Lección 6
在租車中心 en la agencia de alquiler de autos

David: Buenos días, querría alquilar un coche con seguro.

La recepcionista: De acuerdo. ¿Para cuánto tiempo[*1]?

David: Para una semana.

La recepcionista: ¿Tiene usted el carné internacional de conducir?

David: Sí, lo tengo.

La recepcionista: Muy bien. ¿Cuál[*2] es su modelo preferido?

David: Querría uno[*3] intermedio.

La recepcionista: De acuerdo. Le recomendamos el modelo Ford Focus. El alquiler para una semana son 500 (quinientos) euros y 600 (seiscientos) euros con el seguro incluido.

David: De acuerdo.

La recepcionista: Si quiere devolverlo en otra ciudad, nos podría avisar por teléfono.

David: Muy bien. Gracias

大衛：早，我想要租一輛車子，含保險。

櫃台人員：好的。要租多久呢？

大衛：一個星期。

櫃台人員：您有國際駕照嗎？

大衛：我有。

櫃台人員：好的。您偏好的車款是哪一種？

大衛：我想要中型的。

櫃台人員：好的。我們推薦您福特 Focus 這款。一週的租金是 500 歐元，含保險是 600 歐元。

大衛：好的。

櫃台人員：如果您要在別的城市還車，您可以打電話通知我們。

大衛：好的，謝謝。

¡ojo! | 請注意

[*1] 問時刻要使用 cuándo（什麼時候），但問時間長度則會說 cuánto tiempo（多少時間）。

[*2] 因為租車行能提供的車款範圍是固定的，所以這裡用表示從某個範圍中選擇的 Cuál（哪個）比 Qué（什麼）更恰當。

[*3] 數詞可以直接當代名詞使用，但要注意「一個」的代名詞形式是 uno/una。

106

詞彙整理

P2-L06-02

el alquiler	租賃；租金
alquilar	租
el seguro	保險
el carné de conducir	駕照
internacional	國際的
el modelo	款式，型號
preferido/a	受到偏好的（preferir 的過去分詞）
intermedio/a	中等的
recomendar	建議，推薦
incluido/a	被包含的（incluir 的過去分詞）
devolver	歸還
la ciudad	城市
avisar	通知
por teléfono	用電話，在電話上

會話重點

重點1 動詞 recomendar 的用法

recomendar 可以表示「推薦某個事物」或「建議做什麼」。例如課文中的 Le recomendamos el modelo...（我們推薦您…款式），是用 el modelo 當直接受詞、le 當間接受詞，表示「向某人推薦什麼」。要表達「建議做什麼」的話，可以把直接受詞換成「用動詞原形表示的行為」，如下：

Ex. Le recomendamos comprar este modelo.
（我們建議您購買這個款式）。

除此之外，也常用「recomendar que + 虛擬式」來表達同樣的意思，這時候則是顯示出對方不一定要照建議去做的「不確定性」。（關於虛擬式，請參考第10課。）

Lección 6 在租車中心

數字表達方式：200以後的數字

P2-L06-03

200	doscientos	600	seiscientos	1.000	mil
300	trescientos	700	setecientos	2.000	dos mil
400	cuatrocientos	800	ochocientos	3.000	tres mil
500	quinientos	900	novecientos	4.000	cuatro mil

※只有十位數和個位數之間會加「y」，其他地方不加「y」。例如 1.234 = mil doscientos treinta y cuatro、2.008 = dos mil ocho、2.020 = dos mil veinte。另外，西班牙慣用的千位數字分隔號是「.」而不是「,」（用於表示小數點）。

文法焦點 | 直接受格代名詞與間接受格代名詞

我們已經知道，為了避免重複之前提過的名詞，會使用代名詞。除了已經很熟悉的主格代名詞以外，還有直接受格、間接受格等代名詞形式，如下：

		主格	直接受格	間接受格
單數	第一人稱	yo	me	me
	第二人稱	tú	te	te
	第三人稱	él/ella, usted	**lo/la**	**le（→se）**
複數	第一人稱	nosotros/-as	nos	nos
	第二人稱	vosotros/-as	os	os
	第三人稱	ellos/ellas, ustedes	**los/las**	**les（→se）**

顧名思義，「直接受詞」表示直接接受動作的對象，「間接受詞」表示間接接受動作的對象。

Yo compro un libro.	(Yo) Recomiendo el modelo a usted. 我向您推薦這個車款。
我買一本書。	(Yo) Le recomiendo el modelo. 我向您推薦這個車款。
Yo lo compro.	(Yo) Lo recomiendo a usted. 我向您推薦它。
我買它。	(Yo) Se lo recomiendo. 我向您推薦它。

如上所示，當受詞是代名詞的時候，會移到變位動詞的前面；如果同時使用直接、間接受格代名詞的話，順序是「間接 + 直接」。另外，如果間接受詞「le/les」後面直接接 lo, los, la, las 的話，要把 le/les 改成 se。

但是，如果動詞是原形動詞或命令式的話，就會把代名詞放在動詞後面連寫，順序仍然是「間接 + 直接」，也有相同的 le/les→se 規則。

A: Querría alquilar el modelo de Ford Focus. 我想要租福特 Focus 這款車。

B: De acuerdo. Si quiere devolverlo en otra ciudad, nos podría avisar por teléfono.
好的。如果您要在別的城市還車，您可以打電話告知我們。

（avisar「通知」的對象是間接受詞，例如 Yo le aviso.「我來通知他」。）

No quiero dárselo. 我不想把那個給他。（lelo→selo）
Dame el menú. 你把菜單給我。（命令式）
Dámelo. 你把那個給我。（命令式，注意為了維持重音位置而加上的重音符號）

對話短句

Lección 6 在租車中心

確認車型

¿Cuál es su modelo preferido?
您偏好的車款是哪種？

Me gustaría/Querría uno intermedio.
我想要一台中型車。

還車方式

¿Querría recoger el coche en un lugar y devolverlo en otro?
您想要甲地租車乙地還嗎？

¿Necesita devolver el coche en otra oficina diferente a la recogida?
您需要在跟取車的地方不同的服務據點還車嗎？

Sí, querría recogerlo aquí y devolverlo en el aeropuerto.
是的，我想在這裡取車，然後在機場還車。

租多久

¿Para cuánto tiempo?
要租多久呢？

¿De qué día a qué día?
從哪一天到哪一天？

Para 5 días, de hoy al día 30 de agosto.
5 天，從今天到 8 月 30 日。

取車地點

¿Dónde querría recoger el vehículo?
您想要在哪裡取車？

Lo querría recoger en el aeropuerto.
我想要在機場取車。

加購保險

¿Necesita alquilar el coche con el seguro incluido?
您需要租車含保險嗎？

Sí, por favor.
需要，麻煩您。

109

取車時間

¿Qué día/Cuándo querría recoger el coche?
您想要哪一天／何時取車？

Lo querría el día 20 de este mes.
我想要這個月 20 號取車。

Mañana por la tarde.
明天下午。

還車時間

¿Qué día/Cuándo querría devolver el coche?
您想要哪一天／何時還車？

La semana que viene, el día 28, aproximadamente a las 5 de la tarde.
下週 28 號，大約下午 5 點左右。

Pasado mañana por la tarde, más o menos a las 10 de la mañana.
後天下午，大約早上 10 點左右。

特定需求

¿Tienen el coche (de cambio) manual/automático?
您們有手動／自動（排檔）車嗎？

Sí, lo tenemos.
我們有。

P2-L06-05

開車上路的相關表達

dar la vuelta	迴轉	parar el coche*	（開車途中）把車停住
girar a la derecha	右轉	arrancar el coche	發動車子
girar a la izquierda	左轉	meter la marcha atrás	打到倒車檔
seguir todo recto	直直行進	meter la primera marcha	打到一檔
marchar hacia atrás	倒車	aparcar en línea	路邊停車
subir a la autopista	上高速公路	repostar el coche	給車子加油
salir de la autopista	下高速公路	llenar el tanque/depósito de gasolina	把油箱加滿
saltarse la salida	錯過（高速公路的）出口	sufrir un pinchazo	遇到爆胎

＊把車停在停車位則是 aparcar el coche

Ejercicios | 練習題

A. 請填入適當的受格代名詞。如果空格後面有提示的動詞,則必須將動詞與代名詞連寫。

① A: ¿Tiene el carné de conducir? B: Sí, _____ tengo.

② A: ¿Dónde quiere recoger el coche? B: Quiero _____(recoger) aquí.

③ A: ¿Tienen el coche automático? B: Sí, _____ tenemos.

④ A: ¿Qué compras a tu amigo? B: _____ compro un libro.

⑤ A: ¿Cómo puedo avisar a Ema? B: Puedes _____(avisar) por teléfono.

B. 請填入適當的動詞,並請注意動詞的形態。

① ¿Querría _____ el coche en un lugar y devolverlo en el otro?

您想要甲地取車乙地還嗎?

② ¿Necesita _____ el coche con el seguro incluido?

您需要租車含保險嗎?

③ ¿Qué día quiere _____ el coche? 您想要哪一天還車?

④ Querría devolver el coche la semana que _____. 我想要下週還車。

C. 請參考中文翻譯,將句子重組。

① recomendamos / este / le / modelo . 我們推薦您這個款式。

_____

② ¿ modelo / es / cuál / preferido / su ? 您偏好的車款是哪一種?

_____

③ ¿ coche / el / tienen / cambio / de / manual ? 您們有手排車嗎?

_____

正確答案請見附錄解答篇 p.291

與汽車相關的單字

❶ el parabrisas		擋風玻璃
❷ el parachoques		保險桿
❸ el limpiaparabrisas		雨刷
❹ la matrícula		車牌
❺ el faro		車頭燈

❻ la ventanilla		車窗
❼ el tanque/depósito de gasolina		油箱
❽ el neumático		輪胎
→la rueda		輪子
❾ la puerta		車門

❿ el volante		方向盤
⓫ el retrovisor		後視鏡
⓬ el claxon		喇叭
⓭ el freno		剎車
⓮ la palanca de cambios		排檔桿
⓯ el freno de mano		手剎車
⓰ el cinturón de seguridad		安全帶
⓱ el salpicadero		儀表板
⓲ el acelerador		油門
⓳ el asiento del conductor		駕駛座

calzada de sentido único 單行道	**giro a la derecha prohibido** 禁止右轉	**giro a la izquierda prohibido** 禁止左轉	**media vuelta prohibida** 禁止迴轉	**entrada prohibida** 禁止進入

Lección 6 在租車中心

el semáforo rojo 紅燈	**el semáforo amarillo** 黃燈	**el semáforo verde** 綠燈	**intersección con circulación giratoria** 圓環遵行方向
circulación en los dos sentidos 雙向道	**el aparcamiento** 停車場	**la autopista** 高速公路	**la carretera europea** 歐洲高速公路 **la carretera nacional** 國家級道路

各類型汽車

el coche/ vehículo pequeño	小型車	el camión	大貨車
el coche/ vehículo intermedio	中型車	el coche/ vehículo eléctrico	電動車
el coche/ vehículo grande	大型車	el coche/ vehículo (de cambio) automático	自排車
la autocaravana	露營旅行車	el coche/ vehículo (de cambio) manual	手排車
el coche/ vehículo de lujo	豪華車輛	el sedán / la berlina la furgoneta	轎車 小貨車

在西班牙自行開車旅遊

　　在西班牙的大城市，不管搭乘大眾運輸工具還是走路，都是很方便又愜意的旅遊方式。尤其是走在西班牙的街道上，主要道路兩旁的人行道寬闊又乾淨。不過，除了在市區裡參觀名勝古蹟，以及觀看當地的現代化建築之外，西班牙的郊外及鄉間也有許多值得造訪的景點。因此，開車便是深入探索西班牙的另一個選項。

　　首先，我們必須先知道在西班牙如何租車。在機場或車站，都可以看到 Europcar（https://www.europcar.com）及 Hertz（https://www.hertz.com）這兩家租車公司的服務櫃檯，可以依照自己的喜好選擇其一。建議可以先上網站查看價格及租借方式，還可以事先預約、付款，獲得比較優惠的費率。在租車之前，必須準備好必要的證件：國際駕照、台灣駕照及駕駛人的有效信用卡。車款方面，可以選擇幾人座、手排車（manual）或是自排車（automático）等等。當然，手排車的價格會比自排車便宜，但已經習慣自排車的駕駛人，還是建議選擇自排車比較保險。然後，就是選擇是否在同一地點租還車，如果不是，則必須在表格上註明還車地點。當然，同一地點租還車的價格是比較便宜的。有一點要特別注意的是，無論是網路租車或是在櫃檯租車，都要留意選擇的車款可以放幾件大型行李。例如，一樣都是四人座的車子，卻會因為車款的差異，而有不同大小的置物空間。

　　租完車子，準備上路之前，務必要檢查一下車子內外是否有受損或是擦傷等等，因為在西班牙還車時，服務人員會很仔細地檢查車子。所以為了避免糾紛，還是謹慎為宜。

　　在西班牙開車，如果看到路邊有白色的線，就表示是免費停車區；如果是藍色，就是收費的停車區。通常收費區的旁邊會有一台收費機，車子停妥之後，要輸入預估的停車時間並付款、取得票卷，然後放在車上供查票人員查驗。

　　在西班牙駕車旅行，是另一種不同的體驗，只要了解當地不同的規則，開車在西班牙旅遊可以讓我們體驗更多不同的人文風情。

▲在太陽門廣場的人行道上，有個不甚起眼的「Km.0」標誌，寫著「origen de las carreteras radiales」，表示這是放射狀的六條主要公路開始的地方，以此處為原點開始計算道路里程。

▲在西班牙，有「Autovía」（編號為 A-）和「Autopista」（編號為 AP-）兩種高速公路。autovía 大多是將以往的國家級道路（carreteras nacionales）路網提升規格而建設的，而 autopista 則以新建道路為主，而且大多要收費。

Lección 7
在大街上 en la calle

Ana: Disculpe, señor. Estoy buscando la sucursal del banco Santander. ¿Sabes dónde está?

El viandante: Sí. Mira[*1], sigue todo recto y luego gira a la izquierda en el primer[*2] semáforo. Después verás[*3] el Corte Inglés y sigue caminando unos 5 minutos[*4], la sucursal del banco Santander está allí.

Ana: Parece muy fácil de llegar allí.[*5]

El viandante: De hecho, ya estamos muy cerca de allí. Podrás encontrarlo fácilmente.[*6]

Ana: Muchas gracias por su ayuda.

El viandante: De nada.

安娜：不好意思，先生。我在找 Santander 銀行的分行。你知道在哪裡嗎？

路人：知道。你繼續直走，然後在第一個紅綠燈左轉。之後你會看到英國宮百貨，然後繼續走大約 5 分鐘，Santander 銀行的分行就在那裡。

安娜：到那裡好像很容易。

路人：事實上，我們已經離那邊很近了。你能很容易找到它的。

安娜：謝謝您的幫助。

路人：不客氣。

¡ojo! │請注意

[*1] mira 是命令式「你看」的意思，有時候是真的要人去看某個東西，但也常常用在說明某件事情之前，這時候只是稍微喚起對方的注意而已。

[*2] 序數用在名詞前面的時候，陽性的 primero（第一的）、tercero（第三的）要把字尾 -o 去掉。序數列表請參見第 3 課。

[*3] verás 是 ver（看）的第二人稱單數未來時態。

[*4] 「unos/unas + 數字 + 名詞」表示「大約…左右」。

[*5] 「parecer + 形容詞」表示「某件事似乎…」。這裡的主詞可以理解成「路人指示的走法」，表示「這樣子似乎很容易到達那裡」。

[*6] Podrás 是 poder（能…）的第二人稱單數未來時態（不規則變化）。fácilmente 是 fácil（簡單的）的副詞形。

詞彙整理　P2-L07-02

buscar	尋找
la sucursal	分行，分公司
el banco	銀行
seguir	繼續
el semáforo	紅綠燈
caminar	走
el minuto	分鐘
de hecho	事實上
encontrar	找到
la ayuda	幫助（對應動詞 ayudar 的名詞）

會話重點

重點1　動副詞（gerundio）

將動詞字尾的 -ar 改為 -ando，或將 -er, -ir 改為 -iendo，就形成動副詞（gerundio），性質為副詞，表示「做著…」的狀態。

動副詞最常見的用法，是以「estar + ger.」的句型表示「正在…」，文法上屬於複合動詞（verbo compuesto）的一種，其中的 estar 會有時態和人稱的變化（現在時態：estoy, estás, está, estamos, estáis, están）。

Ex. Estoy/Está buscando el banco.
（我／他在找那間銀行。）

「seguir/llevar/continuar + ger.」則是表示「持續做著…」。

Ex. Siga caminando 5 minutos.
（請您繼續走 5 分鐘。）

另外，也常用「ir/venir + ger.」表示「做著…去／來」→「用…的方式去／來」。

Ex. Voy a clase andando.
（我走路去上課。）

方向的表達　P2-L07-03

la derecha	右邊
la izquierda	左邊
girar a la derecha	向右轉
girar a la izquierda	向左轉
estar a tu mano derecha	在你的右手邊
estar a tu mano izquierda	在你的左手邊
seguir todo recto	繼續直走

1. el este　東
2. el sur　南
3. el oeste　西
4. el norte　北

por allí	往那邊
ir hacia...	往…去
ir por la calle	沿著街道走
cruzar/atravesar	穿越…

Lección 7 在大街上

文法焦點 | 未來時態（futuro）

日常生活中的會話，大多以表示現在動作或一般事實的現在時態（presente）為主。但如果要特別表達「未來將會發生的事情」，就可以使用未來時態（futuro）。未來時態的動詞變化是相對簡單的，與條件式（參見第4課）類似，不管是哪一種動詞（-ar, -er, -ir），只要直接加上字尾即可，不規則的情況也比較少。

人稱	直接加字尾	不規則型1：pod<u>e</u>r	不規則型2：venir	不規則型3：hacer	不規則型4：querer
1單	-é	po<u>d</u>ré	ven<u>d</u>ré	haré	querré
2單	-ás	po<u>d</u>rás	ven<u>d</u>rás	harás	querrás
3單	-á	po<u>d</u>rá	ven<u>d</u>rá	hará	querrá
1複	-emos	po<u>d</u>remos	ven<u>d</u>remos	haremos	querremos
2複	-éis	po<u>d</u>réis	ven<u>d</u>réis	haréis	querréis
3複	-án	po<u>d</u>rán	ven<u>d</u>rán	harán	querrán

※第1種不規則型（去掉 e）還有 haber, saber 等；第2種不規則型（拼字變成 -ndr- 或 -ldr-）還有 poner, salir, tener 等。與 hacer 同樣有刪減現象的是 decir（→ diré, dirás, dirá, diremos, diréis, dirán）。未來時態可以直接轉換成條件式，只要換掉字尾即可，所以條件式的不規則情況和未來時態是一樣的。

未來時態表示未來可能會發生的事情。不過，當句中有明確表示未來時間的詞語時，也經常用現在時態表達未來，差別在於現在時態感覺上比較確定一些。

明天我要去台北拜訪我的祖父母。
Mañana iré a Taipei para visitar a mis abuelos.（未來時態）
Mañana voy a Taipei para visitar a mis abuelos.（現在時態：比較確定的未來）

有兩種情況必須使用未來時態：
1. 表示時間的子句（oración temporal）＋ 未來時態的主要子句
2. 表示條件的子句（oración condicional）＋ 未來時態的主要子句
這兩種情況表示「在某個時候／某個條件下，就會…」的意思。

Cuando tenga tiempo, iré a visitarte. 當我有時間的時候，我會去拜訪你。
　　　　時間子句

Si tengo tiempo, iré a visitarte. 如果我有時間，我會去拜訪你。
　　　條件子句

請注意表示尚未發生、假設性的情況時，會像 cuando 的例句一樣使用虛擬式 tenga（原形為 tener；關於虛擬式，請參考第10課）。但 si 這個連接詞比較不一樣，會用一般的直述式現在時態表示條件。

對話短句

Lección 7 在大街上

確認方向

¿Por dónde se va a la Plaza España?
去西班牙廣場是往哪邊呢？

¿Cuál es la ruta para la Plaza España?
哪條是往西班牙廣場的路呢？

¿Qué camino tengo que tomar para llegar a la Plaza España?
要到西班牙廣場，我該走哪條路呢？

Por aquí.
往這邊。

Mire, siga todo recto por esta calle y luego gire a la derecha.
您沿著這條路直走，然後再向右轉。

確認怎麼走

Disculpe, estoy buscando este sitio. ¿Por dónde voy?
不好意思，我正在找這個地方。我該往哪裡走？

Mira, sigue andando 5 minutos por esta calle y luego gira a la izquierda. Allí está.
你繼續沿著這條街步行 5 分鐘，然後向左轉。就在那裡。

是否在附近

Querría ir a la Plaza Mayor. ¿Está por aquí cerca?
我想要去主廣場。在這附近嗎？

No, está un poco lejos de aquí. Sería mejor ir en metro.
不，離這裡有點遠。搭捷運去會比較好。

確認目的地

¿Hay correos por aquí cerca?
這附近有郵局嗎？

¿Dónde está el metro más cercano?
最近的地鐵站在哪裡呢？

Cruce esta calle, está a la mano derecha.
請您穿越這條街，就在右手邊。

去某條路

¿Cómo se llega a La Rambla?
怎樣會到藍布蘭大道呢？

Siga todo recto por esta calle y después de tres semáforos, allí está.
請您繼續直走，然後過了三個紅綠燈後，就在哪裡。

119

走反了

¿Si sigo andando por esta calle, encontraré el Corte Inglés?
如果我繼續沿著這條路走，會遇到英國宮百貨嗎？

(El Corte Inglés) está en la dirección contraria.
（英國宮）在反方向。

走多久

¿Cuánto tiempo tarda en llegar a la biblioteca nacional?
到國家圖書館要多久時間？

Unos 15 minutos andando.
用走的大約 15 分鐘。

左轉或右轉

Querría ir a la cafetería Mandala. ¿Tengo que girar a la derecha o a la izquierda?
我想要去曼德拉咖啡館。我必須向右還是向左轉？

Tiene que girar a la derecha.
您必須向右轉。

與移動相關的動詞

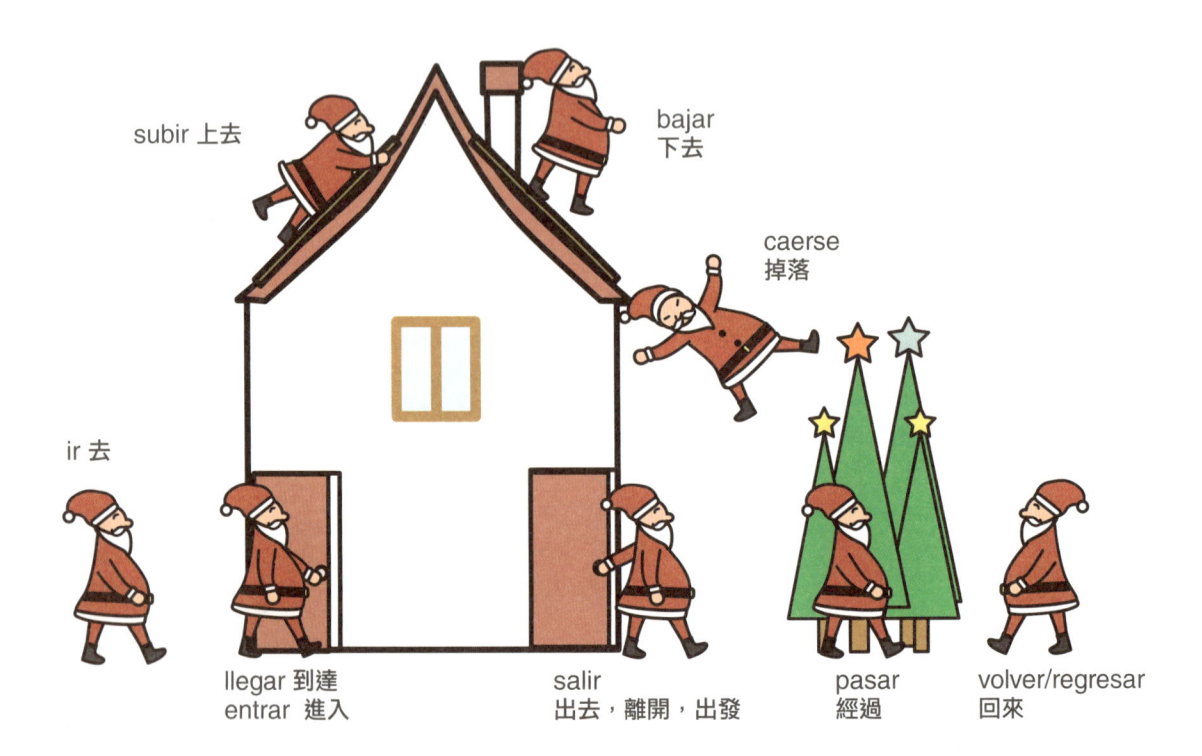

subir 上去
bajar 下去
caerse 掉落
ir 去
llegar 到達
entrar 進入
salir 出去，離開，出發
pasar 經過
volver/regresar 回來

Ejercicios | 練習題

A. 請填入指定動詞的未來時態，並請注意使用正確的人稱變位。

❶ Cuando tenga tiempo, _____ (ir [yo]) a España.

❷ ¿Cuándo _____ (volver) Ana a casa?

❸ ¿A qué hora _____ (llegar) el próximo autobús?

❹ Mañana _____ (salir [nosotros]) de Taipei a Tainan.

❺ _____ (tener [yo]) una cita con Ana mañana. ※cita：約會

B. 請參考中文，將提示的動詞做適當的變化，完成以下句子。

❶ _____ (estar, buscar) el restaurante.

我正在找這間餐廳。

❷ _____ (seguir, caminar) 5 minutos y está allí.

請您繼續走 5 分鐘，就在那裡。

❸ Juan siempre _____ (venir, andar).

璜安總是用走的過來。

C. 請依照中文重組句子。

❶ ¿ girar / que / derecha / tengo / a / la ? 我必須要向右轉嗎？

_____

❷ en / está / contraria / la / dirección . 它在反方向。

_____

❸ ¿ está / cercano / dónde / más / el metro ? 最近的地鐵站在哪裡呢？

_____

❹ ¿ correos / cerca / por / hay / aquí ? 這附近有郵局嗎？

_____

正確答案請見附錄解答篇 p.291

大馬路上的相關單字

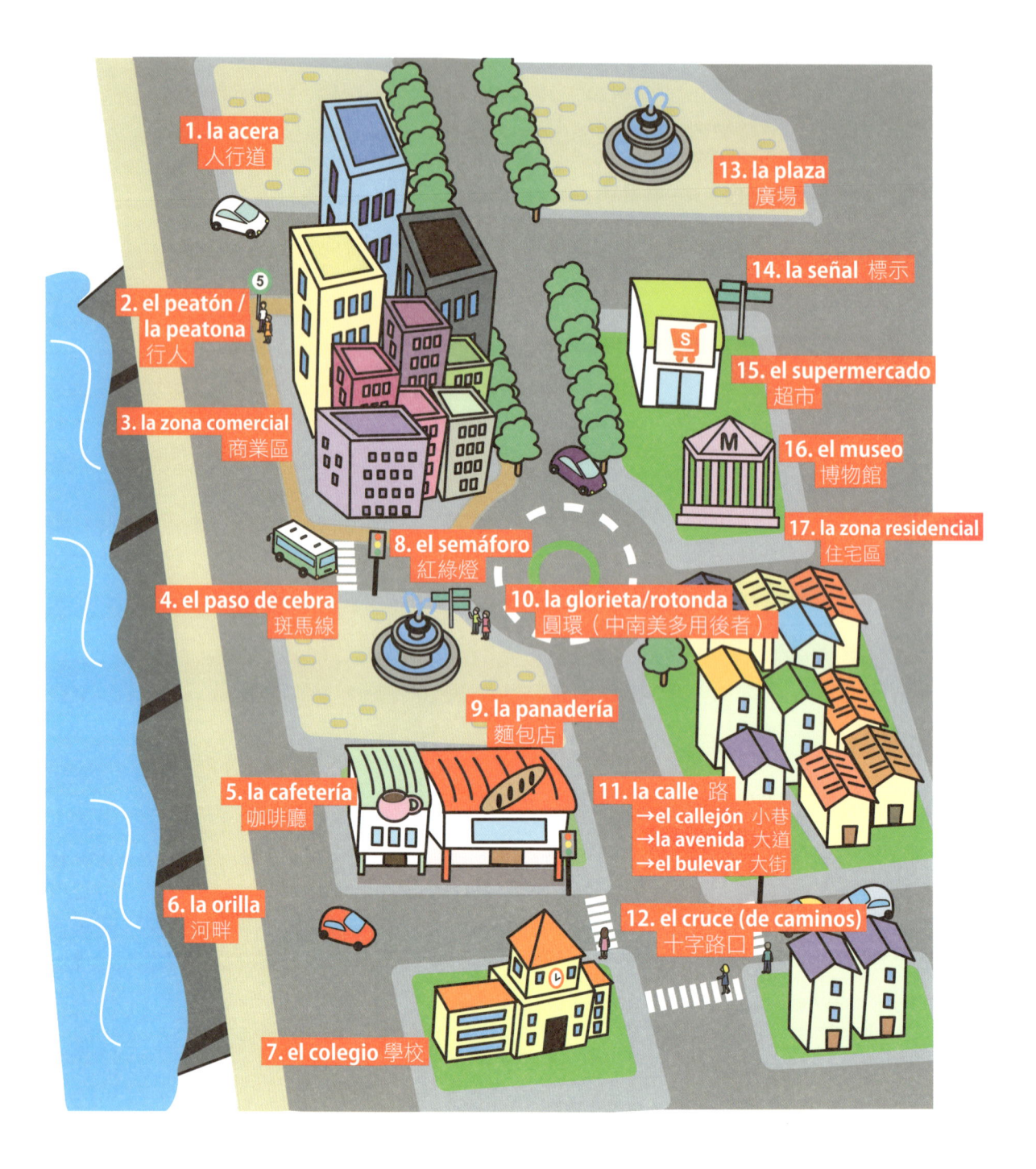

1. la acera 人行道
2. el peatón / la peatona 行人
3. la zona comercial 商業區
4. el paso de cebra 斑馬線
5. la cafetería 咖啡廳
6. la orilla 河畔
7. el colegio 學校
8. el semáforo 紅綠燈
9. la panadería 麵包店
10. la glorieta/rotonda 圓環（中南美多用後者）
11. la calle 路
    →el callejón 小巷
    →la avenida 大道
    →el bulevar 大街
12. el cruce (de caminos) 十字路口
13. la plaza 廣場
14. la señal 標示
15. el supermercado 超市
16. el museo 博物館
17. la zona residencial 住宅區

在西班牙旅遊不可不知的文化差異

西班牙與台灣不只語言不相同，在文化及生活習慣上也有很多的差異。到西班牙旅行之前，必須知道一些文化上的差異。

遇到別人問路，會熱心幫忙的西班牙人

在西班牙問路的時候，也許你只打算問某一個路人，結果他身邊的朋友或其他熱心的人也一起加入，甚至給出各自不同的意見。這時候不用覺得困擾，通常只要知道大概的方向，在靠近目的地前，再詢問其他人即可，因為西班牙人的天性都是很親切熱心的。

公共廁所不常見，付費上廁所很正常

對旅行者而言，除了吃喝、移動以外，上洗手間也是必須滿足的基本需求。但是，公共廁所在西班牙並不常見，而店家的廁所常常需要先消費，輸入購買收據上的廁所密碼才能進入。很多人會利用連鎖速食店，例如漢堡王、麥當勞等店家，因為這裡的廁所通常是免費開放使用的，但仍然有例外。或者也可以在英國宮（Corte Inglés）百貨找到廁所，但要注意不是每個樓層都有。

我們可能會認為地鐵站裡一定有廁所，但西班牙的地鐵站是沒有的。火車站、巴士總站和加油站還是會設置洗手間，但不一定提供衛生紙，所以能夠自備是最好的。洗手間有分別設置男女廁的，也有男女共用的，在某些餐廳、咖啡廳或是酒吧也有男女共用空間的情況。

問店家的廁所在哪裡時，可以說 ¿Dónde está el servicio? 或 ¿Dónde hay servicio?（或者用 aseo, toilet 等詞彙）。有不少好心的店家會免費讓你使用，但即使如此，還是可以順便消費一下，表示對店家的感謝。

不要期待有像台灣一樣的便利商店

台灣到處都有的便利商店，在西班牙是很難找到的。在大城市，或許非市中心區會有少數 24 小時營業的店家，但不是每個城鎮都有。如果需要買水或零食的話，可以在超市（supermercado）、雜貨店（quiosco, kiosco）或「chuchería」（糖果零食專賣店）買到。不過，西班牙的罐裝飲料（果汁、茶類、咖啡、汽水等等）不像台灣有這麼多種類，尤其罐裝咖啡只有一兩種而已。不過，牛奶的選擇倒是比台灣多，除了全脂（entera）、低脂（semidesnatada）及脫脂（desnatada）之外，還有無乳糖（sin lactosa）的牛奶可供選擇。另外，也有大豆飲品「bebida de soja」，雖然成分類似，但口味和台灣的豆漿相當不同。

● 陳述式未來時態（futuro de indicativo）

不規則動詞整理

※未來時態的字根不規則變化，和第 4 課介紹過的條件式相同，兩者之間可以直接轉換。也請參考第 4 課的不規則動詞表。

・特別常用的動詞

人稱	poder 能（助動詞）	saber 知道	haber（完成時態助動詞）
1 單	podré	sabré	habré
2 單	podrás	sabrás	habrás
3 單	podrá	sabrá	habrá
1 複	podremos	sabremos	habremos
2 複	podréis	sabréis	habréis
3 複	podrán	sabrán	habrán

人稱	venir 來	salir 出去，離開	tener 有，拿	poner 放
1 單	vendré	saldré	tendré	pondré
2 單	vendrás	saldrás	tendrás	pondrás
3 單	vendrá	saldrá	tendrá	pondrá
1 複	vendremos	saldremos	tendremos	pondremos
2 複	vendréis	saldréis	tendréis	pondréis
3 複	vendrán	saldrán	tendrán	pondrán

人稱	hacer 做	decir 說	querer 想要
1 單	haré	diré	querré
2 單	harás	dirás	querrás
3 單	hará	dirá	querrá
1 複	haremos	diremos	querremos
2 複	haréis	diréis	querréis
3 複	harán	dirán	querrán

◉ 動副詞（gerundio）

・**字根母音變化**：e→i（**均為 -ir 動詞**）

原形	decir 說	pedir 要求，請求	seguir 繼續	sentir 感覺
動副詞	diciendo	pidiendo	siguiendo	sintiendo

原形	venir 來	vestir 穿著	reír 笑	sonreír 微笑
動副詞	viniendo	vistiendo	riendo	sonriendo

其他：competir（競爭）、medir（測量）、mentir（說謊）、repetir（重複）、servir（服務，上菜）、corregir（修正）…等等

・**字根母音變化**：o→u（**均為 -ir 動詞**）

原形	dormir 睡	morir 死
動副詞	durmiendo	muriendo

・**-iendo 接在母音後面，或者在字首時，改為 -yendo**（並非不規則變化，而是依照語音規則改變拼寫法）

原形	caer 掉落	construir 建設	creer 想，相信	huir 逃
動副詞	cayendo	construyendo	creyendo	huyendo

原形	ir 去	leer 讀	oír 聽	traer 帶
動副詞	yendo	leyendo	oyendo	trayendo

Lección 8
在飯店 en el hotel

Javier: ¡Hola! Tengo una habitación doble con dos camas individuales reservada[*1].

La recepcionista: ¿Cómo se apellida usted?

Javier: Me apellido Gonzales.

La recepcionista: La habitación ya está preparada para usted. ¿Y quiere el desayuno? Ofrecemos un descuento a los clientes.

Javier: ¿Cuánto cuesta el desayuno?

La recepcionista: 8 euros por persona.

確認退房時間

Javier: ¿Cuál[*2] es la hora para dejar libre[*3] la habitación?

La recepcionista: Antes de las 11 de la mañana.

確認寄放行李

Javier: Después de dejar la habitación, ¿podría dejar las maletas en su consigna de equipajes?

La recepcionista: Sí, claro. Aquí está la llave de la habitación. ¡Que tenga una feliz estancia!

哈維爾：您好！我有一間預訂的雙床雙人房。
櫃台人員：您貴姓？
哈維爾：我姓岡薩雷斯。
櫃台人員：房間已經為您準備好了。您要早餐嗎？我們提供折扣優惠給（飯店）顧客。
哈維爾：（一份）早餐要多少錢？
櫃台人員：每人 8 歐元。

確認退房時間
哈維爾：退房時間是幾點？
櫃台人員：早上 11 點之前。

確認寄放行李
哈維爾：退房後，我可以把行李箱寄放在您們的行李寄放處嗎？
櫃台人員：當然可以。這裡是房間鑰匙。祝您住宿愉快！

¡ojo! 請注意

[*1] reservada（被預約的）修飾 habitación（房間），所以使用陰性單數形態。請注意在這裡不是修飾 camas（床），所以不用複數形。

[*2] 這裡用 Cuál（哪個）而不是 Qué，是為了表達「在一天之中的哪個時間」的意思。

[*3] dejar（留下）後面接形容詞（libre：自由的，空置的），表示使什麼處於某種狀態。

詞彙整理

P2-L08-02

la habitación doble	雙人房
la cama individual	單人床
reservado/a	被預訂的（reservar 的過去分詞）
apellidarse	姓…
preparado/a	被準備的（preparar 的過去分詞）
ofrecer	提供
el descuento	折扣
el cliente	顧客
costar	花費，要價…
dejar libre	退（房）
la maleta	行李箱
la consigna de equipajes	行李保管處，寄物處
la llave	鑰匙
la estancia	停留，短期留宿

會話重點

重點1　過去分詞的用法

形成過去分詞（participio pasado）的規則是：-ar 動詞 → -ado／-er, -ir 動詞 → -ido。過去分詞有四種用法：①完成時態「haber + p.p.」，例如 Yo he ido a España.（我去過西班牙）；②一般被動態「ser + p.p.」，例如 La ventana es rota por los alumnos.（窗戶被學生們打破了）；③表示完成狀態的被動態「estar + p.p.」，例如 La habitación está preparada.（房間已經〔被〕準備好了）；④當一般形容詞用，表示「被…的」，例如 una habitación reservada（一間〔被〕預訂的房間）。只有用法①的過去分詞不會有性、數的變化。關於①的完成時態，請看下一課的詳細介紹。

重點2　用「que + 虛擬式」表達希望、祝願

課文中的 ¡Que tenga una feliz estancia! 用「Que + 虛擬式」表達對別人的希望、祝願。關於虛擬式的動詞變化，請看第 10 課的介紹。虛擬式只用在附屬子句中，在這個用法裡是省略了主要子句的動詞 esperar：(Espero) Que tenga...（〔我希望〕你擁有…）。

Lección 8　在飯店

P2-L08-03

飯店的房型

una habitación individual 一個單人房	una habitación doble (con una cama doble) 一個（有一張雙人床的）雙人房
una habitación doble con dos camas (individuales) 一個有兩張（單人）床的雙人房	una habitación de familia 一個家庭房

文法焦點｜「有代動詞」（verbo pronominal）的用法

「有代動詞」是指結構上和代名詞一併使用的動詞。在字典裡，這類動詞的原形會用「…se」的形式來呈現，例如課文中的「apellidarse」，而動詞變位的用法則是 me apellido、se apellida 等等。這類動詞中的代名詞部分，性質上屬於受詞，但和前面介紹過的兩種受格形式略有不同，整理如下表。

		主格	直接受格	間接受格	有代／反身
單數	第一人稱	yo	me	me	me
	第二人稱	tú	te	te	te
	第三人稱	él/ella, usted	**lo/la**	**le（→se）**	**se**
複數	第一人稱	nosotros/-as	nos	nos	nos
	第二人稱	vosotros/-as	os	os	os
	第三人稱	ellos/ellas, ustedes	**los/las**	**les（→se）**	**se**

在初學階段，我們最熟悉的是有代動詞的反身用法「對自己做…」，但除此之外，有代動詞還有表示相互、被動、自發（例如 irse 表示「離開」）等各種不同的意義。以下針對「反身」、「相互」、「被動」等用法做說明。

1. 反身（reflexivo）

表示主詞對自己做某個行為，類似中文說「…自己」或英文「…oneself」的情況。這時候的代名詞部分可以理解為「自己」，在句中的角色可能是直接受詞或間接受詞。

afeitarse 給自己刮鬍子

David **se afeita**. 大衛（給自己）刮鬍子。
　　　直接受詞

David **se afeita** la barba. 大衛（給自己）刮鬍子。
　　　間接受詞　　直接受詞　　　（= David afeita la barba a sí mismo）

其他例子：lavarse（給自己清洗）、bañarse（沐浴）、ducharse（淋浴）、cepillarse los dientes（給自己刷牙）、mirarse en el espejo（照鏡子〔在鏡子裡看自己〕）等等

2. 相互（recíproco）

表示複數主詞中的每個個體互相做某個行為。這時候的代名詞部分可以理解為「彼此」，在句中的角色可能是直接受詞或間接受詞。

besarse 接吻（= darse un beso）

Julio y Ángela **se besan**. 胡立歐與安琪拉親吻彼此。
　　　　　　直接受詞

darse un abrazo 給彼此擁抱（= abrazarse）

Julio y Ángela **se dan** un abrazo. 胡立歐與安琪拉給彼此一個擁抱。
　　　　　　間接受詞　　直接受詞

其他例子：amarse（相愛）、conocerse（相識）、pelearse（打架）等等

3. 被動語氣（voz pasiva）

除了用一般的被動態「ser + p.p.」來表示被動以外，當主詞為第三人稱時，也可以用 se… 的形式來表達。

venderse 被賣出

Se venden los pisos. 這些公寓要出售。
其他例子：cerrarse（〔被〕關閉）、usarse（被使用）等等

那麼，llamarse（叫做…）、apellidarse（姓…）又屬於那一種用法呢？雖然 Me llama Juan.（我叫胡安）可以理解為「稱呼自己」，但 La película se llama "Volver".（那部電影叫《玩美女人》）就有點難說是「電影稱呼自己」了。有人認為 llamarse 是反身用法，但也有人認為這時候的代名詞並沒有具體的角色，只是因為文法上需要而使用，也可以在形式上和 llamar（叫喚…；打電話給…）做出區隔。

P2-L08-04

對話短句

確認天數

¿Para cuántos días?
（您要住）幾天？

Dos días/noches.
兩天／兩個晚上。

¿Para cuántas noches?
（您要住）幾晚？

Desde el sábado el día 10 hasta el lunes el día 12.
從 10 號禮拜六到 12 號禮拜一。

確認房型

¿Qué tipo de habitación querría reservar?
您想要預約哪種房間？

(Querría reservar) una habitación individual.
（我想要預訂）一間單人房。

(Querría reservar) una habitación doble.
（我想要預訂）一間雙人房。

是否有附早餐

¿Está incluido el desayuno en el precio de la habitación?
早餐包含在房間價格裡嗎？

Lo siento, no está incluido.
很抱歉，不包含。

Sí, ofrecemos el desayuno bufé.
有的，我們提供自助式早餐。

確定人數及房間數

¿Cuántas habitaciones querría reservar?
您想要預訂幾間房呢？

Queremos reservar una habitación de familia para cinco personas.
我們想要預訂一間五人的家庭房。

Queremos reservar una habitación doble con dos camas individuales.
我們想要預訂一間兩張單人床的雙人房。

入住日期

¿Ha reservado la habitación por internet?
您是透過網路訂房嗎？

Sí, en nombre de López.
是的，用羅貝斯的名字預訂的。

No, hice la reserva por teléfono.
不是，我用電話預訂的。

※ hice：hacer 的第一人稱單數簡單過去時態

詢問房型

¿Tienen la habitación con vistas al mar?
您們有海景房嗎？

Lo siento, no la tenemos.
很抱歉，我們沒有。

Sí, claro. Pero, hay que pagar un suplemento.
當然有的。不過，必須補足費用。

寄放行李1

¿Podríamos dejar las maletas en el hotel?
我們可以把行李箱寄放在旅館嗎？

Sí, por supuesto. Podría dejarlas en la consigna de equipajes.
當然可以。您可以把行李箱放在行李寄放處。

寄放行李2

¿Hasta cuándo tenemos que venir a recoger las maletas?
我們必須在哪時候之前來領回行李箱？

Se cierra la consigna a las 10 de la noche.
寄放處晚上 10 點關閉。

¿Hay estaciones de metro por aquí cerca?
這附近有地鐵站嗎？

Sí, la estación de metro más cercana está a 3 minutos andando.
有的，最近的地鐵站（離這裡）走路三分鐘。

La estación de metro está muy lejos de aquí. Pero, hay una parada de autobús enfrente del hotel.
地鐵站離這裡很遠。但是，飯店對面有一個公車站。

交通工具

Lección 8 在飯店

P2-L08-05

訂房用語

	el precio de la habitación	房間價格		el desayuno incluido	含早餐
	la fianza	訂金		el desayuno no incluido	不含早餐
	la hora de registrarse	入住時間	WIFI	hay conexión a internet WIFI gratuito	有提供網路免費WIFI
	la hora de dejar libre la habitación	退房時間		hay aire acondicionado	有冷氣
				hay calefacción	有暖氣
	(el hotel estar) completamente reservado	（飯店）預約全滿		¿Hay transportes públicos por aquí cerca?	這附近有大眾運輸工具嗎？
	(el hotel estar) completo				
	(el hotel estar) totalmente ocupado				

補充表達

有空房	hay habitaciones disponibles	使用洗衣機免費。	El uso de lavadora es gratis.
取消訂房	cancelar la reserva de habitación	使用乾衣機免費。	El uso de secadora de ropa es gratis.
使用廚房免費。	El uso de cocina es gratis.	有電梯嗎？	¿Hay ascensor?

131

Ejercicios | 練習題

A. 請參考中文翻譯，填入適當的動詞變化形態。除了特別標註的情況以外，一律使用簡單現在時態。

① _____ (vender / venderse) los pisos. 這些公寓要出售。

② Antonio ya ha _____ (vender / venderse) el piso con vistas al mar.

安東尼已經賣了那間有海景的公寓。（完成時態）

③ _____ (cerrar / cerrarse) la consigna a las 10. 行李寄放處 10 點關閉。

④ María _____ (cerrar / cerrarse) la ventana. 瑪麗亞關上窗子。

⑤ José _____ (llamar / llamarse) por teléfono a su novia.

荷西打電話給他的女友。

B. 請參考上一頁的「訂房用語」，在空格中填入適當的單字。

① No hay habitación _____. 沒有空房。

② El desayuno no está _____ en el precio de habitación.

房間的費用不含早餐。

③ El uso de _____ de ropa es gratis. 使用乾衣機免費。

④ ¿Cuál es la hora de dejar _____ la habitación? 退房時間是幾點？

C. 請將問句和適當的回答連起來。

① ¿Podría dejar las maletas en el hotel? • • (1) Sí, hay una enfrente del hotel.

② ¿Hay estación de metro por aquí cerca? • • (2) No, lo siento. No está incluido.

③ ¿Está incluido el desayuno en el precio de habitación? • • (3) Sí, claro. Podría dejarlas en la consigna.

正確答案請見附錄解答篇 p.292

132

飯店裡的設施與服務

el hotel 飯店
→el hotel de una/dos/tres/cuatro/cinco estrellas
　一／二／三／四／五星級飯店
→el albergue juvenil 青年旅館
→el apartamento turístico 短期出租公寓
→la pensión 民宿

el vestíbulo 飯店大廳

la habitación 客房

❶	la consigna	（行李、物品）寄放處
❷	el mostrador de recepción	接待櫃台
→	el/la recepcionista	櫃台接待人員
❸	el carro de equipajes	行李推車
❹	el/la botones	行李員
❺	el portero / la portera	門僮
❻	el aire acondicionado	冷氣
❼	la televisión	電視
❽	el minibar	（有付費飲料的）小冰箱
❾	la calefacción	暖氣
❿	el/la cliente（或 la clienta）	客戶、顧客
→	el/la huésped	房客

el servicio de despertador 叫醒服務   el servicio de limpieza 客房清潔服務

Lección 8 在飯店

133

⑪	la piscina cubierta	室內游泳池
⑫	el gimnasio	健身房
⑬	el restaurate	餐廳
⑭	el servicio de lavandería	洗衣服務
⑮	la bañera	浴缸
⑯	la toalla	毛巾
⑰	la toalla de baño	浴巾
⑱	el número de habitación	房間號碼
⑲	la tarjeta magnética	房卡

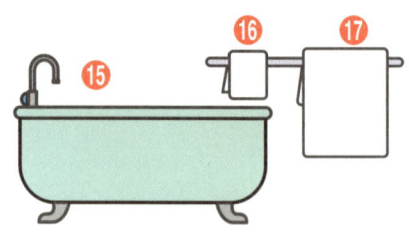

補充表達

給小費	dar propina
把行李箱寄放在行李寄放處	guardar las maletas en la consigna de equipajes
要更多的杯子	pedir más tazas
客房服務	el servicio a la habitación / el servicio de habitación
換房間	cambiar de habitación
索取一份地圖	pedir un plano
使用廚房	usar la cocina
使用洗衣機	usar la lavadora
使用乾衣機	usar la secadora de ropa
和房東一起住	alojarse con la dueña / el dueño

在西班牙住宿

在前面的文化介紹裡，我們已經了解如何在西班牙租車旅遊。這一課要跟大家介紹，如果有機會到西班牙旅行或遊留學，有哪些住宿的型態可以選擇。

如果是幾天到幾週的旅遊，可選擇的住宿設施有（以價格低至高的順序排列）：albergue juvenil（青年旅館）、pensión（民宿）、hostal（旅社）、apartamento turístico（短租公寓）、hotel（旅館）、parador（國營旅館）等。青年旅館的價格親民，並且提供自助式的家電廚房用品，以及許多開放共用的空間，是世界各地年輕背包客的首選。不過，青年旅館的房間大多是上下舖，所以通常要和陌生人共用房間。有些青年旅館地點偏僻，或者設備老舊，也是要考慮的缺點。至於民宿和旅社，雖然是比較便宜的住宿設施，但也會因為是否位處市中心、是否含餐而有價格上的差別。有的民宿、旅社房間並不是完整的套房，必須和同樓層的房客共用浴室和廁所。

短租公寓有冰箱、簡單的廚房家電用品可以使用，適合喜歡自己下廚料理的人。可以藉由自炊節省開銷，也是短租公寓的優點，尤其在物價較高的大城市，自己在超市購買食材來料理，會比外食便宜許多。旅館和國營旅館是價位較高的住宿設施，價格主要取決於星級和所在的城市。值得一提的是，國營旅館由城堡、修道院等古蹟改裝而成，適合喜歡歐洲古堡風情的遊客，只不過通常地處郊外，交通較為不便。

如果是去遊留學的人，可以選擇 residencia (femenina, masculina o mixta)（宿舍）、colegio mayor (femenino, masculino o mixto)（宿舍）、piso compartido（分租公寓）。無論是 residencia 或者 colegio mayor，都有男女共住或是只限男或女的形式。兩者的差異在於，residencia 比較類似旅館或短租公寓式的設備，洗衣或乾衣採自助投幣式；colegio mayor 原本是大學的一部分，以前是學生們讀書、住宿、養成人格及文化氣息的地方。現在的 colegio mayor 有一部分已經採取自治的方式，並不是由學校來管理，但依然保有許多人格、文化、道德養成及運動方面的活動讓住宿生共同參與規劃。因此，住在這裡的學生們也相對比較親密、團結。這兩種住宿方式都提供三餐，有些學生會在週末回家，就會選擇半宿的住宿方式，費用上也會比較便宜一些。宿舍的費用也包含固定一週數次打掃房間、換新的床單等。

▶ Parador de Cuenca，位在距離西班牙 Cuenca 舊城區 1.5 公里的郊外，是將修道院改為住宿設施「parador」的其中一個例子。就像許多修道院一樣，它的地點清幽，但能夠眺望壯麗的景觀。

Lección 9
在旅遊服務中心 en la oficina de turismo

Ana: ¡Hola! Querría hacer una visita por*1 el centro de Madrid. ¿Podría darme un plano de la ciudad?

El personal: Sí, claro. Mire, aquí tenemos la versión de chino tradicional y la*2 de español. ¿Cuál prefiere usted?

Ana: ¿Podría tener ambas*3 versiones de chino tradicional y de español?

El personal: Sí, sí, claro. Aquí tiene.

介紹優惠及景點

Ana: ¿Podría enseñarme algunos lugares turísticos de la ciudad? Es que he venido a Madrid una vez, pero no me dio tiempo a conocer más esta ciudad.*4

El personal: No hay problema. Si le interesa el arte, no se olvide de visitar el Museo del Prado.*5 Y si prefiere el ambiente relajado y tranquilo, tendría que visitar el Parque de El Retiro.

Ana: ¡Me encantan las pinturas! ¡Qué ilusión!*6

El personal: Muy bien. Mire, también le recomiendo el billete de un día. Con este billete, podría viajar por la ciudad en metro y en autobús con el precio del billete más económico.

Ana: ¡Qué bien! Gracias por su información y sugerencia. Adiós.

El personal: No hay de qué. Adiós.

安娜：您好！我想要到馬德里市中心觀光。可以請您給我一份市區地圖嗎？

服務人員：當然可以。您看，我們這裡有繁體中文版和西文版。您比較想要哪個？

安娜：我可以繁體中文版和西文版都拿嗎？

服務人員：當然可以。請拿。

介紹優惠及景點

安娜：您可以為我介紹這個城市的一些觀光景點嗎？因為我雖然來過馬德里一次，但上次我沒有足夠的時間進一步認識這個城市。

服務人員：沒問題。如果您對藝術有興趣，別忘了參觀普拉多美術館。如果您比較喜歡輕鬆寧靜的氛圍，您一定要去雷提洛公園走走。

安娜：我很喜歡繪畫（作品）。好期待喔！

服務人員：真是太好了。您看，我也向您推薦一日券。有了這張票，您就可以用最經濟（便宜）的票價在市區搭乘地鐵及公車旅行。

安娜：太好了！謝謝您的資訊和建議。再見。

服務人員：不客氣，再見。

136

詞彙整理

la visita	參觀
el plano	地圖（指特定地區的細部地圖；el mapa 則是整個省、國家之類較為廣域、細節較少的地圖）
la versión	版本
ambos/ambas	兩者
enseñar	教導，給…看，指引
el lugar	場所，地點
turístico/a	觀光的
olvidarse de	忘記…
el ambiente	氛圍
relajado/a	放鬆的（relajar 的過去分詞）
tranquilo/a	寧靜的
recomendar	推薦
el precio	價格
económico/a	經濟實惠的

會話重點

重點1 dar 的用法

dar 除了表示「給予具體的物品」以外，也可以表示「給某人某種感覺或抽象的東西」。例如課文中的 no me dio tiempo de inf. 表示「（那次旅行）沒有給我時間做…→我覺得時間不夠做…」；Me da rabia el ruido de tráfico. 表示「交通的噪音給我憤怒→交通的噪音讓我覺得生氣。」

重點2 表示「使人產生情感」的動詞

interesar 表示「某事物使某人感到有興趣」，主詞是事物，所以實際上只會用到第三人稱（單數或複數）的形態，而「感到有興趣的人」是間接受詞。例如課文裡的 le interesa el arte，主詞是 el arte，所以動詞是第三人稱單數形 interesa，而受詞是 usted 的間接受格代名詞 le。課文後面出現的動詞 encantar（使感到喜愛），也是類似的用法。

¡ojo! | 請注意

*1 實際上也有可能說 hacer una visita a...（到…參觀），但這裡用介系詞 por 是表示「在某個範圍內四處移動」的意思。

*2 第二個 la 是代名詞，指前面說過的 la versión。

*3 形容詞 ambos/ambas 表示「（兩者中的）兩者都…」，只有複數形，並且和名詞的性一致。ambos/ambas 也可以當代名詞用。

*4 dio 是 dar（給）的第三人稱單數簡單過去時態（參見第 18 課）。conocer 後面的 más 在這裡當副詞用，表示「更加地」。

*5 「忘記」有兩種說法：「olvidar 事物」或「olvidarse de 事物」。兩者的意思可以說是一樣的，只是後者也帶有「『忘記』這件事發生在我身上」的感覺。

*6 lusión 本來是指「幻象」，引申出「幻想→希望、期待（還沒發生的事）」的意思。所以慣用語 ¡Qué ilusión! 是用來表示滿懷期待而感到興奮。

文法焦點 | 現在完成時態（pretérito perfecto）

「現在完成時態」屬於直述式（el indicativo）的其中一個時態。其結構如下：

人稱	助動詞 haber 簡單現在形
1單	he
2單	has
3單	ha
1複	hemos
2複	habéis
3複	han

\+ 過去分詞（或稱為「完成分詞」）

trabajado
bebido
vivido

1. 在完成時態中，動詞的分詞形態是固定的，不隨主詞變化（但過去分詞的形容詞用法會有性、數的變化）；haber 是表示「完成」的助動詞，有時態變化（在這裡使用簡單現在形），並且和主詞人稱一致。

2. 完成分詞分為規則及不規則兩種變化：
    a) 規則變化：-ar → -ado／-er, -ir → -ido
       例如：trabajar→trabajado／beber→bebido／vivir→vivido
    b) 不規則變化：
       例如：abrir→abierto／cubrir→cubierto／descubrir→descubierto
             decir→dicho／hacer→hecho
             poner→puesto／ver→visto／volver→vuelto …等等

3. 現在完成時態基本上可以理解為「（現在）已經…／曾經…過」的意思，用法可以細分為以下幾種：
    a) 表達「經驗」，常與 alguna vez（有一次，曾經）、nunca（從不）、... veces（…次）等表示次數的詞語連用。
       He venido a Madrid una vez.
       我曾經來過馬德里一次。

    b) 表達「較近的過去」，例如使用 esta mañana（今天早上）、este año（今年）等時間副詞時，除了用簡單過去時態（參見第 18 課）以外，也可以用**現在**完成時態表示離現在較近的經驗。
       Lola **ha llegado** al aeropuerto de Barajas esta mañana.
       蘿拉今天早上剛到巴拉哈斯機場。

    c) 表達「仍與現在有關的過去事件」。
       Lola **ha estado** enfadada con su novio.
       蘿拉（從之前到現在）一直在生她男友的氣。

（enfadado/a〔生氣的〕是將過去分詞當成形容詞的用法，和句中純粹作為分詞使用的 estado〔←estar〕不同，所以會有性、數的變化。）

d) 表達「是否已完成／執行某事」，常與 ya（已經）、todavía（尚未）等副詞連用。
Todavía no **ha llamado** a Eva para quedar con ella.
他還沒打電話給艾娃約她見面。

如果只是要單純表達過去的事件，而沒有以上幾種「完成」意涵的話，則會使用簡單過去時態。關於簡單過去時態，將在第 18 課介紹。

對話短句

P2-L09-03

詢問景點

¿Hay algún lugar turístico por aquí cerca?
這附近有觀光景點嗎？

El Museo del Prado está cerca de aquí.
普拉多美術館就在這附近。

El Palacio Real está a 5 minutos andando.
皇宮在走路 5 分鐘的地方。

索取地圖

¿Tienen el plano de Madrid?
您們有馬德里的地圖嗎？

Sí, mire, están allí, en la estantería.
有的，您看，在那裡，在架子上。

Sí, ¿necesita el plano de la versión española o de la inglesa?
有的，您需要西文版還是英文版的地圖？

購買票

¿Se puede comprar el ticket de bus turístico aquí?
可以在這裡買觀光巴士的車票嗎？

Sí, 19 euros para un adulto y 9 euros para un niño.
可以的，成人票一張 19 歐元，兒童票一張 9 歐元。

139

詢問優惠

¿Hay entradas con descuento para los estudiantes?
有提供給學生的折扣入場券嗎？

Sí, ofrecemos la entrada gratuita para los estudiantes entre 18 y 25 años con el carné internacional de estudiantes.
有的，我們提供免費入場券給有國際學生證的 18 到 25 歲學生。

當地活動

¿Hay espectáculos de flamenco en el centro de Madrid?
馬德里市中心有佛朗明哥舞蹈表演嗎？

Sí, hay espectáculos en el Café Ziryab cada día.
有的。在席拉咖啡餐廳每天都有表演。

當地導覽

¿Se ofrece la visita guiada?
有提供導覽參觀嗎？

Sí, pero depende de la cantidad de participantes.
有的，但是取決於參加者人數（決定是否提供）。

Sí, tenemos tres sesiones cada día.
有的，我們每天有三個場次。

問路

¿Cómo se puede llegar al parque de atracciones El Tibidabo?
怎樣才能到達第比達波山遊樂園呢？

Podría coger el autobús T2A en la Plaza de Cataluña.
您可以在加泰隆尼亞廣場搭 T2A 號巴士。

開放時間1

¿A qué hora se abre el Museo del Prado?
普拉多美術館幾點開館？

Se abre a las diez de la mañana.
早上十點開館。

開放時間2

¿Cuál es el horario del museo del Prado?
普拉多美術館的（整體）開放時段是什麼時候？

Se abre a las diez de la mañana y se cierra a las ocho de la noche cada día.
每天早上 10 點開館，晚上 8 點閉館。

紀念商品

Buenos días, señora. ¿En qué puedo ayudarle?
女士早安，有什麼我可以幫您的嗎？

Querría comprar los recuerdos más típicos de Madrid.
我想要買最具馬德里特色的紀念品。

Lección 9 在旅遊服務中心

P2-L09-04

詢問旅遊資訊的說法

¿Hay puntos de información turística por aquí cerca?	這附近有旅遊諮詢站嗎？
¿Tienen los folletos temáticos sobre la gastronomía y los museos?	您們有關於美食及博物館的主題小冊嗎？
¿Se vende el pase de museo aquí?	這裡有賣美術館的通行卡嗎？
¿Si hay algún restaurante típico de Madrid por aquí cerca?	這附近是否有馬德里的道地餐廳？（Si 在這裡表示「是否」）
¿Proponen las excursiones a los alrededores de Madrid?	您們有建議的馬德里近郊旅遊行程嗎？
¿Podría recomendarnos unas rutas turísticas diferentes?	您可以建議我們幾條不同的旅遊路線嗎？
¿Dónde hay WIFI público / WIFI gratis?	哪裡有公用無線網路／免費無線網路？
¿Dónde se puede cargar (la batería de) el móvil gratis?*	哪裡可以免費給手機充電？
¿Dónde está la farmacia más cercana?	最近的藥局在哪裡？
¿Hay servicio/toilet por aquí cerca?	這附近有廁所嗎？
¿A qué hora se abre / se cierra...?	…幾點開門／關門？

＊這個句子裡的「se + 動詞第三人稱單數形」表示非特定的任何人，是一種「無人稱」的表達方式。會話中經常使用 ¿Se puede + inf.?（可以…嗎？）、¿Dónde se puede + inf.?（在哪裡可以…？）、¿Cómo se puede + inf.?（怎樣可以…？）等句型來詢問。

141

Ejercicios 練習題

A. 請填入動詞的現在完成時態。

❶ Pablo _____ (ir) a España dos veces. 巴布羅去過西班牙兩次。

❷ Mis padres _____ (volver) de Madrid esta mañana.
我爸媽今天早上剛從馬德里回來。

❸ （主詞為 tú）¿_____ (llamar) al hostal? 你打電話給旅社了嗎？

❹ （主詞為 yo）_____ (trabajar) alguna vez de tutor de inglés.
我曾經當過英語家教。

❺ ¿Quién _____ (llamar) la puerta? 誰敲門？

B. 請將提示的詞語填入空格。每個項目只能使用一次。

le interesa	me da	se abre	se puede	se venden

❶ ¿Cómo _____ llegar al parque de atracciones Tibidabo?

❷ A Juan _____ el arte en España.

❸ No _____ tiempo de leer los libros.

❹ ¿A qué hora _____ la tienda?

❺ ¿ _____ los recuerdos aquí?

C. 請依照中文重組句子。

❶ ¿ entradas / los estudiantes / hay / con descuento / para ?
有提供給學生的折扣入場券嗎？

_____

❷ las entradas / los estudiantes / ofrecemos / extranjeros / gratuitas / para .
我們提供免費門票給外國學生。

_____

❸ ¿ lugares / la ciudad / enseñarme / algunos / turísticos / podría / de ?
您可以為我介紹這個城市的一些觀光景點嗎？

_____

正確答案請見附錄解答篇 p.292

旅遊服務中心相關事物

Lección 9 在旅遊服務中心

❶	el personal	工作人員（總稱）
❷	los lugares famosos	知名景點
❸	el barco turístico	觀光船
→	el metro	地鐵
→	el tren	火車
❹	las actividades locales	當地活動
❺	el plano	地圖
❻	el horario de autobuses	公車時刻表
❼	la información de las promociones	優惠資訊
❽	los restaurantes de alta cocina	高級餐廳
❾	la tarjeta postal	明信片
❿	la entrada al museo	博物館門票
⓫	el ticket/el billete de barco turístico	觀光船票
⓬	el pase de museo	博物館通行證
⓭	la entrada para la ópera	歌劇院門票
→	… para adulto	成人票
→	… para estudiante	學生票

143

不可不知的西班牙

去西班牙旅遊之前，大家也許對這個國家和當地的人們已經有了一些既定的想像。例如：西班牙人很熱情、很慵懶不愛工作、他們的國民美食是西班牙海鮮飯、西班牙人不跟外國人說英文、節慶假日很多⋯之類的印象。但是，西班牙人真的是這樣嗎？本課的文化介紹，將帶著大家一起認識不一樣的西班牙。

西班牙位處南歐，夏季氣溫可以高達 40 度以上；到了冬天，氣溫會低於零度，許多地區都會下雪。因為身處在這樣四季分明的地區，所以西班牙人熱愛陽光、沙灘和海洋，再加上天性的樂觀及隨興，他們的熱情的確從初次見面打招呼的方式就可以看得出來。一般來說，西班牙人見到朋友都會給對方兩個「吻」（dos besos），但不是真的用嘴唇親吻對方，只是輕碰臉頰並發出親吻的聲音而已。西班牙人也很善於表達讚美及鼓勵，所以女生在街上如果遇到當地人叫自己 guapa（美女），對方不見得是有意進一步搭訕，只是因為個性爽朗的西班牙人喜歡引起別人注意，才會這樣大聲呼叫。

西班牙有午睡習慣、工作時段和其他國家不同，也是很多外國人對他們的印象。的確，睡午覺是西班牙的習慣，但不是每個人、每個行業都有這項福利。而西班牙人的工作時段，也會隨著職業種類而有所不同。很多人認為慵懶的西班牙人是很不守時的民族，西班牙人自己也的確認為遲到 5~10 分鐘無妨。不過，雖然西班牙人不像日本、德國那麼要求準時，但如果因此覺得遲到很久也沒關係，那可就不行了。

西班牙人熱愛自己下廚，但大家熟悉的西班牙海鮮飯並不是每天都會吃的東西。其實海鮮飯是瓦倫西亞（Valencia）當地的特色美食。這道餐點大多是多人共享，有些餐廳為了符合現代人的需求，才會推出一人份料理。西班牙的全國性道地餐點（或是點心）應該是馬鈴薯蛋餅（tortilla de patatas）。

除了馬德里、巴塞隆納等大城市以外，在西班牙說英語，有時候的確會遇到無法跟當地人溝通的狀況。這是因為西班牙的英語學習風氣不如台灣盛行，學習管道和相關資訊不是那麼多。電視上的英語節目也很少，就算是美國的影集，也會用西班牙語配音，而且沒有字幕，這也是西班牙人對英語相對陌生的原因之一。友善的西班牙人總會很有耐心地放慢「講西班牙語」的速度，但如果面對不懂西班牙語的外國人，通常就只能微笑以對了。

西班牙一整年的節慶真的很多，有地區性的、全國性的，其中有不少是宗教相關的慶典，這也讓西班牙成為一整年都很適合觀光的國家。除了節慶之外，西班牙人大多會在每年的夏季和冬季（聖誕節假期）安排活動。對於熱愛休閒活動的西班牙人來說，下班回家前或是晚飯後跟朋友出門喝一杯，或者利用假期帶一手啤酒和點心到海灘曬太陽、戲水，都是生活的一部分。就算歷經失業潮和經濟危機，天性開朗樂觀的西班牙人，總是不會忘記享受人生。

● 過去分詞 / 完成分詞（participio [pasado]）

不規則動詞整理

※過去分詞的不規則變化，沒有絕對可靠的法則可循，請個別記憶各自的變化形態。

・「-cho」類

原形	decir 說	hacer 做	satisfacer 滿足
過去分詞	dicho	hecho	satisfecho

・「-to」類

原形	abrir 打開	cubrir 覆蓋	escribir 寫	morir 死
過去分詞	abierto	cubierto	escrito	muerto

原形	poner 放	romper 打破	ver 看	volver 回來，回去
過去分詞	puesto	roto	visto	vuelto

・-ido 接在 a, e, o 後面時，改為 -ído（並非不規則變化，而是依照語音規則改變拼寫法）

原形	atraer 吸引	caer 掉落	creer 想，相信	leer 讀
過去分詞	atraído	caído	creído	leído

原形	oír 聽	reír 笑	sonreír 微笑	traer 帶
過去分詞	oído	reído	sonreído	traído

＊其他情況無特殊變化，如 ir（去）→ ido，huir（逃）→ huido

Lección 10
餐廳 en el restaurante

El camarero:	Buenas. ¿Qué desea usted?
David:	De primero, me pone un gazpacho.
El camarero:	¿Y de segundo?*1
David:	Pues, no tengo ni*2 idea. ¿Hay alguna*3 especialidad de la casa que nos puede recomendar?
El camarero:	Le recomiendo que pruebe*4 la merluza en salsa verde y el pollo asado. Ambos son los platos más pedidos.*5
David:	Pues, es que prefiero la ternera. ¿Cuál es el plato del día?
El camarero:	Bistec encebollado.
David:	Parece muy rico. Pues, póngame*6 uno, por favor.
El camarero:	Muy bien. ¿Cómo lo quiere?
David:	A punto, por favor.
El camarero:	De acuerdo. ¿Y para beber?
David:	Un vino tinto, por favor.
El camarero:	Muy bien.

服務生：您好。您想要什麼呢？
大衛：首先（前菜），請您給我一份西班牙冷湯。
服務生：那主餐呢？
大衛：嗯，我沒有想法耶。有什麼您可以推薦給我們的本店特色料理嗎？
服務生：我推薦您嚐嚐看青醬鱈魚及烤雞。這兩樣是最多人點的菜。
大衛：嗯，不過我比較喜歡牛肉。今日餐點是哪個？
服務生：洋蔥煎牛排。
大衛：好像很美味。那麼請給我一份。
服務生：好的。您要幾分熟呢？
大衛：請做半熟。
服務生：沒問題。那喝的呢？
大衛：請給我一杯紅酒。
服務生：好的。

¡ojo! 請注意

*1 de primero... 表示「前菜」或「開胃菜」要什麼，de segundo... 表示「主菜」要什麼。確認完前面的菜色，才會說 de postre...（點心）、para beber...（要喝的東西）。

*2 其實和 no tengo idea 是一樣的意思，但這裡用了兩次否定，no tengo no idea → no tengo ni idea（重覆的第二個 no 要改成 ni）強調「真的什麼想法也沒有」。

*3 形容詞 algún/alguna 用在名詞前面，表示「某個…」或「任何…」。

*4 pruebe 是 probar（試）的虛擬式（見本課文法說明）。probar 除了表示「試試…」，也可以像這裡一樣表示「嚐嚐看…」。另外，「probarse + 名詞」則是「試穿…」的意思。

*5 los platos más pedidos 因為有定冠詞 los，所以「más + 形容詞」的部分是最高級的意思。

*6 poner 的命令式第三人稱單數形 ponga（不規則）+ me（間接受詞）→ póngame。poner 的命令式、虛擬式不規則變化，請看本課文法說明部分。

詞彙整理

P2-L10-02

poner	放（點餐時是「上菜給（我）」的意思）
desear	想要
el gazpacho	西班牙冷湯
la especialidad	特色餐點
la merluza	無鬚鱈魚
la salsa verde	青醬
el pollo asado	烤雞
pedido/a	（菜）被點的（pedir 的過去分詞）
preferir	比較喜歡
la ternera	（小牛的）牛肉
el plato del día	今日菜色（一道菜）
el bistec	牛排
encebollado/a	和洋蔥一起烹煮的（la cebolla：洋蔥）
rico/a	好吃的
el vino tinto	紅酒

Lección 10 餐廳

會話重點

重點1 點餐時會聽到的問句

服務生問客人要什麼的時候，會使用疑問詞 qué，如 ¿Qué desea?（您想要什麼？）、¿Qué va a tomar?（您要喝什麼？）。第一次用餐的客人往往會請服務生給建議，這時候如果服務生給了幾個不同的建議，則會用表示在特定範圍內選擇的 Cuál（哪個）來問：¿Cuál prefiere?（您偏好哪個？）。Cómo（怎麼樣）則是用在餐點可選擇熟度的情況，¿Cómo lo quiere? 字面上是說「您想要它是怎樣的？」，實際上就是「您想要幾分熟？」的意思。在用餐過程中或是餐後，服務生有可能對客人說「¿Cómo está + 食物名稱？」或「¿Qué tal + 食物名稱？」，問他們覺得某道菜怎麼樣。

幾分熟的表達方式

P2-L10-03

muy cocido / muy hecho / bien cocido
全熟

tres cuartos / hecho
七分熟

a punto
半熟（五分熟）

poco hecho
三分熟

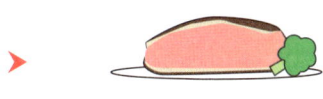

muy poco hecho
一分熟

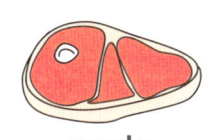

crudo
生的（完全沒烹調過）

147

文法焦點 | 虛擬式用法1：表達建議、否定意見

　　虛擬式（subjuntivo）是西班牙語文法中一種特殊的語氣，只用在從屬子句中，通常表示所說的事情帶有不確定性，或者屬於說話者的主觀認知。以「建議」的句型「aconsejar/sugerir + que + 虛擬式」為例，其中的虛擬式就可以理解成「雖然我建議這麼做，但實際上對方是否會做這件事情，是不確定的」。雖然中文沒有對應這個概念的文法，但虛擬式的使用經常和主要子句及其動詞有關，所以我們可以逐一學習使用虛擬式的句型，慢慢掌握它的用法。

　　虛擬式的字尾變化，正好和陳述式相反。只要把 -ar 結尾的動詞想成 -er、把 -er, -ir 結尾的動詞想成 -ar，就很容易了。

	-ar 動詞（trabajar） 把字尾想成 -er	-er 動詞（comer） 把字尾想成 -ar	-ir 動詞（vivir） 把字尾想成 -ar
1單	trabaje	coma	viva
2單	trabajes	comas	vivas
3單	trabaje	coma	viva
1複	trabajemos	comamos	vivamos
2複	trabajéis	comáis	viváis
3複	trabajen	coman	vivan

　　細心的讀者可能已經注意到，虛擬式的變化和否定命令式是完全相同的，和肯定命令式之間只有第二人稱（單數和複數）不一樣（參考第3課）。

　　這裡也要順便介紹命令式、虛擬式的「ga」形不規則變化。以 poner 為例：

poner	肯定命令式	否定命令式	虛擬式
1單	×	×	ponga
2單	pon	no pongas	pongas
3單	ponga	no ponga	ponga
1複	pongamos	no pongamos	pongamos
2複	poned	no pongáis	pongáis
3複	pongan	no pongan	pongan

　　「ga」形不規則變化都是特別常用的動詞，所以需要熟記。紅字部分的「ga」形變化相當一致，只要知道其中一個就能全部推斷出來，但肯定命令式第2人稱則各有不同，所以在下表分別列出：

動詞	肯定命令：2單	肯定命令：2複	虛擬式：1單
hacer 做	haz	haced	haga
tener 拿	ten	tened	tenga
venir 來	ven	venid	venga
salir 離開	sal	salid	salga
oír 聽	oye	oíd	oiga
decir 說	di	decid	diga
traer 帶來	trae	traed	traiga

下面再列出幾個不規則動詞。和上表類似，只要在虛擬式第 1 人稱單數的字尾 -a 做變化，就能類推其他所有形式（肯定命令式第 2 人稱除外）。

動詞	肯定命令：2單	肯定命令：2複	虛擬式：1單
ir 去	ve	id	vaya
haber（助動詞）	he	habed	haya
ser 是	sé	sed	sea

除了第 8 課介紹過用「(Espero) Que + 虛擬式」表示希望、祝願的用法以外，以下還要再介紹用虛擬式表達「建議」和「否定意見」的用法。

表達建議時使用虛擬式

aconsejar、recomendar 都是表示「建議」的動詞，可以建議某個「事物」或「行為」，而建議採取行為時就會使用虛擬式，如下：

A. recomendar + 事物
→ Le recomiendo este plato. 我建議您這道菜。

B. recomendar + inf.
→ Le recomiendo probar este plato. 我建議您嚐嚐這道菜。

C. recomendar + que + 虛擬式
→ Le recomiendo que **pruebe** este plato. 我建議您嚐嚐這道菜。

※以上「建議的事項」是直接受詞，「得到建議的人」是間接受詞。句型 B 雖然使用沒有人稱變化的原形動詞，但因為有間接受詞 le，所以從使用情況可以得知是建議「您」。

表達「否定意見」時使用虛擬式

如果主要子句的動詞是表達「肯定意見」時，從屬子句使用陳述式；但如果主要子句是「否定意見」（不認為…），則從屬子句使用虛擬式。

Creo que Ana es una jefa seria. 我認為安娜是個嚴肅的老闆。（que + 陳述式）
No creo que Ana sea una jefa seria. 我不認為安娜是個嚴肅的老闆。（que + 虛擬式）

P2-L10-04

對話短句

有幾位

¿Cuántas personas son?
您們有幾位呢？

¿Cuántos son?
您們有幾位呢？

Somos 4.
我們有四個人。

預約訂位

¿Para cuántas personas quiere la mesa?
您想要幾人桌呢？

Para 4 personas.
四人桌。

今日特餐

¿Cuál es el plato del día?
今日餐點是哪個？

¿Qué nos recomienda?
您推薦我們什麼？

El salmón ahumado.
煙燻鮭魚。

口味

¿A qué sabe la tarta?
這個蛋糕是什麼口味（吃起來是什麼味道）？

Sabe a fresa.
是草莓口味。

Sabe dulce.
吃起來甜甜的。

幾分熟

¿Cómo quiere su bistec?
您的牛排要幾分熟呢？

A punto, por favor.
請做五分熟。

Muy hecho, por favor.
請做全熟。

點前菜

¿Qué desea de primero?
前菜您想要什麼？

¿Qué desea para empezar?
（一開始）開胃菜您想要什麼呢？

Me pone una ensalada mixta.
給我來一份綜合沙拉。

Para mí, una sopa de ajo.
我要一份大蒜濃湯。

點主菜

¿Y de segundo?
那主菜呢？

Yo, un cordero asado.
我一份烤羊肉。

點甜點

¿Y de postre?
那甜點呢？

Una crema catalana.
一份加泰隆尼亞烤布雷。

Ejercicios | 練習題

A. 請填入指定動詞的虛擬式、直述式或原形動詞。

1. No creo que Eva _____ (querer) salir con nosotros a comer.

2. Le recomienda que _____ (probar) esta tarta.

3. Te recomiendo que _____ (tomar) este plato.

4. Creo que David no _____ (ir) a clase esta tarde.

5. Os recomiendo _____ (visitar) este restaurante otro día. ※otro día：改天

B. 依照中文翻譯，將選項中的疑問詞填入空格。注意其中有必須依照人稱與性別變化字尾的情況。

| Qué   Cuál   Cuánto |

1. ¿_____ es el plato del día?（看著菜單）今日餐點是哪個？

2. ¿_____ desea usted？您想要什麼？

3. ¿Para _____ personas quiere la mesa? 您要幾人桌？

4. ¿_____ nos recomienda? 您推薦我們什麼？

C. 請依照中文重組句子。

1. rico / parece / muy . 好像很美味。

   _____

2. una mesa / dos personas / por / para / favor . 麻煩一張兩人桌。

   _____

3. mixta / una / pone / me / ensalada . 給我來一份綜合沙拉。

   _____

4. salado / este / sabe / cordero / muy . 這羊肉吃起來很鹹。

   _____

正確答案請見附錄解答篇 p.292

一定要會的味覺形容詞

ácido/a 酸的　　**dulce** 甜的　　**amargo/a** 苦的　　**picante** 辣的

salado/a 鹹的　　**aromático/a** 香的　　**apestoso/a** 臭的　　**graso/a** 油膩的　　**ligero/a** 清淡的

Los cubiertos 餐具

⓭ la bandeja	托盤
⓮ la cucharita de café	咖啡攪拌匙
⓯ el vaso	玻璃杯
⓰ la taza	咖啡杯（含馬克杯）

⓿ el plato	餐盤
❶ el plato de ensalada	沙拉盤
❷ el plato sopero	湯盤
❸ el tenedor de mesa	主餐叉
→ el tenedor para/de pescado	魚叉
❹ el cuchillo para/de mantequilla	奶油刀
❺ el cuchillo de mesa	餐刀
→ el cuchillo para/de ternera	牛排刀
→ el cuchillo para/de pescado	魚刀
❻ la cuchara	湯匙
❼ la copa para/de agua	水杯
❽ la copa para/de champán	香檳杯
❾ la copa para/de vino tinto	紅酒杯
❿ la copa para/de vino blanco	白酒杯
⓫ el tenedor para/de postre	點心叉
⓬ la cuchara para/de postre; la cucharita	點心匙

補充表達

切	cortar
切片	cortar en rebanadas
去皮	pelar
撒	salpicar
拌	mezclar
把…倒進…	verter/echar... en...
用烤箱烤	hornear
炸，煎	freír
加熱	calentar
炒	saltear
烤	asar
燉	estofar

西班牙的一日五餐

　　不同於歐洲其他國家，西班牙的用餐次數為一天4~5餐，而且每餐的時間都偏晚。早餐（el desayuno）大約在 8~10 點左右，隨著每個人的上班、上學時間而有不同。早餐通常不會吃得很豐盛，有些人只是簡單吃個餅乾、麵包、吐司或麥片加牛奶，配上咖啡或果汁就解決了。外食的話，幾乎每間咖啡館都提供早餐組合，含咖啡、果汁的早餐組合大約 2~4 歐元左右。到了 10:30~11:30 左右，是「早午餐」（el almuerzo）的時間，但和英文說的「brunch」不同，並不是要一次解決早餐和午餐，而是在兩餐之間吃些簡單的餐點，通常是喝點東西、吃個麵包、三明治休息一下。對於西班牙人來說，休息的時間可長可短，卻是生活中不可或缺的部分。

　　午餐（la comida）時間大約是在 2:30~4:00 左右。午餐是一天當中最重要也最豐盛的一餐，包含前菜、主菜、甜點及飲料。前菜大致上可以分為幾種：沙拉類（la ensalada）、湯類（la sopa, el consomé）或是其他開胃菜（例如西班牙的中式餐廳會提供炸春捲〔el rollo de primavera〕）。沙拉的醬料通常是用鹽巴、橄欖油、醋調和而成的淋醬，而很少看到台灣常見的千島醬。湯品除了濃湯（la sopa）以外，還有一類叫「consomé」，就是所謂的法式高湯，或者說是清湯，特徵是以高湯為基底，加上些許蔬菜或義大利短麵，這種湯在西班牙的家庭或餐廳都很常見。主菜除了我們常見的肉類，如牛、羊、豬肉、海鮮以外，還有兔肉（el conejo）。西班牙人吃的兔肉，是專門飼養來食用的，口感上與雞肉類似。在肉品店，也可以看到冰箱櫃裡有一隻隻已經脫去外皮的兔子供販售。

　　在晚餐前，有一段午茶時間（la merienda），但不是每個人都會特意在這個時候吃東西，這是因為午餐過後有一段午睡（la siesta）的時間，午睡結束後多半就回去工作了。晚餐（la cena）時間大約在 9 點過後，因為很接近就寢時間，所以通常會吃些輕食類的東西。

　　在西班牙，如果一整天都外食，可能會是一筆不小的開銷。因為在西班牙餐廳吃午餐、晚餐，平均每餐 20 歐元起跳。所以許多人會選擇在家裡用餐後，再跟朋友去酒館裡吃點 tapas（西班牙式的小菜）小酌一番。

● 虛擬式現在時態（presente de subjuntivo）

不規則動詞整理

· 完全不規則變化

人稱	estar 在	dar 給	ser 是
1單	esté	dé	sea
2單	estés	des	seas
3單	esté	dé	sea
1複	estemos	demos	seamos
2複	estéis	deis	seáis
3複	estén	den	sean

人稱	saber 知道	ir 去	haber（完成時態助動詞）
1單	sepa	vaya	haya
2單	sepas	vayas	hayas
3單	sepa	vaya	haya
1複	sepamos	vayamos	hayamos
2複	sepáis	vayáis	hayáis
3複	sepan	vayan	hayan

· 其他大部分的不規則變化，可以從「陳述式簡單現在時態」第一人稱單數變位去 -o 後加字尾得知。（參見 p.20 的「陳述式簡單現在時態」不規則動詞整理表）

人稱	venir 來	tener 有，拿	decir 說	oír 聽
1單	venga	tenga	diga	oiga
2單	vengas	tengas	digas	oigas
3單	venga	tenga	diga	oiga
1複	vengamos	tengamos	digamos	oigamos
2複	vengáis	tengáis	digáis	oigáis
3複	vengan	tengan	digan	oigan

人稱	hacer 做	traer 帶	salir 出去，離開	conocer 認識
1單	haga	traiga	salga	conozca
2單	hagas	traigas	salgas	conozcas
3單	haga	traiga	salga	conozca
1複	hagamos	traigamos	salgamos	conozcamos
2複	hagáis	traigáis	salgáis	conozcáis
3複	hagan	traigan	salgan	conozcan

- **字根母音變化**：e → ie（*注意：sentir 一、二人稱複數為 e → i）

人稱	qu**e**rer 想要	p**e**nsar 想・思考	c**e**rrar 關閉	s**e**ntir* 感覺
1 單	qu**ie**ra	p**ie**nse	c**ie**rre	s**ie**nta
2 單	qu**ie**ras	p**ie**nses	c**ie**rres	s**ie**ntas
3 單	qu**ie**ra	p**ie**nse	c**ie**rre	s**ie**nta
1 複	queramos	pensemos	cerremos	s**i**ntamos
2 複	queráis	penséis	cerréis	s**i**ntáis
3 複	qu**ie**ran	p**ie**nsen	c**ie**rren	s**ie**ntan

其他：desp**e**rtar（使醒來）、emp**e**zar（開始）、m**e**ntir（說謊）、n**e**var（下雪）、p**e**rder（失去）、recom**e**ndar（推薦）、s**e**ntar（使坐下）、sug**e**rir（建議）、pref**e**rir（偏好）…等等

- **字根母音變化**：o → ue（*注意：dormir, morir 一、二人稱複數為 o → u）

人稱	p**o**der 能・可以	v**o**lver 回來，回去	c**o**star （事物）花費	d**o**rmir* 睡
1 單	p**ue**da	v**ue**lva	c**ue**ste	d**ue**rma
2 單	p**ue**das	v**ue**lvas	c**ue**stes	d**ue**rmas
3 單	p**ue**da	v**ue**lva	c**ue**ste	d**ue**rma
1 複	podamos	volvamos	costemos	d**u**rmamos
2 複	podáis	volváis	costéis	d**u**rmáis
3 複	p**ue**dan	v**ue**lvan	c**ue**sten	d**ue**rman

其他：alm**o**rzar（吃午餐）、env**o**lver（包）、m**o**ver（使移動）、pr**o**bar（嚐試）、rec**o**rdar（記住，想起，提醒）、res**o**lver（解決）、s**o**ñar（作夢）…等等

- **字根母音變化**：e → i

人稱	p**e**dir 要求・請求	s**e**guir 繼續	r**e**ír 笑	v**e**stir 穿著
1 單	p**i**da	s**i**ga	r**i**a	v**i**sta
2 單	p**i**das	s**i**gas	r**i**as	v**i**stas
3 單	p**i**da	s**i**ga	r**i**a	v**i**sta
1 複	p**i**damos	s**i**gamos	r**i**amos	v**i**stamos
2 複	p**i**dáis	s**i**gáis	r**i**ais	v**i**stáis
3 複	p**i**dan	s**i**gan	r**i**an	v**i**stan

其他：cons**e**guir（取得）、el**e**gir（選擇）、m**e**dir（測量）、s**e**rvir（上〔菜〕）、rep**e**tir（重覆）、sonr**e**ír（微笑）…等等

- **其他母音變化**：極少數，個別記憶即可

人稱	j**u**gar 玩，參加球類運動	adqu**i**rir 獲得
1 單	j**ue**gue	adqu**ie**ra
2 單	j**ue**gues	adqu**ie**ras
3 單	j**ue**gue	adqu**ie**ra
1 複	juguemos	adquiramos
2 複	juguéis	adquiráis
3 複	j**ue**guen	adqu**ie**ran

155

Lección 11
在咖啡廳與麵包店 en la cafetería y en la panadería

在咖啡廳

El camarero:	Buenos días, ¿en qué puedo servirle?
Alicia:	Querría un café y una tostada.
El camarero:	¿El café lo quiere con leche?
Alicia:	Sí, por favor.
El camarero:	¿Y la tostada la quiere con la mermelada de fresa o de melocotón?
Alicia:	Con la de melocotón, por favor.
El camarero:	De acuerdo.

在麵包店

El camarero:	Buenas, señorita. ¿Qué le pongo?
Alicia:	¿Esta es una empanada de atún?
El camarero:	Sí.
Alicia:	¿Y aquellos?
El camarero:	Son buñuelos[*1] rellenos de crema.
Alicia:	Entonces, póngame una empanada de atún y 100(cien) gramos de buñuelos rellenos de crema.
El camarero:	De acuerdo. ¿Para llevar o para comer aquí?
Alicia:	Para llevar.
El camarero:	Muy bien. En total son 3 euros.
Alicia:	Aquí tiene.

在咖啡廳

服務生：早安，有什麼我能為您服務的嗎？
艾莉西亞：我要一杯咖啡和一份烤吐司。
服務生：咖啡您要加牛奶嗎？
艾莉西亞：要，麻煩了。
服務生：烤吐司您要配草莓果醬還是桃子果醬？
艾莉西亞：配桃子果醬。
服務生：好的。

在麵包店

服務生：您好，小姐。您要什麼（我上什麼給您）？
艾莉西亞：這個是鮪魚鹹餡餅嗎？
服務生：是的。
艾莉西亞：那些呢？
服務生：是加奶油餡的布奴耶羅。
艾莉西亞：那麼，請給我一個鮪魚餡餅，和 100 克的奶油餡布奴耶羅。
服務生：好的。要帶走還是這裡吃？
艾莉西亞：帶走。
服務生：好的。一共是 3 歐元。
艾莉西亞：在這裡（請拿）。

> **¡ojo!** 請注意
>
> *1 buñuelo 是將捏成圓球狀的麵團油炸後製成的食品，可以撒糖粉或淋糖漿食用，也可以在裡面填充內餡。

詞彙整理

P2-L11-02

la tostada	烤吐司
la leche	牛奶
la mermelada	果醬
la fresa	草莓
el melocotón	桃子（在歐洲通是黃色果肉的黃桃，和台灣常見的白桃〔水蜜桃〕不太一樣）
la empanada	鹹餡餅
el atún	鮪魚
el buñuelo	布奴耶羅
relleno/a de	（食物）填滿、塞滿…的
la crema	鮮奶油

會話重點

重點1 受詞提前時，會用代名詞再次指稱

在第 3 課曾經提到，當受詞是代名詞的時候，會放在變位動詞前面。不過，一般名詞也有可能放在變位動詞前面，強調這個受詞是目前的討論主題。

Ex. ¿Lo quiere con leche?
（您要那個〔咖啡〕加牛奶嗎？）

Ex. ¿El café lo quiere con leche?
（〔剛才說到的那個〕咖啡您要加牛奶嗎？）

※「con leche」是受詞補語，表示咖啡的性質是「有牛奶的」。

如上所示，表示已知特定對象或有定冠詞的直接受詞放在動詞前面的時候，必須和受格代名詞一起使用。El café 和受格代名詞 lo 是指同一個東西。

不過，如果直接受詞是非特定對象，就不會再加上受格代名詞。

Ex. Tarta la como muy poca.
（蛋糕我吃得很少。）

※表示非特定的蛋糕，不再重複使用受格代名詞 la

至於動詞前的間接受詞，則一律會用代名詞再次指稱。

Ex. A mi novia le compro una tarta.
（我買一個蛋糕給我的女朋友。）

※A mi novia = le

de oferta
特價

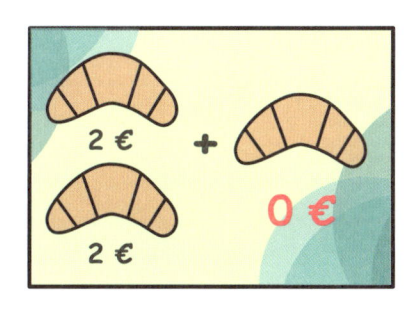

compra tres paga dos
買3個只要付2個的錢

a la carta
單點

el menú del día
今日套餐

文法焦點 | 定冠詞、不定冠詞的用法區分

讓我們先複習一下冠詞的種類：

	不定冠詞 el artículo indeterminado		定冠詞 el artículo determinado	
	陽性	陰性	陽性	陰性
單數	un	una	el	la
複數	unos	unas	los	las

要怎麼判斷應該使用不定冠詞還是定冠詞呢？其實很簡單，重點在於「對方能否知道是哪個特定對象」。如果對方也會知道是哪個，就用定冠詞，反之則用不定冠詞。以課文中點東西的情況為例：

Alicia: Querría **un** café y **una** tostada.
（第一次提到咖啡和烤吐司，是對方還不知道的內容 → 用不定冠詞）
El camarero: ¿**El** café lo quiere con leche?
（對方會知道是指她要點的那杯咖啡 → 用定冠詞）

同樣的，在向別人介紹或說明某個東西時，第一次提到的時候會用不定冠詞，之後則會使用定冠詞，這也顯示出「對方還不知道／已經知道是哪個對象」的差別。

En mi ciudad hay **un** pastel famoso. 我住的城市有一種很有名的甜點。
（第一次提到，是對方還不知道的內容 → 用不定冠詞）
El pastel es mi favorito. 這個甜點是我的最愛。
（雖然對方還不知道具體來說是什麼，但會知道是剛才提到的那個甜點 → 用定冠詞）

除了之前提過以外，也有可能在當時的情況會很明顯知道是指哪個對象，或者說話者直接用手指出來，這時候也會使用定冠詞。

El pastel de esta cafetería es muy bueno. 這家咖啡店的甜點很棒。
（顯然是指「這家咖啡店做的甜點」）
La chica es muy bonita. 那個女孩子很漂亮。
（剛好有個女孩子走過眼前，所以顯然是指她；或者用手直接指出來）

對話短句

點餐

¿Qué le pongo?
您想要什麼？

¿En qué puedo servirle?
有什麼可以為您服務的嗎？

Una barra de pan, por favor.
請給我一條長棍麵包。

確認餐點

Un dónut y un café, ¿verdad?
一個甜甜圈和一杯咖啡，對嗎？

No, una napolitana y un té.
不是，是一個拿坡里麵包和一杯茶。

確認飲料種類

¿Un café solo o con leche?
黑咖啡還是要加牛奶（＝拿鐵咖啡）呢？

Con leche, por favor.
加牛奶，麻煩了。

確認果汁種類

¿Cuál prefiere, zumo de naranja o piña?
您比較想要柳橙還是鳳梨汁？

Naranja, por favor.
柳橙汁，麻煩了。

確認品項

¿Un café descafeinado de sobre o de máquina?
去咖啡因咖啡要即溶包還是機器現泡的？

De sobre, por favor.
即溶包的。

De máquina, por favor.
機器現泡的。

點餐前詢問

Disculpe, ¿esta es una napolitana de crema?
不好意思，這是奶油拿坡里麵包嗎？

No, es de chocolate.
不是，這是巧克力口味的。

¿Qué es esto?
這是什麼？

Esto es una napolitana de crema.
這是奶油拿坡里麵包。

Lección 11 在咖啡廳與麵包店

159

加點

¿Algo más?
還要什麼嗎？

Nada más, gracias.
沒有（需要別的）了，謝謝。

Póngame un pan de molde más, por favor.
請再給我一條吐司。

內用或外帶

¿Para llevar o comer aquí?
外帶還是內用？

Para llevar.
外帶。

Para comer aquí.
內用。

直接吃

¿Para comer ahora?
要現在吃嗎？

Sí, por favor.
是的，麻煩您。

P2-L11-04

在咖啡廳及麵包店買東西的相關表達

Quiero uno de este.
我要一個這個。

Quiero dos de aquello.
我要兩個那個。

para llevar
外帶

para comer aquí
內用

Quiero una napolitana calentada.	我想要加熱過的拿波里麵包。
Quiero 200 (doscientos) gramos de buñuelos rellenos de crema.	我想要 200 克的奶油餡布奴耶羅。
Quiero un café con hielo.	我要一杯冰咖啡。
Quiero un café descafeinado.	我要一杯去咖啡因咖啡。 （實際上就等於低咖啡因咖啡：café bajo en cafeína）

Ejercicios 練習題

A. 在空格中填入冠詞，並請注意定或不定、性與數的區別。

① Quiero _____ tostada y _____ café, y _____ café lo quiero con leche.
我想要一份烤吐司和一杯咖啡，咖啡我要加牛奶。

② _____ platos de este restaurante son muy bueno.
這家餐廳的菜很好吃。

③ Hay _____ cafetería cerca de aquí.
這附近有一家咖啡館。

B. 試著點餐看看吧！請將左右兩邊的內容連起來，搭配成適當的餐點名稱。

Quiero
① una barra • • (1) solo.
② una empanada • • (2) de atún.
③ un café • • (3) de piña.
④ un zumo • • (4) de pan.
⑤ cien gramos de buñuelos • • (5) rellenos de crema.

C. 以下是一段點餐的對話，請在空格中填入適當的內容。

| (1) algo más (2) aquí tiene (3) verdad |
| (4) para llevar (5) no, gracias (6) póngame una de esta |

La camarera: Buenas, señor. ¿En qué puedo servirle?
El cliente: ___1.___ , por favor.
La camarera: Una empanada de jamón, ¿ ___2.___ ?
El cliente: Sí.
La camarera: ¿ ___3.___ ?
El cliente: Un café, por favor.
La camarera: ¿El café lo quiere con leche?
El cliente: ___4.___ .
La camarera: Bueno. ¿ ___5.___ o para comer aquí?
El cliente: Para comer aquí.
La camarera: Muy bien. En total son 2 euros.
El cliente: ___6.___ .

正確答案請見附錄解答篇 p.292

咖啡與糕點相關單字

el café 咖啡

- el café solo / el café americano 黑咖啡／美式咖啡
- el café espresso 濃縮咖啡 
- el café con leche 拿鐵咖啡（咖啡加牛奶） 
- el café moca 摩卡咖啡 

el café cortado 小杯濃縮拿鐵咖啡（2/3 濃縮咖啡 + 1/3 熱牛奶）
el café bombón 小杯濃縮煉乳咖啡（1/2 濃縮咖啡 + 1/2 煉乳）

el pan 麵包

el pan 麵包　　el pan de molde 整條的吐司麵包

- la trenza 紐結奶油餡麵包
- la napolitana de chocolate 巧克力餡拿坡里麵包 
  → la napolitana de crema （蛋黃）奶油餡拿坡里麵包
- el cruasán 可頌麵包 
- la ensaimada 蝸牛麵包 

el postre 甜點

el pastel (/ la tarta) de queso/fresa 起司／草莓蛋糕

- el buñuelo 布奴耶羅
- el bizcocho 海綿蛋糕 
- el hojaldre 千層酥（酥皮，沒有餡料） 
- el pastel de mil hojas 千層派（蛋糕類，中間會有幾層餡料） 
- la torrija 炸牛奶麵包 
- la magdalena 杯子蛋糕 
- el churro 西班牙炸油條（細，在台灣常稱為「吉拿棒」） 
- la porra 西班牙炸油條（粗，質感較膨鬆） 

el té 茶

el té 紅茶
el té americano 奶茶
el té verde 綠茶

la infusión 花草茶

la infusión de manzanilla 洋甘菊茶
la infusión de menta 薄荷茶
la infusión de tila 椴樹茶

西班牙的麵包

麵包是西班牙人的生活中不可或缺的食物，當然更是早餐少不了的主角。一般家庭裡經常會準備整條吐司麵包（pan de molde）或長棍麵包（baguette = barra de pan），作為早餐食用。如果出門吃早餐的話，在咖啡館或大學校內餐廳也有各種麵包可以選擇。但外食早餐除了咖啡館就沒什麼選擇了，因為西班牙沒有像台灣一樣的早餐店，大型連鎖速食店也不像在台灣一樣這麼多。

幾乎每間咖啡館都會提供早餐組合（el desayuno / el desayuno continental），其中包括一份麵包（bollería：烘焙麵包類的總稱）、一杯濃縮果汁，以及一杯咖啡或茶。組合中的麵包大多是甜的，形狀則各式各樣，內餡以巧克力、奶油為主。常見的麵包有形狀像數字 8 的「ocho」、長方形包巧克力或蛋黃奶油內餡的「napolitana」、形狀像蝸牛殼並且會撒糖粉的「ensaimada」、形狀像麻花捲並且包巧克力或奶油內餡的「trenza」。除了這些以外，也會有我們已經很熟悉的可頌麵包（cruasán），還有現做的奶油烤吐司（tostada）。甜甜圈（dónut）則通常不算在早餐組合裡面，要另外付費。附餐的濃縮還原果汁如果換成現榨果汁（zumo natural）的話，也要另外付費。至於鹹的麵包早餐，則有長棍麵包做成的三明治（bocata/bocadillo，這種三明治在台灣經常被稱為「潛艇堡」），和吐司做成的三明治（sándwich，是台灣一般人概念中的三明治）。除了早餐吃甜麵包以外，有一樣西班牙人熟知的甜點「churro con chocolate」（西班牙炸油條加巧克力），不只早餐可以吃，下午茶時間也很多人點。

除了早餐以外，在酒館和朋友聚會小酌的時候，店家也會附上一小籃麵包，讓客人搭配下酒菜（tapas）一起吃。在午晚餐等正餐的餐桌上，一定會有一籃切片或切塊的長棍麵包。就算主餐是澱粉類，西班牙人也習慣把切片的麵包沾湯汁或者跟主餐一起吃。因為正餐搭配麵包是一般人的習慣，所以點餐的時候不必特別跟服務生說要麵包，店家也會送上桌，但要注意餐廳提供的麵包並不是餐點的一部分，而是要另外收費的。

Lección 11 在咖啡廳與麵包店

Lección 12
在學校 en el colegio

Javier: ¡Hola! Soy Javier, ¿Cómo te llamas? *1
Ana: ¡Hola! Me llamo Ana.
Javier: ¿De dónde eres?
Ana: Soy de Taiwán.
Javier: ¿De qué ciudad?
Ana: De Taipei.
Javier: Tengo muchas ganas de viajar a Taiwán. *2 A mí me gustan mucho la cultura y la gastronomía taiwanesa. *3
Ana: Taiwán es un país hermoso y los taiwaneses son muy amables.
Javier: ¿Por qué vienes a España?
Ana: Vengo para mejorar mi nivel de español.
Javier: Encantado de conocerte. Bienvenida a España.

哈維爾：嗨！我是哈維爾。你叫什麼名字？
安娜：嗨！我叫安娜。
哈維爾：你從哪裡來的？
安娜：我來自台灣。
哈維爾：來自什麼城市呢？
安娜：我來自台北。
哈維爾：我很想到台灣旅行。我很喜歡台灣的文化和美食。
安娜：台灣是一個很美的國家，而且台灣人很友善。
哈維爾：你為什麼來西班牙呢？
安娜：我來是為了增進西班牙語能力。
哈維爾：（我）很高興認識你。歡迎（妳）來到西班牙。

¡ojo! | 請注意

*1 llamarse 是有代動詞（參考第 8 課），所以「我叫做⋯」是 me llamo...，「你叫做⋯」是 te llamas...。也可以表示事物的名稱，例如 la película se llama...（這部電影叫做⋯）。

*2 tener ganas de inf.：「有做⋯的欲望」→想要做⋯

*3 在西班牙的中國餐廳或是台灣餐廳，都很容易吃到台灣的特色餐點。

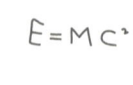

詞彙整理

llamarse	叫做⋯	hermoso/a	美麗的
la ciudad	城市	el país	國家
las ganas	欲望	amable	親切友好的
viajar	旅行	mejorar	增進，改善
gustar	使感到喜歡	el nivel	水準
la cultura	文化	conocer	認識，知道
la gastronomía	美食		

會話重點

重點1 de...、a...（從…、到…）

介系詞 de 除了表示「…的」（類似英語中 of 的用法）以外，還可以表示方向「從…」（類似英語中 from 的用法）。相反的，介系詞 a 則是表示「到…」（類似英語中 to 的用法）。de 和 a 可以一起使用，例如 ir de A a B（從 A 去到 B）。

課文中的 ¿De dónde eres? 以表示本質的 ser 動詞搭配 de 使用，表示「你是『從』哪裡來的」，這個慣用句是用來詢問對方的國籍或出身地。「viajar a 地點」則表示「『到』某地旅行」，是表達旅行的目的地。旅遊地點也可以用「viajar por 地點」來表達，但語感上有所不同，是表示在某個地方「到處遊玩」的意思。

重點2 encantado/a 和 bienvenido/a 的用法

這兩個單字都是形容詞化的過去分詞（參考第 8 課），要注意性別的變化。「Encantado/a (de conocerte / de conocer usted).」是表示「很高興認識你」的慣用句，也可以省略 de 之後的部分，只說「Encantado/a.」就好。因為是表示「我很高興」的意思，所以要和自己的性別一致，例如女生就要說「Encantada.」。

「Bienvenido/a (a 地點).」表示「歡迎（來到…）」的意思。從字面上看，bienvenido 可以拆成 bien + venido，也就是「（你）來了真好」的意思，所以要和對方的性別、單複數一致，例如對方是女生的話，就要說「Bienvenida.」；如果對方是一群人，則說「Bienvenidos.」（但如果全部都是女性，則說 Bienvenidas.）。

P2-L12-03

表示個性、態度的形容詞

cariñoso/a	深情的，親切的	callado/a	沉默的
abierto/a	思想開放的，開明的	hablador/-ra	愛說話的
cerrado/a	思想保守的	patriótico/a	愛國的
alegre	開心的，快樂的	orgulloso/a	驕傲的
animado/a	興高采烈的，活潑的	egoísta	自私的，自我中心的
frío/a	冷淡的	educado/a	有教養的，有禮貌的

P2-L12-04

描述國家和城市

un país hermoso	美麗的國家
un país avanzado	先進的國家
un país lindo	漂亮／可愛的國家
un ambiente seguro	安全的環境
el ritmo de vida es agitado/tranquilo	生活步調很忙碌／寧靜

Salamanca es una ciudad que tiene un ambiente seguro.	薩拉曼卡是一個有安全環境的城市。
El ritmo de vida de los españoles es muy relajado.	西班牙人的生活節奏很放鬆。

文法焦點 | gustar 動詞的用法

gustar（使…感到喜歡）雖然用來表示「喜歡」，但和中文「我喜歡什麼」的文法不同，是以「什麼東西讓我感覺喜歡」的邏輯來表達。也就是說，事物才是主詞，而感到喜歡的人是間接受詞。

(A mí) me **gusta** la paella.　「海鮮飯使我感到喜歡」
　間接受詞　　　　　主詞　　→我喜歡海鮮飯。

動詞和主詞一致，所以這裡使用第三人稱單數形 gusta。除了名詞以外，主詞也可以是原形動詞，表示某個行為，這時候也使用第三人稱單數形的 gusta。

(A Juan) le **gusta** comer la paella.　「吃海鮮飯使他（璜安）感到喜歡」
　間接受詞　　　　　主詞　　　　→他（璜安）喜歡吃海鮮飯。

如果主詞是複數的話，則要使用第三人稱複數形 gustan。

(A ella) le **gustan** los españoles.　「西班牙人使她感到喜歡」
　間接受詞　　　　　主詞　　　→她喜歡西班牙人。

我們可以發現，受格代名詞前面還會加上「a + 受詞」。這個「a + 受詞」和後面的受格代名詞是一樣的意思（a mí = me、a Juan = le、a ella = le），經常可以省略，但如果光靠受格代名詞無法明確得知是誰的話，就必須把「a + 受詞」說出來。有時候說出「a + 受詞」是表示強調的意思。

另外，也要注意介系詞後面的受詞是單數的「我」或「你」的時候，會變成「mí」、「ti」。

介系詞	介系詞後的受詞形態		獨立的間接受詞
a	mí ti él/ella/usted nosotros(as) vosotros(as) ellos/ellas/ustedes	+	me te le nos os les

要表示「不喜歡」時，在間接受詞前面加否定詞「no」。要表示程度時，可以加副詞「mucho」表示「很」喜歡，或者在否定句加上副詞「nada」表示「一點也」不喜歡。

(A mí) me gusta **mucho** la tarta de fresa. 我很喜歡草莓蛋糕。
(A mí) **no** me gusta el café. 我不喜歡咖啡。
(A mí) **no** me gusta **nada** el café. 我一點也不喜歡咖啡。

除了 gustar 以外，以下幾個動詞也會使用同樣的句型：encantar（使入迷／非常喜歡）、apetecer（使感到想要）、interesar（使有興趣）。

Me encanta la tarta de chocolate. 我非常喜歡巧克力蛋糕。

166

對話短句

Lección 12 在學校

問國籍

¿De dónde es?
您來自哪裡？

Soy de España.
我來自西班牙。

¿Cuál es su nacionalidad?
您是哪一個國籍？

Soy española.
我是西班牙人（女性）。

介紹國家

Soy de Taiwán.
我來自台灣。

Encantada.
很高興認識你。

Soy taiwanesa.
我是台灣人（女性）。

Mucho gusto.
很高興／很榮幸認識你。

學西語

¿Cuántos años lleva aprendiendo español?
您學西班牙語幾年了？

Llevo 4 años aprendiendo español.
我學西班牙語四年了。

¿Desde cuándo empieza a aprender español?
您從何時開始學西班牙語？

Soy principiante.
我是初學者。

目的

¿Por qué (motivo) viene a España?
您為什麼（動機）來西班牙呢？

Vengo para estudiar.
我是來讀書的。

¿Para qué viene a España?
您為了什麼來西班牙呢？

Vengo por trabajo.
我是因為工作來的。

167

問科系 1

¿Cuál es su especialidad?
您的主修是甚麼？

Soy estudiante del Arte. Mi especialidad es el Arte Europeo.
我是藝術系的學生。我的主修是歐洲藝術。

問科系 2

¿Qué estudias?
你是念什麼（科系）的？

Estudio la Filología Inglesa en la Universidad Autónoma de Madrid.
我在馬德里自治大學念英國語文學。

請求協助

¿Podría pedirle un favor?
我可以請您幫個忙嗎？

Sí, dime.
沒問題，你（跟我）說。

同學邀約 1

¿Te apetece salir a picar algo con nosotros?
你想要和我們出去吃點東西嗎？

Sí, sí, vamos.
好啊好啊，走吧。

同學邀約 2

¿Qué te parece si vamos juntas a buscar pisos esta tarde?
你覺得今天下午我們一起（女性複數）去找公寓如何？

Lo siento, me gustaría, pero no puedo. Es que tengo una cita esta tarde.
很抱歉，我很想，但是我不能。因為我今天下午有約。

Ejercicios ｜練習題

A. 下面是三個句子的前、中、後部分，請重新組合成正確的句子。

| A Julia |
| A José y yo |
| Los alemanes |

| nos gusta |
| le gustan |
| son |

| callados. |
| las comidas japonesas. |
| salir con los amigos. |

B. 在空格中填入適當的代名詞，並請注意使用正確的形態。

① A _____ te gusta la paella.

② A Ana _____ gusta viajar.

③ A nosotros _____ gustan los dulces. ※dulce：甜食

④ A _____ me gusta cocinar. ※cocinar：烹飪

⑤ A mis abuelos _____ gusta pasear. ※abuelos：祖父母／pasear：散步

C. 請依照中文重組句子。

① ¿ especialidad / cuál / es / su ?

您的主修是什麼？

_____

② ¿ te parece / vamos juntas / a picar / qué / si / algo ?

我們一起（女性複數）出去吃點什麼你覺得如何？

_____

③ españoles / muy / amables / los / son

西班牙人很友善。

_____

④ mí / me / a / nada / no / gusta / el chocolate

我一點都不喜歡巧克力。

_____

正確答案請見附錄解答篇 p.293

169

國家與國籍的詞彙（＊符號表示男、女同形）

1. **Taiwán** 台灣
   taiwanés, -nesa 台灣人 
2. **China** 中國
   chino, -na 中國人
3. **Hong Kong** 香港
   hongkonés, -nesa 香港人 
4. **Corea** 韓國
   coreano, -na 韓國人 
5. **Japón** 日本
   japonés, -nesa 日本人 
6. **Rusia** 俄國
   ruso, -sa 俄國人
7. **Singapur** 新加坡
   singapurense＊ 新加坡人 
8. **Malasia** 馬來西亞
   malasio, -sia 馬來西亞人 
9. **Tailandia** 泰國
   tailandés, -desa 泰國人
10. **Indonesia** 印尼
    indonesio, -sia 印尼人
11. **Vietnam** 越南
    vietnamita＊ 越南人
12. **India** 印度
    indio, -dia 印度人 
13. **Arabia** 阿拉伯
    árabe＊ 阿拉伯人 
14. **Australia** 澳洲
    australiano, -na 澳洲人
15. **Nueva Zelanda** 紐西蘭
    neozelandés, -desa 紐西蘭人
16. **Francia** 法國
    francés, -cesa 法國人

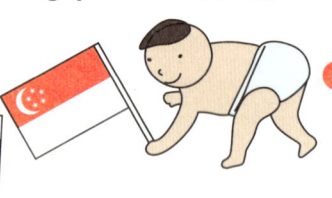

⑰ **Inglaterra** 英國
inglés, -lesa 英國人

⑱ **Alemania** 德國
alemán, -mana 德國人

⑲ **Grecia** 希臘
griego, -ga 希臘人

⑳ **Italia** 義大利
italiano, -na 義大利人

㉑ **España** 西班牙
español, -la 西班牙人

㉒ **Estados Unidos** 美國
estadounidense* 美國人

㉓ **Canadá** 加拿大
canadiense* 加拿大人

㉔ **Brasil** 巴西
brasileño, -ña 巴西人

㉕ **Argentina** 阿根廷
argentino, -na 阿根廷人

㉖ **México** 墨西哥
mexicano, -na 墨西哥人

㉗ **Egipto** 埃及
egipcio, -cia 埃及人

Lección 12 在學校

國家	國名	國籍
摩洛哥	Marruecos	marroquí*
祕魯	Perú	peruano, -na
智利	Chile	chileno, -na
尼加拉瓜	Nicaragua	nicagüense*
荷蘭	Holanda	holandés, -desa
丹麥	Dinamarca	danés, -nesa

171

西班牙的學制

西班牙的學制分為四個階段：學前、初等、中等及高等，依序列表如下：

階段	年齡	名稱
幼兒教育	0-3 歲 3-6 歲	幼稚園（Guardería） 學齡前教育（Educación preescolar）
初等教育	6-12 歲	小學（Escuela primaria）
中等教育	12-16 歲 16-18 歲	初中（Escuela secundaria） 高中（Bachillerato）
高等教育	18 歲以上	大學（Universidad） 博士學位（Doctorado）

在西班牙，只要是 6-16 歲的國民都有義務接受及完成初等教育，而且，在西班牙念小學是免費的。雖然是免費，但還是需要繳教材及學雜費，公立的學校一年大約 500 歐元左右，私立學校大約 1000 歐元左右。

中等教育涵蓋初中到高中階段。在初中階段的第一到第三年，學校規劃的課程涵蓋數學、自然科學、歷史、地理、西班牙文學、宗教課程及第一外國語的學習（英語、法語、德語或義大利語）；在第四年，學生可以選修偏向特定領域的課程，例如深入的學術科目或技職導向的課程，為後續進入高中或職訓做準備。高中的課程分為科學與技術、人文與社會科學、藝術等三個類組。結業後，可以拿著結業證書繼續念大學，也可以轉往技職體系繼續學習。

西班牙的大學分為公立及私立，大部分的人就讀公立學校，大約佔學生總數的 90% 以上，私立學校則是少數。西班牙的大學學制原本是和台灣不同的，修業年限為 5-7 年，依照不同科系而有差異。讀完大學，就可以取得 Licenciado（類似台灣的碩士）學位。有些科系是學歷與證照合一的科系，例如：法律系、建築系及醫學系，取得 Licenciado 就等於取得了各自職業的執照。2008 年左右，西班牙開始轉換學制，改為 4 年取得大學文憑（Grado），然後繼續深造 2 年取得碩士（Master），和其他歐洲國家接軌。

西班牙的大學為各校自治，對其他國家文憑的認定標準各有不同，所以在台灣取得碩士後，要繼續到西班牙念博士的學生，如果同時申請不同學校及系所，往往會遇到某些學校不承認學歷或學制不符的問題。再加上西班牙的行政效率不高，申請過程往往耗時又費工，也常發生日後才要求補齊文件，或者要求的文件前後不同的情況。所以，如果打算到西班牙求學的話，建議盡可能將文件準備齊全，最好也預留備份，因為也有可能發生文件繳交後遺失的情況。

MEMO

Lección 13
在超市 en el supermercado

P2-L13-01

Ana: ¡Hola! ¿Podría decirme dónde puedo encontrar los detergentes líquidos?*1

El dependiente: Los detergentes líquidos están en la estantería lejana. Están puestos*2 en la sección de los productos domésticos.

Ana: ¿Es cierto*3 que algunos productos están de oferta? Es que los he visto*4 en el catálogo de supermercado.

El dependiente: Sí, es verdad. Los detergentes líquidos de oferta los encontrará en la estantería enfrente de la caja.

Ana: Muchas gracias, señor.

El dependiente: De nada.

安娜：您好！您能告訴我可以在哪裡找到洗衣精（液態洗劑）嗎？

店員：洗衣精在很遠那邊的架子上。放在家用品區。

安娜：某些商品在特價是真的嗎？因為我在超市 DM 上看到了那些特價商品。

店員：是的，沒錯。您會在收銀台對面的架上找到特價的洗衣精。

安娜：謝謝您，先生。

店員：不客氣。

¡ojo! 請注意

*1 detergente 雖然是「洗劑」的意思，但如果沒有特別指明的話，通常是指衣物用的洗劑（detergente para ropa）。洗碗精則是 el detergente lavavajillas（西班牙）、el detergente para platos / el jabón líquido para platos（拉丁美洲）。

*2 puesto 是 poner（放置）的過去分詞形。這裡用「estar + 過去分詞」形成被動態，表示完成的狀態。（參考第 8 課的「會話重點」）

*3 也可以說「¿Es verdad...?」，但請注意 cierto 是形容詞，verdad 是名詞（真實，事實）。

*4 visto 是 ver 的過去分詞形。

174

詞彙整理

encontrar	找到
el detergente líquido	洗衣精（液態洗劑）
la estantería	架子
lejano/a	遠的
la sección	區域
el producto doméstico	家庭用品
cierto/a	真的
la oferta	特價優惠
el catálogo	（商品的）目錄
enfrente de	在…對面

會話重點

重點1　以疑問詞引導的名詞子句

除了下一頁會介紹到的「que + 直述句」以外，還有一種以疑問詞引導的名詞子句。例如課文中的「¿Podría decirme dónde puedo encontrar los detergentes líquidos?」，dónde 之後的部分就是名詞子句，詞序和疑問句相同（參見第 1 課），但在這裡是將疑問句所表示的資訊當成一件事情來看待，所以歸類為名詞子句。這種名詞子句經常接在 saber（知道）、decir（說）等表示知識或訊息傳遞的動詞後面，當直接受詞用。

重點2　表示特價的詞彙

在超市或其他商家，不時會看到「oferta」（特價優惠）的標示，表示在限定期間提供某些商品的特惠價格。「descuento」（折扣）則是指特定百分比的折價，通常表示同時適用於許多不同產品的折扣率。rebajas 則用於一年中特定期間的大型「折扣季」（temporada de rebajas），在西班牙是從夏季的 7 月 1 日、冬季的 1 月 7 日開始。

超市常用的表達方式

... estar de oferta	…正在特價優惠
... estar en el pasillo ...	…在…號走道
... estar en la estantería ...	…在…的架上
pasar por la caja	過收銀台（結帳）
hacer la fila/cola	排隊
escanear el código de barras	掃條碼
Todavía hay mercancía disponible.	還有現貨（可供應的貨品）。
Ya no hay mercancía disponible.	已經沒有現貨了。
Los refrescos están en el pasillo número 2.	飲料在 2 號走道。
Estoy buscando el carrito de compra / la cesta.	我在找購物推車／籃子。
La fecha de caducidad es el 30 de junio.	保存期限是 6 月 30 日。
¿Podría darme una bolsa más?	您可以多給我一個袋子嗎？

文法焦點 | 名詞子句 (oración sustantiva)

在第 5 課，我們學過以關係代名詞 que 引導的關係子句（形容詞子句）。而在這一課要介紹的名詞子句，雖然也是用 que 開頭，但差別在於名詞子句的 que 是連接詞，並不代表子句中的任何一個角色（主詞、受詞等），所以後面所接的子句和一般完整句相同，不會像關係子句一樣有缺少主詞或受詞（或者說被移到子句開頭的關係代名詞位置）的現象。

為了讓讀者容易學習，這裡將焦點放在「Es(/Está) + 形容詞／名詞 + que 名詞子句」的用法上。這類句型實際上的主詞是「que 名詞子句」所表達的事情，所以主要動詞 ser(/estar) 固定使用第三人稱單數形 Es(/Está)。要注意的是，必須隨著主要子句的內容、肯定或否定，決定附屬的名詞子句是陳述式還是虛擬式。

1. 主要子句使用表達「肯定、確定、清楚、事實」的名詞或形容詞→附屬的名詞子句使用陳述式

Es cierto Es verdad Es evidente Es seguro Es un hecho Está claro …等等	+ que + **indicativo**	…是真的 …是真的 …是很明顯的 …是確定的 …是事實 …是很清楚的

Es cierto **que** algunos productos están de oferta.
某些商品正在特價優惠（這件事）是真的。

2. 主要子句為否定句，表示<u>不是</u>「肯定、確定、清楚、事實」→附屬的名詞子句使用虛擬式

No es cierto No es verdad No es evidente No es seguro No es un hecho No está claro …等等	+ que + **subjuntivo**	…不是真的 …不是真的 …是不明顯的 …是不確定的 …不是事實 …並不清楚

No es cierto **que** algunos productos estén de oferta.
某些商品正在特價優惠（這件事）不是真的。

3. 主要子句表示「評價、遺憾、問題、可能」→附屬的名詞子句使用虛擬式

Es maravilloso Es genial Es una pena Es probable Es un problema …等等	+ que + **subjuntivo**	…太美妙了 …很棒 …是個遺憾 …是有可能的 …是個問題

Es una pena **que** no puedas venir. 你不能來很遺憾。

對話短句

商品位置1

¿En qué pasillo está la bollería?
麵包（類）在哪條走道呢？

Está al final de este pasillo.
在這條走道盡頭。

商品位置2

¿Dónde encuentro los alimentos enlatados?
我可以在哪裡找到罐頭食品呢？

Están en la segunda estantería de la derecha.
在右手邊的第二個架子。

¿Se venden las tiritas?
有賣 OK 繃嗎？

保存期限1

¿Dónde se marca la fecha de caducidad de esta mermelada?
這罐果醬的保存期限標示在哪裡呢？

Mire, está aquí, debajo de la botella.
您看，在這裡，在瓶子底下。

保存期限2

¿La fecha de caducidad de esta bolsa de arroz es el 20 de septiembre de 2018?
這袋米的保存期限是 2018 年 9 月 20 日嗎？

No, es la fecha de fabricación.
不是，那是製造日期。

Lección 13 在超市

P2-L13-04

177

優惠訊息

¿Los productos de limpieza puestos aquí están de oferta?
放在這裡的清潔用品正在特價優惠嗎？

Sí, ofrecemos 20 por ciento de descuento en los productos de esta fila.
是的，我們提供這一排產品 20% 的折扣。

結帳

¿Cuánto es en total?
總共多少錢？

(En total) son 15 euros.
總共 15 歐元。

付款方式

¿(Quiere pagar) con tarjeta de crédito o en efectivo?
您想要用信用卡或是現金付款？

Con tarjeta de crédito.
用信用卡。

En efectivo.
用現金。

退換貨 1

¿Aceptan la devolución o el cambio de productos?
您們接受退貨或者產品更換嗎？

Solo aceptamos la devolución de productos.
我們只接受產品退貨。

退換貨 2

¿Podría enseñarme cómo usar esta caja de auto-cobro?
您可以教我怎麼使用這台自動收銀機嗎？

Claro, no hay problema.
當然（可以），沒問題。

位置的表達方式

Lección 13 在超市

encima de 在…上面	**debajo de** 在…下面	**en medio de** 在…中間	**en el centro de** 在…中央
entre... y... 在…與…之間	**al lado de** 在…旁邊	**cerca de** 離…近	**lejos de** 離…遠
a la izquierda de 在…左邊	**a la derecha de** 在…右邊	**delante de** 在…前面	**detrás de** 在…後面

179

enfrente de / frente a 在…對面	**fuera de** 在…外面	**dentro de** 在…之中
arriba 在上面，往上	**abajo** 在下方，往下	**al final de** 在…的盡頭 / **hasta el final de** 一直到…的盡頭
aquí 在這裡	**ahí** 在那裡（較近）	**allí** 在那裡（較遠）
alrededor de 在…周圍	**cruzar** （動詞）穿過…	**pasar por** （動詞）經過…

Ejercicios 練習題

A. 請選擇填入陳述式或虛擬式動詞。

1. Es cierto que los alimentos para bebés (están, estén) de oferta.
2. ¿Es verdad que ya (ha empezado, haya empezado) la temporada de rebaja?
3. Es una pena que no (puedes, puedas) ir al cine con nosotros.
4. No está claro que Juan (viene, venga) a clase o no.
5. Es un problema que (pierdes, pierdas) tanto tiempo en hablar por teléfono.

B. 請依照中文填入正確的位置表達方式。

1. El detergente en polvo está _____ la sección de los productos domésticos.
   洗衣粉在家用用品區。
2. La cafetería está _____ de aquí.
   咖啡館離這裡很遠。
3. El gel de ducha está _____ del lavabo. ※lavabo：洗手台
   沐浴乳在洗手台上。
4. La caja está _____ de la entrada.
   收銀台在入口附近。
5. La caja de auto-cobro está _____ de la salida.
   自動收銀機在出口旁邊。

C. 請依照中文重組句子

1. ¿ es / total / en / cuánto?　總共多少錢？

2. la fecha / es / junio / caducidad / de / 20 / de / el　保存期限是 6 月 20 日。

3. ¿ de / caja / enseñarme / usar / podría / cómo / la / auto-cobro ?
   您可以教我怎麼使用自動收銀機嗎？

正確答案請見附錄解答篇 p.293

超市裡面的商品

❶ los alimentos para mascotas	寵物食品	❾ el pan	麵包
❷ los productos de limpieza	清潔用品	→ el pastel	糕點
→ el detergente en polvo	洗衣粉	❿ la carne	肉
→ el detergente líquido	洗衣精	→ el cerdo	豬肉
los productos de higiene	衛生清潔用品	→ el pollo	雞肉
→ el champú	洗髮精	→ la ternera	牛肉
→ el gel de ducha	沐浴乳	→ el cordero	羊肉
→ el jabón	香皂	⓫ el marisco	海鮮
❸ los alimentos congelados	冷凍食品	→ el pescado	魚肉
❹ la bebida	飲料	⓬ la comida hecha	熟食
❺ la caja	收銀台	→ el jamón	火腿
❻ la verdura	蔬菜	→ el chorizo	辣味香腸
→ la fruta	水果	→ la salchicha	香腸
❼ los productos lácteos	乳製品	⓭ el carrito de compra	購物推車
→ la leche	牛奶	⓮ la caja de auto-cobro	自助結帳機
→ el queso	起司	⓯ los productos para bebés	嬰兒用品
❽ el huevo	蛋	⓰ la ferretería	五金

西班牙的超市

在西班牙，大部分的店家在早上 9~10 點左右開門，晚上大約 8 點左右打烊；大型超市則營業到比較晚，通常會開到 9-10 點。西班牙各大城市也可以看到法商家樂福（Carrefour）的據點，不但各種商品應有盡有，也有許多異國產品。因為家樂福的規模比較大，因此大部分的據點設於市區外，通常需要搭乘公車才能到達。

在西班牙獨佔鰲頭的百貨公司 El Corte Inglés（英國宮），地下室也有超市賣場。英國宮的價格雖然相對昂貴，但也有比較多樣的歐洲、亞洲商品，例如德國的穀物方塊吐司、比利時的巧克力、台灣的泡麵，還有台灣、泰國、日本、韓國的醬料及乾貨。不論是在外旅居或留學的遊子想要一解鄉愁，或者是想要一次買齊各國禮品，英國宮都是不錯的選擇。

另外，1977 年創立於西班牙東南部城市 Valencia 的「Mercadona」，也是值得去逛逛尋寶的優質超市。店內將近六成都是他們的自有品牌商品，而不同種類的商品有各自的品牌名稱，例如食品類品牌 Hacendado、化妝品 Deliplus、家庭清潔及藥品 Bosque Verde，都是 Mercadona 旗下的品牌。在台灣，自有品牌商品常給人次級品的印象，但他們自家的產品不但品質比其他品牌優良，價格也很親民，所以很受到當地人以及觀光客的推崇，是許多去過西班牙的人都推薦的必逛超市。近幾年，他們更在賣場設置現榨柳橙汁機，只要準備好容器，並且按下龍頭，就會開始像台灣水果店的機器一樣把新鮮的柳橙自動榨成汁，而果汁會從龍頭源源不絕地流出來。

如果想要以更優惠的價格取得食材，可以到紅白標誌的 Día 超市購買。相較於前面提過的超市，Día 的商品選擇沒有那麼多，但價格很親民，讓人感覺沒有壓力，只是品質需要多加注意。而介於英國宮與 Día 之間的中價位超市，則有 Eroski、Alcampo 等選擇。如果想要購買比較不同的商品，也可以到創立於德國的 Lidl 超市挖寶。

▶ 在西班牙，除了傳統市場以外，超市也會販賣整支的生火腿，可見火腿在日常飲食中的重要性。

Lección 14
在市場 en el mercado

Eva:	¡Hola, buenas!*¹ Las verduras parecen muy frescas.
El campesino:	Pues, claro. Acabamos de recogerlas esta mañana.*²
Eva:	¿Cuánto cuesta un kilo de zanahorias?*³
El campesino:	3 euros el kilo.*⁴
Eva:	¿Cuánto valen los guisantes?*³
El campesino:	2 euros el kilo.
Eva:	Pues, póngame medio kilo de zanahorias y un kilo de guisantes, por favor.
El campesino:	Muy bien. ¿Qué le parecen estas manzanas? Son muy buenas.
Eva:	Es verdad. Póngame dos manzanas más, por favor.
El campesino:	Muy bien. ¿Algo más?
Eva:	Nada más, gracias.
El campesino:	Son 3,50 € (tres euros con cincuenta [céntimos]).

安娜：嗨，你好！這些蔬菜看起來很新鮮。
農夫：嗯，當然。我們今天早上剛採收的。
安娜：胡蘿蔔一公斤多少錢？
農夫：一公斤 3 歐元。
安娜：豌豆多少錢呢？
農夫：一公斤 2 歐元。
安娜：那麼，請（您）給我半公斤的胡蘿蔔和一公斤的豌豆。
農夫：好的。您看這些蘋果怎樣？品質很好哦。
安娜：真的。請再給我兩顆蘋果。
農夫：好的。還要什麼嗎？
安娜：沒有（要別的了），謝謝。
農夫：一共是 3 歐元 50 分。

¡ojo! 請注意

*¹ 在非正式的情況下，可以用「Buenas」代替 Buenos días（早上好）、Buenas tardes（下午好）或 Buenas noches（晚上好）。

*² recogerlas 裡的 las 是表示 las verduras 的代名詞。

*³ 這兩句的動詞 costar（花費…）、valer（價值…），都是以事物為主詞、金額為受詞，所以和事物的單複數一致。不過，「un kilo de zanahorias」是以「kilo」（公斤）的單複數為準，視為單數，所以動詞是第三人稱單數形的 costa。

*⁴ 表示「貨品單價」時，會使用「價格 + el kilo / el gramo / la lata / …」（一公斤／一克／一個罐頭多少錢）的方式來表達。但表示「費率」的時候，就會用「價格 + por 計算單位」的方式來表達，例如「10 euros por persona」（每人 10 歐元），或者行李超重費「5 euros por kilo」（每〔超過〕一公斤 5 歐元）等等。

詞彙整理

la verdura	蔬菜（常用複數）
fresco/a	新鮮的
recoger	撿拾；採收
costar	（事物）花費…
la zanahoria	胡蘿蔔
valer	（事物）價值…
el guisante	豌豆（單數時指「一顆」）
medio/a	一半的
la manzana	蘋果

會話重點

重點1 acabar de inf. 剛做了…

acabar de inf. 是一個動詞短語（perífrasis verbal），所以只有 acabar 會隨著主詞的人稱變位，而後面的 inf. 表示動作的內容。看它的意思，可能會以為要使用過去或完成時態，但事實上是用簡單現在時態表示「離現在不久之前完成了某事」。

Ex. Acabo de llegar aquí.（我剛剛才到這裡。）
→離現在不久之前到了這裡

重點2 ser buena 還是 estar buena？

在西班牙文裡有兩個聯繫動詞，用法上大致是：ser 表示本質，estar 表示（一時的）狀態。

Ex. La paella es buena.（海鮮飯很好吃。）
→表示這種料理本質上是好吃的

La paella está buena.
（這道海鮮飯很好吃。）
→表示現在這道海鮮飯是好吃的

表達食材的份量

在西班牙的市集或市場購買食材，都是由攤商幫客人挑選及秤重，因此只要跟老闆說明需要的重量或是數量即可。

一公斤的橘子	un kilo de naranjas
半公斤的絞肉	medio kilo de carne picada
100 克的碗豆	cien gramos de guisantes

文法焦點 | 動詞 parecer 及 parecerse 的用法

動詞 parecer（看起來；使覺得）在西班牙語裡有多種用法，在這一課將解說 parecer 各種用法的意義，以及類似的動詞。

A.「主詞 + parecer + 名詞/形容詞補語」：某個人事物看起來／似乎是…

parecer 作為不及物動詞使用，表示主詞的「狀態」而不是「動作」。
Las verduras parecen muy frescas. 蔬菜看起來很新鮮。
Parece una buena idea.（剛才提到的想法）似乎是個好主意。

類似動詞用法：andar（無補語時表示「走路」，但有補語時和 estar 一樣表示狀態）、quedar（無補語時表示「停留」，但有補語時表示「進入某種狀態」）、permanecer（保持…）等等

Javier anda deprimido. 哈維爾很沮喪。
Pablo queda muy deprimido porque su novia lo dejó ayer.
因為女友昨天跟他分手，使得巴布羅非常沮喪。

B.「間接受格代名詞 + parecer + 名詞/形容詞補語 + 主詞」：（使）某人覺得…

屬於「單一人稱動詞」的用法，也就是動詞只有第三人稱（單、複數）的變化。和用法 A 一樣，補語表示主詞的狀態，但用法 B 是表示「使間接受詞（人）覺得如此」，也就是間接受詞（人）的「感覺、意見」。和 12 課介紹過的 gustar 類似，這種用法的間接受詞通常會使用代名詞，放在動詞前面。

¿Qué **le paecen** estas manzanas? 您覺得這些蘋果如何？
Me parecen muy buenas (las manzanas). 我覺得（這些蘋果）很好。

其他單一人稱動詞：pasar（事情發生在某人身上）、bastar（對某人來說足夠）、gustar（使某人感到喜歡）等等

¿Qué te pasa? 你發生什麼事了？
Me basta con unas palabras tuyas. 我有你的幾句話就夠了。（主詞可理解為「情況」）

C.「parece que + 子句」：（情況、事態）似乎…

屬於「無人稱」的用法，也就是沒有可以具體指明的主詞，類似英文的「It seems that...」。
Parece que no hay nadie aquí. 這裡似乎沒有人。

其他無人稱動詞：表示存在的 haber（固定用 hay 形態）、表示天氣的 hacer（固定用 hace 形態）等等

Hay una cafetería por aquí cerca. 這附近有一間咖啡廳。
Hace buen tiempo hoy. 今天天氣很好。

D. 有代動詞 parecerse：彼此相像／（parecerse a...）長得像…

Juan y Javier **se parecen** mucho. 璜安和哈維爾長得很像。
Juan **se parece** mucho **a** Javier. 璜安長得很像哈維爾。

對話短句

詢問價格1

¿A cuánto están las merluzas?
鱈魚的時價是多少？

Están a 15 euros el kilo.
一公斤 15 歐元。

詢問價格2

¿Cuánto cuesta ese queso casero?
那個店家自製起司多少錢？

(Ese queso casero cuesta) 20 euros la unidad.
一個 20 歐元。

詢問價格3

¿Cuánto vale el queso de cabra?
羊乳起司多少錢？

(El queso de cabra vale) 13 euros medio kilo.
半公斤 13 歐元。

確認折扣

¿Hay oferta en los alimentos enlatados？
罐頭食品有特價嗎？

Sí, si lleva dos latas de marisco iguales, le regalaremos otra más.
有的，如果您買（帶）兩個同樣的海鮮罐頭，我們會另外再送您一個。

Sí, si compra dos latas, paga solo una.
有的，買一送一（如果您買兩個，就只要付一個的錢）。

確認庫存

¿Tienen salmón?
您們有鮭魚嗎？

Lo siento, ya no nos queda ninguno.
很抱歉，我們已經賣完了（我們這裡一點也不剩了）。

詢問建議

Querría hacer la lasaña de carne. ¿Cuál de los quesos me recomienda?
我想要做肉醬千層麵，您推薦我（買）哪種起司呢？

Le recomiendo los quesos rallados de Parmesano.
我推薦您帕馬森乳酪絲。

Lección 14 在市場

187

決定購買

- Póngame medio kilo de harina y una docena de huevos, por favor.
  請給我半公斤的麵粉和一打雞蛋。

- Muy bien, ahora se lo pongo.
  好的，現在為您準備（您需要的東西）。

開放時間

- ¿A qué hora se abre el mercado?
  市場幾點開呢？

- Desde las 7 de la mañana hasta las 5 de la tarde, de lunes a viernes.
  從早上 7 點到下午 5 點，週一到週五。

商品來源1

- ¿De dónde es esta botella de vino tinto?
  這瓶紅酒來自哪裡？

- Es de La Rioja.
  是來自拉里歐哈。

- Es de una de las mejores bodegas de La Rioja que se llama Bodegas Muga.
  是來自拉里歐哈最好的酒莊之一，叫做 Muga 酒莊。

商品來源2

- ¿Estas manzanas son orgánicas?
  這些蘋果都是有機的嗎？

- Sí, se cultivan en una huerta orgánica cerca de Madrid.
  是的，它們（被）種在馬德里附近的一個有機果園。

P2-L14-05

計量單位

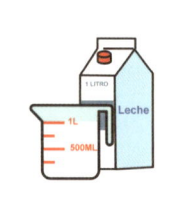 un litro de	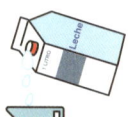 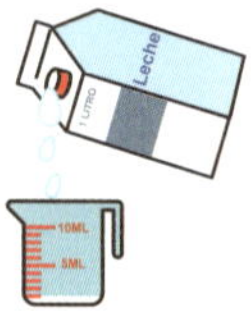 un mililitro de	 un vaso de	 una taza de
一公升的…	一毫升的…	（玻璃杯）一杯的…	（咖啡杯）一杯的…

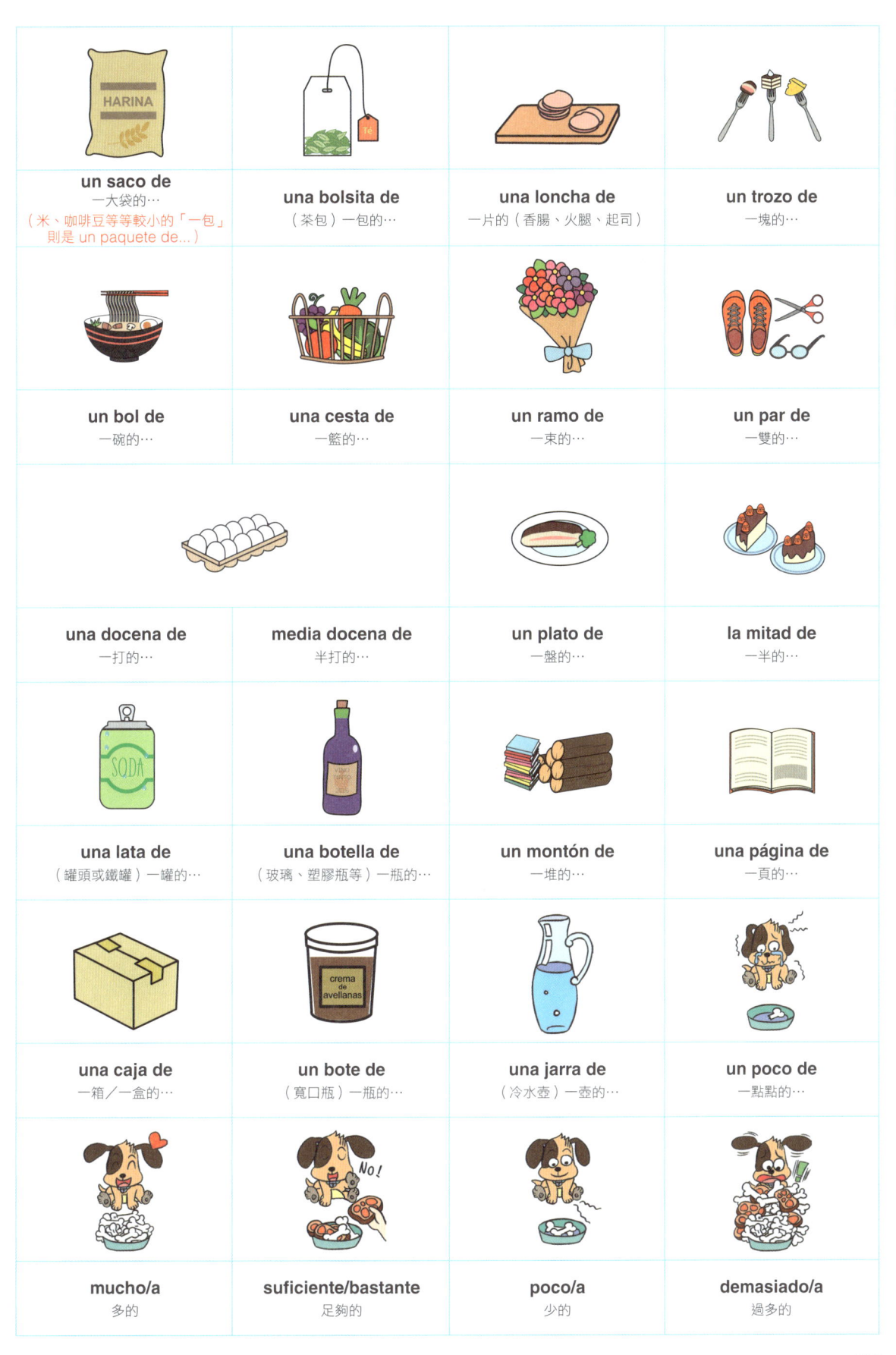

un saco de 一大袋的⋯ （米、咖啡豆等等較小的「一包」則是 un paquete de...）	**una bolsita de** （茶包）一包的⋯	**una loncha de** 一片的（香腸、火腿、起司）	**un trozo de** 一塊的⋯
un bol de 一碗的⋯	**una cesta de** 一籃的⋯	**un ramo de** 一束的⋯	**un par de** 一雙的⋯
una docena de 一打的⋯	**media docena de** 半打的⋯	**un plato de** 一盤的⋯	**la mitad de** 一半的⋯
una lata de （罐頭或鐵罐）一罐的⋯	**una botella de** （玻璃、塑膠瓶等）一瓶的⋯	**un montón de** 一堆的⋯	**una página de** 一頁的⋯
una caja de 一箱／一盒的⋯	**un bote de** （寬口瓶）一瓶的⋯	**una jarra de** （冷水壺）一壺的⋯	**un poco de** 一點點的⋯
mucho/a 多的	**suficiente/bastante** 足夠的	**poco/a** 少的	**demasiado/a** 過多的

Lección 14 在市場

189

Ejercicios 練習題

A. 請依照中文填入動詞 parecer 的適當形態，並且視情況添加受格代名詞。

❶ Pablo _____ muy cansado. 巴布羅看起來很累。

❷ _____ que va a llover. 似乎快要下雨了。

❸ ¿Qué _____ si vamos de compras esta noche? 如果我們今晚去採買你覺得如何？

❹ Julia _____ mucho a su madre. 胡麗雅和她媽媽長得很像。

❺ Lidia y Leticia _____ mucho. 莉蒂亞和雷蒂西亞長得很像。

B. 以下的句子應該使用 ser 還是 estar？請填入正確的現在簡單時態。

❶ _____ enfermo. 我生病了。

❷ El supermercado _____ cerca de aquí. 超市在這附近。

❸ La habitación _____ muy pequeña. 房間非常小。

❹ Las ventanas _____ cerradas. 窗戶關著。

❺ Sus padres _____ amables. 他的父母和藹可親。

C. 請重組句子

❶ ¿ dónde / esta botella / de / de / es / vino tinto？這瓶紅酒來自哪裡？

_____

❷ de / una bodega / muy / es / el vino / famosa . 這酒來自一間很有名的酒莊。

_____

❸ kilo / póngame / por favor / de / naranjas / medio . 請給我半公斤的橘子。

_____

正確答案請見附錄解答篇 p.293

在市場會看到的食物

#	Español	中文
❶	el abulón	鮑魚
❷	la vieira	干貝
❸	la ostra	牡蠣
❹	la langosta	龍蝦
❺	la gamba	蝦子
→	el langostino	（大隻的）明蝦
❻	el camarón	蝦仁、小蝦
❼	la sepia	烏賊
❽	el calamar	魷魚
❾	el atún	鮪魚
❿	el bacalao	鱈魚
⓫	el salmón	鮭魚
⓬	el rábano	小蘿蔔
⓭	el apio	芹菜
⓮	la lechuga	生菜
⓯	el repollo	高麗菜
⓰	la coliflor	花椰菜
→	el brócoli	青花菜
⓱	la judía	四季豆
⓲	la trufa	松露
⓳	la cebolla	洋蔥
⓴	el jengibre	薑
㉑	la guindilla	辣椒
㉒	el maíz	玉米
㉓	la patata	馬鈴薯
㉔	el ajo	大蒜
㉕	el champiñón	蘑菇
㉖	el tomate	番茄
㉗	la zanahoria	胡蘿蔔
㉘	la mermelada	果醬
㉙	la terrina	法式醬糜
㉚	la mostaza	芥末醬
㉛	el kétchup	番茄醬
㉜	la miel	蜂蜜

Lección 14 在市場

191

㉝ el aceite de oliva　　　橄欖油
㉞ la salsa de soja　　　　醬油
㉟ la mayonesa　　　　　美乃滋
㊱ el vinagre　　　　　　醋
㊲ la sal　　　　　　　　鹽巴
㊳ el azúcar　　　　　　　糖

㊴ la harina　　　　　　　麵粉
㊵ la menta　　　　　　　薄荷
㊶ la canela　　　　　　　肉桂
㊷ el laurel　　　　　　　羅勒
㊸ la pimienta　　　　　　胡椒

㊹ el paté　　　　　　　　法式肉醬
㊺ la gelatina de carne　　　肉凍
㊻ el jamón　　　　　　　生火腿
㊼ el jamón cocido　　　　熟火腿
㊽ la morcilla　　　　　　血腸
㊾ el embutido　　　　　　肉腸（總稱）
㊿ el salami　　　　　　　義式調味香腸

起司的種類

曼恻格起司	el queso manchego
起司抹醬	el queso para untar
熟成起司	el queso curado
半熟成起司	el queso semicurado
藍起司	el queso azul
羊乳起司	el queso de cabra

肉品的種類

豬肉 el cerdo

三層肉	la panceta de cerdo
豬肩肉	el secreto de cerdo
豬腩	el solomillo de cerdo
豬排骨／肋骨	la costilla de cerdo
豬後腿肉	el jamón de cerdo
豬里肌	el lomo de cerdo
小里肌	el lomo de tocino de cerdo
前大腿肉	la paleta de cerdo

雞肉 el pollo

雞胸肉	la pechuga de pollo
雞腿肉	el jamoncito de pollo
整隻雞	un pollo entero

牛肉 la ternera

牛肋骨	la costilla de res

其他肉類

兔肉	el conejo
鴨肉	el pato

西班牙的市集和市場

西班牙有露天的市集，以及設有屋頂的傳統市場。在西班牙的大小城鎮，會有固定時間、地點的露天跳蚤市集（mercadillo），販賣各種新舊商品，價格都比一般店家便宜，但也因為商品品質不一，選購的時候要多注意一下。

至於傳統市場，在巴塞隆納很有名的 La Boqueria，是旅客們很推薦的景點之一。在傳統市場可以找到各種食材，也有許多剛採收的蔬果，或者各種小農自產的食材、自製的食品等等。因為可以直接和農人們對談詢問，所以比起在超級市場選購商品，多了一份親切感，也能更深入了解產品。

在一般的傳統市場購買食材時，可以說明自己的需求，詢問老闆適合的肉品或材料。有些可供立即試吃的食材店家，例如賣起司、火腿及乾貨的店，老闆都會親切地請客人試吃一下口味，再決定要不要購買。有些規模比較大的市場，還會有幾家攤商是專賣熟食的，例如 tapas（下酒菜）或是 bocadillos（潛艇堡型三明治）。不過，在西班牙很少見到專賣茶飲或（咖啡以外的）其他飲料的店，想買飲料的話，通常只能到市場附近的咖啡店外帶現榨果汁或一些簡單的冷飲。

Lección 15
在銀行 en el banco

Ana:	¡Buenos días! Querría abrir una cuenta.
El cajero:	No hay problema. Para abrir una cuenta, es necesario tener la tarjeta de identidad y el certificado de residente.[*1] ¿Los tiene aquí con usted?
Ana:	Sí, los tengo preparados.[*2]
El cajero:	Muy bien. ¿También necesita la tarjeta de crédito?
Ana:	No estoy segura. ¿Ofrecen alguna promoción[*3] para los estudiantes universitarios?
El cajero:	Sí, mire este folleto. Para los clientes de estudiantes universitarios y graduados[*4] menores de 30 años, no hay que pagar la tasa anual de la tarjeta de crédito.
Ana:	Parece una buena opción.
El cajero:	Rellene esta solicitud, por favor. Recibirá una carta de la clave junto con la tarjeta de crédito solicitada dentro de 2 semanas.
Ana:	Muy bien. gracias.

安娜：早安！我想要開戶。
行員：沒問題。要開戶，必須要有身分證和居留證。您有帶嗎？
安娜：有的，我（把這兩樣東西）準備好了。
行員：好的。您也需要信用卡嗎？
安娜：我不確定。您們有提供什麼給大學生的特別優惠嗎？
行員：有，請您看這個（説明）小冊子。對於未滿 30 歲的大學生和研究生，不需要付信用卡的年費。
安娜：這似乎是不錯的選擇。
行員：請您填寫這張申請表。您將會在兩週內收到有密碼和您申請的信用卡的信件。
安娜：好的。謝謝。

¡ojo! | 請注意

[*1] 「es necesario + inf.」表示「做…是必要的」，使用 ser 的第三人稱單數形 es，類似英語的「it is necessary to do...」句型。

[*2] 這裡用「tener + 受詞 + 過去分詞」表示類似完成時態的意思（見本課文法說明）。和完成時態的差別在於，這個用法的過去分詞是受詞補語，也就是當形容詞用，要和受詞的性、數一致，所以受詞「已經（被）…了」的意味比較強。

[*3] promoción 除了表示「促銷」以外，還可以指「特別優惠」（類似英語的 special offer）。

[*4] 形容詞 graduado 源於動詞 graduar（畢業）的過去分詞，原本的意思是「（大學）畢業的」，但修飾 estudiante 時表示「研究生的」。

詞彙整理

P2-L15-02

la cuenta	帳戶
la tarjeta de identidad	身分證
el certificado de residente	居留證（居民的證書）
preparado/a	準備好的（preparar 的過去分詞）
necesitar	需要
la tarjeta de crédito	信用卡
seguro/a	確定的
ofrecer	提供
la promoción	特別優惠；促銷
universitario/a	大學的
el folleto	（摺式的）小冊子
graduado/a	大學畢業的；研究生的
menor de	少於…的
la tasa anual	年費
la opción	選擇
la clave	鑰匙；密碼
rellenar	填寫
la solicitud	申請；申請書
solicitado/a	被申請的（solicitar 的過去分詞）

會話重點

重點1 abrir（開啟）和 encender（打開）的差別

在中文裡，開窗／關窗、開電腦／關電腦都說成「開／關」，但西班牙語會使用不同的動詞來表達。打開／關上門窗、箱子等等的時候，使用動詞 abrir/cerrar，例如：abrir/cerrar la ventana（開／關窗）、abrir/cerrar la puerta（開／關門）。切換電源開關把某個東西啟動／關閉的時候，則是用動詞 encender/apagar，例如：encender/apagar el móvil（開／關手機）、encender/apagar la luz（開／關燈）。

重點2 junto con 和 junto a 的用法

junto（一起）當副詞時，有 junto a...（在…旁邊）、junto con（伴隨著…，連同…）等慣用片語。

Ex. Pablo se sienta junto a mí.
（巴布羅坐在我旁邊。）

Ex. Recibirá una carta de la clave junto con la tarjeta de crédito.
（您會收到有密碼和信用卡的信件。）

Lección 15 在銀行

紙鈔的種類

P2-L15-03

el euro 歐元			
el billete 紙鈔			
cinco euros（5€）	5歐元	 cien euros（100€）	100歐元 
diez euros（10€）	10歐元	 doscientos euros（200€）	200歐元  
veinte euros（20€）	20歐元	 quinientos euros（500€）	500歐元 
		cincuenta euros（50€）	50歐元

195

文法焦點 | 動詞 tener 的用法

tener 是很常用的重要動詞，除了基本意義「擁有」以外，還有許多引申意義和慣用句型。以下就介紹其中幾種重要的用法。

1.「tener + 一般名詞」：擁有

tener 是及物動詞，後面接的受詞表示「擁有的東西」。受詞除了有形的東西以外，也可以是無形的 cita（會面的約定）、reunión（會議）、problema（問題）等等。

Tengo una cita con Ema. 我和艾瑪有約。

2.「tener + 數字 + año(s)」：年紀多大

在西班牙語中，年齡的表達方式很簡單，直接說成「有幾年（歲）」。

¿Cuántos años **tienes**? 你今年幾歲？　- **Tengo** cinco años. 我五歲。

3.「tener + 症狀（或疾病）」：有…症狀

有些症狀是用名詞來表達的，這時候就會用「tener + 症狀」來表示「有某個症狀」，例如 fiebre（發燒）、tos（咳嗽）、dolor de cabeza/estómago/dientes（頭痛／胃痛／牙痛）等等。（但以形容詞表示的症狀，則使用動詞 estar，例如 Ana está resfriada.〔安娜感冒了〕。）

Ana **tiene** fiebre. 安娜發燒。

4.「tener que + inf.」：必須做…

由 tener 衍生的其中一個動詞短語（perífrasis verbal），這時候 tener 的意義從「擁有」轉變為「有做…的必要」，類似英語的「have to do」。關於 tener que 和其他表示「必須」的說法，請看第 4 課「會話重點 1」的詳細介紹。

Tienes que estudiar más. 你必須更用功讀書。
No **tienes que** hacer nada. 你什麼也不必做。

5.「tener + 直接受詞 + p.p.（過去分詞）」：已經…了

這是將 tener 當成類似助動詞的用法，後面接表示主要動作內容的過去分詞，實際上是受詞補語。這個用法的核心概念是「擁有受詞已經被…的狀態」，進而產生「已經把受詞…了」的意義。過去分詞可以放在受詞後面，也可以放在前面，變成「tener + p.p. + 受詞」，這樣的形式就和完成時態「haber + p.p.（+ 受詞）」非常類似，也都表示「動作完成」的意思。

但和 haber + p.p. 不同的是，tener + p.p. 在文法上是必須要有受詞的（就算省略沒說出來也一樣），所以只能使用及物動詞形成的 p.p.；而且，由於 tener + p.p. 裡面的 p.p. 其實是受詞補語，性質上屬於形容詞，所以性、數要和受詞一致（haber + p.p. 則固定使用過去分詞的 -o 形）。

Tengo preparados los documentos. / **Tengo** los documentos preparados.
我把文件準備好了。

＊比較：He preparado los documentos. 我已經把文件準備好了。

對話短句

開戶

¿En qué puedo ayudarle a usted?
有什麼我可以幫您的嗎？

Querría abrir una cuenta corriente / una cuenta de depósito a plazo fijo.
我想要開一個活期存款帳戶／定期存款帳戶。

購買外幣

Querría cambiar de dólares a euros. ¿Cuánto es la tasa de cambio?
我想要用美金換歐元。匯率是多少呢？

Por un dólar le darán 88 céntimos de euro.
一美金可兌換到0.88 歐元。

停卡

Querría anular la tarjeta de crédito perdida.
我想要掛失（使⋯無效）遺失的信用卡。

De acuerdo. ¿Podría dejarme la tarjeta de identidad?
好的。可以麻煩借我一下身分證嗎？

匯款1

Querría hacer la transferencia. ¿Cuánto es la comisión?
我想要轉帳。手續費是多少呢？

Son 3,50€ (tres euros con cincuenta céntimos).
是 3.50 歐元。

匯款2

Querría ingresar 500 euros a mi propia cuenta bancaria.
我想要存 500 歐元到我自己的銀行帳戶。

Podría ingresar dinero en el cajero (automático).
您可以在自動櫃員機存款。

De acuerdo.
好的。

Lección 15 在銀行

提款

Querría retirar 500 euros (desde la cuenta corriente).
我想要（從活存帳戶）提款 500 歐元。

De acuerdo.
好的。

關閉帳戶

Querría cerrar la cuenta.
我想要關閉帳戶。

De acuerdo.
好的。

Querría anular la cuenta de depósito a plazo fijo.
我想要解除定存。

P2-L15-05

硬幣和其他金融工具

las monedas	硬幣
dos euros（2€）	2 歐元
un euro（1€）	1 歐元
cincuenta céntimos	50 分
veinte céntimos	20 分
diez céntimos	10 分
cinco céntimos	5 分
dos céntimos	2 分
un céntimo	1 分

la tarjeta de crédito	信用卡
la tarjeta de débito	簽帳卡（在西班牙，銀行帳戶提款卡都有簽帳功能，所以提款卡通常用這個名字稱呼）
el cheque	支票
la libreta	存摺
la transferencia	轉帳

198

Ejercicios | 練習題

A. 請在空格中填入適當的動詞。選項中，只有一部分的單字是正確答案。

| haber | hacer | tener | saber | anular |
| abrir | encender | ingresar | pagar | retirar |

❶ Querría _____ una cuenta.

我想要開一個帳戶。

❷ Querría _____ la transferencia.

我想要轉帳。

❸ Querría _____ la cuenta de depósito a plazo fijo.

我想要解除定存。

❹ Es necesario _____ la libreta para _____ dinero.

必須要有存摺才能提款。

❺ Querría _____ 100 euros.

我想要存100歐元。

B. 請用動詞 tener 和提示的單字，以現在簡單時態翻譯下面的句子。

❶ 我 20 歲。（años）

❷ 你必須更努力工作。（trabajar）

❸ 我已經把一切都準備好了。（todo 當不可數名詞）

❹ Pablo 頭痛。（dolor de cabeza）

❺ 我們有一場要跟 Gonzáles 先生開的會。（una reunión，el Señor Gonzáles）

正確答案請見附錄解答篇 p.294

銀行裡的相關事物

❶ la ventanilla	銀行窗口
❷ el cajero / la cajera	行員
❸ ingresar (el dinero)	存款
→ ahorrar el dinero	儲蓄
→ abrir una cuenta	開戶
→ cerrar una cuenta	關閉帳戶
❹ la factura	帳單
❺ la caja fuerte	保險箱
❻ el cajero (automático)	自動櫃員機
❼ retirar/sacar (el dinero)	提款
→ el número de cuenta	帳戶號碼
→ la clave	密碼
❽ cambiar dinero	換匯
❾ solicitar la tarjeta de crédito	申請信用卡
❿ firmar	簽名
→ rellenar	填寫
→ anular	解約
→ el fondo	基金
→ el seguro	保險

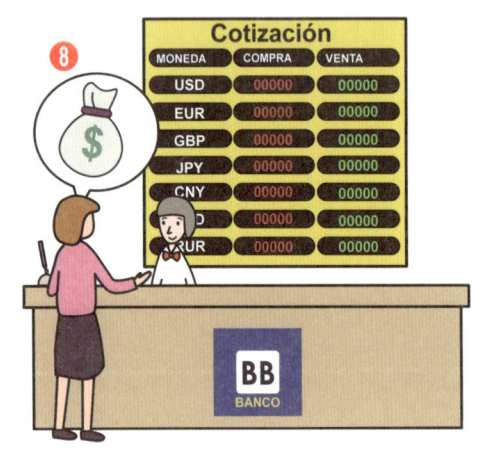

西班牙的銀行

　　西班牙有三大銀行：Banco Santander、BBVA 以及 CaixaBank。如果是在西班牙旅遊的人，最有可能利用當地銀行的情況，應該就是換外幣、跨國提領現金了。但一般觀光客通常不需要和當地銀行打交道，因為歐洲換匯手續費高，還不如在台灣先換好歐元，不但可以利用線上結匯或外幣提款機等方式節省手續費，還可以長期觀察匯率走勢，等待較為有利的時機換匯；經常需要出國的人，也可以在台灣提供外幣提領的銀行開設外幣帳戶，用較為優惠的即期匯率進行兌換。

　　至於要到西班牙居住超過半年的留學生、旅居者，在當地開設個人帳戶就很重要了，不但可以減少跨國提領現金造成的損失，而且有了存款證明之後，辦理生活中需要的文件也會比較方便。在西班牙開戶之前，能夠先取得居留證是最好的，因為在沒有居留證的情況下開戶，有些銀行會收取較高的管理費，或者拒絕申請。除了居留證以外，銀行也有可能要求出示在台灣或西班牙購買保險的證明，以及當地學校的入學證明，有的銀行甚至要求必須購買自家的保險才能開戶，如果沒有這些文件，同樣可能面臨管理費較高或拒絕申請的情況。

　　和台灣的銀行不同，在西班牙開設活期帳戶時，不一定會拿到存摺，而且開戶時附帶申請的金融簽帳卡（tarjeta de débito，除了用來簽帳付款以外，也整合了在自動櫃員機提款的功能）是要收費的，每年還會收取年費。有些和特定大學簽約合作的銀行，可能會讓該校學生（或者限定某個年齡以下的學生）免付某些費用，優惠條款會隨著銀行與大學的合約規定而各有不同。

　　在西班牙的提款機提領現金，要注意某些銀行即使是本行提款（非跨行提款），仍然會收取手續費。至於跨行提款，手續費計算方式也各有不同，某些銀行是用提款金額乘上手續費率（百分比）來計算的。

Lección 15　在銀行

▶ BBVA 的自動櫃員機。

Lección 16
在郵局 en Correos

Ana: ¡Buenos días! Querría enviar una postal a Taiwán.

El empleado: La tarifa de envío son*1 0,56€ (cincuenta y seis céntimos). Aquí tiene el sello. Lo pega en la parte de arriba a la derecha de la postal y luego la echa al buzón.*2

Ana: Gracias. Y tengo una pregunta más. ¿Cómo se envía un paquete a Taiwán?*3

El empleado: Tenemos los embalajes prepagados, solo tiene que elegir el tamaño que necesita.

Ana: ¿Y para mandar una carta a Salamanca?

El empleado: Ofrecemos el envío de carta certificada y de carta urgente. Si le corre mucha prisa,*4 es más recomendable el envío de Postal Exprés.*5 Así, la carta llegará más pronto.

Ana: Muchas gracias.

安娜：早安！我想要寄一張明信片到台灣。

郵局人員：郵資是56分。這裡是郵票。您將它貼在明信片右上方的部分，然後投入郵筒。

安娜：謝謝。我還有一個問題。要怎麼寄包裹到台灣呢？

郵局人員：我們有預付費用的郵件包裝（相當於台灣郵局的「便利袋／箱」），您只需要選擇您所需的尺寸。

安娜：那（如果）要寄信到薩拉曼加呢？

郵局人員：我們提供掛號信和限時信的遞送（服務）。如果（這個郵件）對您來說很急的話，比較建議的是快捷郵件遞送。這樣信件會比較快到。

安娜：非常感謝。

¡ojo! 請注意

*1 動詞 ser 表示價格的時候，和金額數字的單複數一致，所以這裡用的是 son 而不是 es。

*2 指示別人應該怎麼做某件事的時候，可以像這個句子一樣，用簡單現在時態就行了，不一定要用命令式。arriba（〔在〕上面）是副詞，不過西班牙語的副詞可以接在介系詞後面，例如這個句子裡的 de arriba（上面的），是修飾前面的名詞 parte。

*3 這裡使用了 Cómo se... 的句型來做禮貌的詢問，se 表示非特定的一般人。

*4 correr prisa 的主詞是事物，表示「某件事物很緊急」的意思。要表示這件事「對誰」很急的話，就用間接受詞來表達，例如這個句子裡的 le（＝a usted）。另外，如果不是要表達某件事很急，而是「某人處在很急的狀況」，可以說 tener prisa，例如「Tengo prisa ahora.」（我現在很急）；而要別人趕快的時候，則可以用 darse prisa 來表達，例如「¡Date prisa!」（你〔動作〕快點）。

*5 「Es recomendable ＋ 事物」表示「某事物是值得推薦的」。另外，也很常用「Es recomendable que ＋ 虛擬式」表達建議做的事情。

詞彙整理

P2-L16-02

enviar	寄出
la postal	明信片
el/la empleado/a	僱員，員工
el envío	遞送（抽象名詞）
el sello	郵票
pegar	貼
arriba	（在）上面（副詞）
echar	投，丟
el buzón	郵筒；信箱
el paquete	包裹
el embalaje	包裝（的材料）
prepagado/a	預付費用的
elegir	選擇
el tamaño	尺寸
mandar	寄送（與 enviar 同義）
recomendable	值得推薦的

會話重點

重點1　表達「預付、事先、提前」的用語

embalajes prepagados（預付費用的包裝）中的形容詞 prepagado/a，表示「預付費用的」；形態相近的名詞 prepago 則是指費用的「預付」，例如採用預付方式的行動電信費用叫 tarifa móvil (de) prepago。

另一個形容詞 anticipado/a，表示「提前的，預先的」，例如票券的預售叫做 (la) venta anticipada de billetes，在火車站的窗口、抽號機也會標示「anticipada」，表示是預售專用。

還有一些副詞性質的慣用語，例如 de antemano（事先地）、con antelación（事先地，提早地）等。

Ex. Muchas gracias de antemano.
（在此先跟您致謝。）→常用於寄給客戶的信件結尾，類似英語的 thanks in advance

Ex. Avíseme con antelación.
（請您預先通知我。）

Lección 16　在郵局

寄件方式

P2-L16-03

carta ordinaria	平信
carta urgente	限時信件
carta certificada	掛號信件
correo aéreo	航空郵件
por avión / por envío aéreo / por transporte aéreo	以空運方式（寄送）
por transporte marítimo / por vía marítima	以海運方式（寄送）
recogida y entrega a domicilio	到府收送件
entrega en 24 horas	24小時內送達

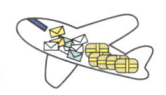

203

文法焦點 | 比較法

不等比較	más	+ 形容詞／副詞	(+ que + 名詞)	比…更加…
	menos			不如…那麼…
同等比較	tan		(+ como + 名詞)	和…同樣…

　　西班牙語比較法中的形容詞，除了和主詞的性、數一致以外，沒有其他的變化，比英語簡單許多。不等比較法中的「que...」經常省略，課文中的 más recomendable（más + 形容詞）、más pronto（más + 副詞），後面都沒有說出比較的對象。這種情況通常是表示「和一般的情況相比」，或者是因為比較的對象已經很明顯了，不用說也知道。

　　比較副詞 más/menos 也可以單獨用來修飾動詞，表示「做…的程度比較多／少」；tan 要單獨修飾動詞的話，必須改為 tanto。另外，也有一些形容詞本身就具有比較意味，因而不使用 más、menos，而且用法各自不同，以下就舉一些例子作為示範。

1. 較高程度的不等比較：más ... que、mayor que、superior a

Ana es más alta que María. 安娜比瑪麗亞高。（más + 形容詞）
Ana corre más rápido que María. 安娜跑得比瑪麗亞快。（más + 副詞）
Ana trabaja más que María. 安娜工作比瑪麗亞努力。（más 單獨修飾動詞）

Ana es mayor que María. 安娜比瑪麗亞年長。（mayor que：比…年長／尺寸大）
El precio de las gasolinas ha sido superior a 20 euros por litro.
汽油的價格已經超過每公升 20 歐元。（superior a：比…好／高）

2. 較低程度的不等比較：menos ... que、menor que、menor de

Ana es menos alta que María. 安娜沒有瑪麗亞高。（menos + 形容詞）
Ana corre menos rápido que María. 安娜跑得沒有瑪麗亞快。（menos + 副詞）
Ana trabaja menos que María. 安娜工作沒有瑪麗亞努力。（menos 單獨修飾動詞）

Ana es menor que María. 安娜比瑪麗亞年輕。（menor que：比…年輕／尺寸小）
Los jóvenes menos de 20 años no tienen derecho a votar.
未滿 20 歲的年輕人沒有投票權。（menor de：低於／未滿…）

3. 同等比較：tan ... como、tanto como

Ana es tan alta como María. 安娜和瑪麗亞一樣高。（tan + 形容詞）
Ana corre tan rápido como María. 安娜跑得跟瑪麗亞一樣快。（tan + 副詞）
Ana trabaja tanto como María. 安娜工作和瑪麗亞一樣努力。（tanto 單獨修飾動詞）

對話短句

說明需求1

Querría enviar una carta ordinaria.
我想要寄一封平信。

Querría enviar un paquete a Taiwán.
我想要寄一個包裹到台灣。

De acuerdo.
好的。

說明需求2

Querría enviar una (tarjeta) postal a Taiwán.
我想要寄一張明信片到台灣。

Querría comprar sellos.
我想要買郵票。

De acuerdo.
好的。

詢問費用1

¿Cuánto cuesta el envío de una carta ordinaria / una carta certificada internacional?
寄一封平信／一封國際掛號信要多少錢？

¿A qué país querría enviar?
您要寄到哪個國家？

¿Para Europa o para Asia?
您要寄到歐洲還是亞洲？

詢問費用2

¿Cuánto cuesta el envío de un paquete a Taiwán?
寄一個包裹到台灣要多少錢？

Mire, primero, tenemos que pesarlo a ver cuánto le costará.
來（您看），首先，我們必須先秤包裹，看看要花您多少錢。

寄件方式

Tengo que enviar una carta importante y urgente. ¿Cómo lo hago?
我必須寄一封重要而且緊急的信。我要怎麼做呢？

Podría enviarla por postal exprés / correo exprés.
您可以用快捷郵件方式寄信。

Lección 16 在郵局

205

確認寄送時間

¿Cuánto tiempo tarda en llegar(/enviar) una carta ordinaria a Taiwán?
（寄）一封平信到台灣，要多少時間才會送到？

Una semana aproximadamente.
大約一個禮拜。

包裹內容1

¿(Podría saber) qué hay dentro del paquete?
（我能否知道一下）包裹裡有什麼？

Son libros.
是書。

包裹內容2

¿Hay artículo líquido y frágil?
有液態或是易碎物品嗎？

No, creo que no.
沒有，我想是沒有。

運送方式

¿Querría mandar este paquete por transporte aéreo o marítimo?
您想要用空運還是海運寄這個包裹？

(Querría mandarlo) Por transporte aéreo.
（我想要寄這個包裹）用空運。

目的地

¿A qué país querría enviar esta carta?
您想要將這封信寄到哪個國家？

(Querría enviarla) A Alemania.
（我想要寄這封信）到德國。

買郵票1

Querría comprar un sello de 3 euros.
我想要買一張 3 歐元的郵票。

De acuerdo, aquí tiene.
好的，在這裡。

買郵票2

¿Se venden los sellos de colección aquí?
這裡有賣紀念郵票嗎？

Sí.
有的。

Ejercicios 練習題

A. 請依據中文，從提供的詞語中選擇正確的答案。

> por avión   por transporte marítimo   envío exprés
> carta ordinaria   carta urgente   carta certificada

❶ 我想要寄一封國內平信。

　Querría mandar una _____ nacional.

❷ 我要寄一封限時信。

　Querría mandar una _____.

❸ 您可以用快捷郵件寄件。

　Podría enviarlo por _____.

❹ 我想要用海運寄這個包裹。

　Querría mandar este paquete _____.

B. 請依照中文翻譯，填入正確的比較詞彙。

❶ David siempre come _____ rápido que su hermano menor.

　大衛總是吃得比他弟弟快。

❷ Leticia es _____ alta que Ana. 蕾蒂西亞沒有安娜高。

❸ José es _____ que su esposa. 荷西比他的太太年長。

❹ Los alumnos son _____ extrovertidos que las alumnas.

　男學生們比女學生們外向。

❺ Los españoles trabajan _____ como los alemanes.

　西班牙人工作和德國人一樣努力。

正確答案請見附錄解答篇 p.294

與郵局有關的詞彙

❶ el Postal Exprés /
correo exprés — 快捷郵件

❷ el envío exprés — 快遞

❸ el buzón — 郵筒

❹ la báscula — 磅秤

❺ poner el paquete en la báscula — 把包裹放到磅秤上

→ recoger el paquete — 領取包裹

→ consultar el envío de la carta certificada — 查詢掛號信件的寄送

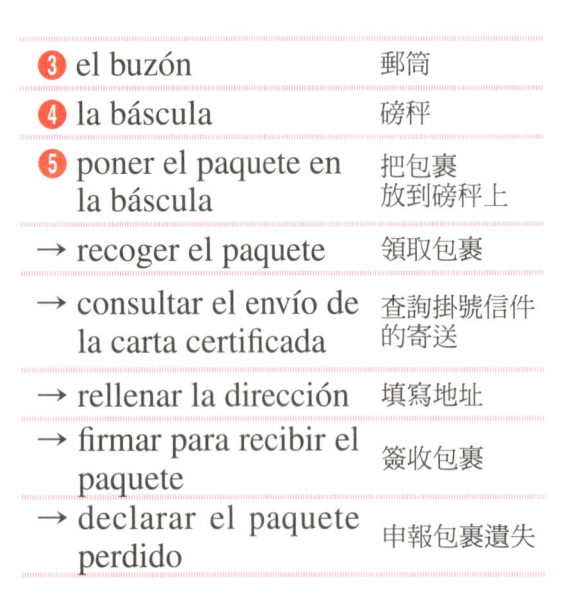

→ rellenar la dirección — 填寫地址

→ firmar para recibir el paquete — 簽收包裹

→ declarar el paquete perdido — 申報包裹遺失

❻ el cartero — 郵差

❼ el buzón (postal) — 信箱；郵筒

❽ el correo electrónico / el email — 電子郵件

寄件物品的種類

una carta	信件	
una carta doble-certificada	雙掛號信	
un paquete	包裹	
un pequeño paquete	小包裹	
una (tarjeta) postal	明信片	
unos artículos frágiles	易碎物品	
unos libros	書籍	
unos regalos	禮物	
un objeto grande	大件物品	
unos documentos	文件	
una factura	收據	

如何在西班牙寄件

　　無論是到西班牙旅遊或是遊學、洽公，都有可能遇到想寄明信片、包裹回台灣，或者寄給當地友人的情況，這裡就介紹一些關於寄東西的實用資訊。

　　在各個旅遊景點或者郵局，都可以買到明信片，記錄美好的時刻。然後，除了在郵局櫃台購買郵票，或者在機器上購買郵資券（etiqueta franqueadora）以外，estanco de tabacos（菸草專賣店）也販售郵票。如果不知道郵資該貼多少，可以向郵務人員說明要寄往歐洲或是亞洲，就可以買到需要的郵票。寫收件地址的時候，明信片是寫在右邊，信封則是寫在中間偏右下方的位置，其中第一行是收件人的姓名，第二行是地址（路名、門牌號碼、樓層及房號），第三行是郵遞區號和城市／省分，最後一行是國名（國內信則不需要寫國名）。至於寄件地址，明信片可以不用寫，或者寫在左上角；而在信封上，寄件地址傳統上常寫在背面的封口處，但近年來，依照現行國際標準寫在正面左上角的做法也越來越常見了。寄到國外的信件，要指定以航空方式寄送的時候，就在右下角空白的地方寫上「por avión」。

　　在西班牙居住或是留學的學生，有時也需要寄送包裹回台灣。要寄大型包裹回台灣的時候，可以在郵局購買包裝箱，尺寸從小型到超大型都有。裝好要寄的東西之後，郵局會依照包裹重量收取郵資。寄件時需要填寫內容物種類，請務必查詢禁止寄送的物品清單，以免被退件或在運送途中遭到扣留。低於 10 公斤的包裹，通常可以在 2~3 週以內送達，但較重的包裹就有可能需要比較久的時間，這是因為西班牙對於進出口的大型包裹檢查得比較勤，而延誤了包裹的運送。雖然如此，非限時或快捷的一般空運包裹（寄往台灣的包裹，已經不提供海運的方式），大多還是可以在一個月以內送達。

▲西班牙的郵務車。西班牙的郵局以黃色作為識別色，郵筒也一樣是黃色的。

Lección 16 在郵局

❶	el sobre	信封
❷	el/la remitente	寄件人
❸	la dirección de remitente	寄件人地址
❹	el/la destinatario/-ria	收件人
❺	la dirección de destinatario	收件人地址
❻	la calle	街道
❼	el número de inmueble	門牌號碼
❽	el código postal	郵遞區號
❾	el nombre de ciudad o de provincia	城市或省分名稱
❿	el matasellos	郵戳
⓫	el sello (postal)	郵票

Lección 17
在家 en casa

打電話給水管工

Ema:	Buenos días, señor. El inodoro de mi piso está atascado. ¿Qué voy a hacer?*1
El fontanero:	¿Si se le ha caído algo?
Ema:	Pues, no sé. Creo que no. Pero, ayer sonó algo raro*2 cuando tiré de la cadena*3. Y justo esta mañana se ha quedado atascado.*4
El fontanero:	¿Ha intentado desatascarlo con el gel limpiador de drenaje?
Ema:	Sí, pero no funcionaba.*5 ¿Hace falta que vuelva a echar*6 más gel limpiador de drenaje?
El fontanero:	Pues, si no le corre prisa, iré allí esta tarde a las 2.
Ema:	Muchas gracias. Le esperaré.

打電話給水管工

艾瑪：先生早安。我住家公寓的馬桶堵塞了。我該怎麼辦？
水管工：您是否不小心讓東西掉進去了？
艾瑪：嗯，我不知道。我想沒有。不過，昨天我沖馬桶的時候，發出了奇怪的聲音。而就在今天早上，馬桶就塞住了。
水管工：您有試著用疏通劑通馬桶嗎？
艾瑪：有，但是沒有效。是還需要我再倒更多疏通劑嗎？
水管工：嗯，如果對您來說不急的話，今天下午兩點我會去那邊。
艾瑪：非常感謝。我會等您的。

¡ojo! 請注意

*1 「ir a + inf.」表示「去做…」或「將要做…」。¿Qué voy a hacer? 是表達「我該怎麼辦？」的常用說法。

*2 algo raro（奇怪的什麼〔聲音〕）是 sonó 的主詞。西班牙語的主詞可以像這樣放在動詞後面。

*3 tirar de 是「拖、拉」的意思，la cadena 則是「鍊子」。以前便器的水箱是拉鍊子沖水的，所以說 tirar de la cadena 表示「沖馬桶」的意思。另外，這一句使用了兩個簡單過去時態：sonar→sonó、tirar→tiré（參見第18課）。

*4 quedarse 可以表示「變成某種狀態」的意思。

*5 funcionaba 是 funcionar 的未完成過去時態，表示過去持續的狀態（參見第19課）。

*6 關於 hacer falta 的用法，請參考本課的文法說明。vuelva 是 volver 的虛擬式。「volver a + inf.」表示「再次做…」。

詞彙整理

el inodoro	馬桶
el piso	（包含一整套房間的）公寓單位
atascado/a	堵塞的（atascar 的過去分詞）
caerse	掉落
sonar	發出聲音；（聲音）響起
tirar de la cadena	沖馬桶
intentar	試圖
desatascar	疏通（使不堵塞；拉丁美洲會用 destapar 來表達）
el gel	凝膠
limpiador/-ra	清潔用的（當名詞〔陽性〕時則表示「清潔劑」）
el drenaje	排水，排水設備

關於住家與環境品質的詞彙

el piso amueblado	附家具的公寓
el piso compartido	分租公寓
el piso entero	整層公寓
en la segunda planta	在二樓
la cocina americana	美式（開放式）廚房
el ambiente	環境；氣氛
cómodo/a	舒適的
soleado/a	陽光充足的
limpio/a	乾淨的
tranquilo/a	寧靜的
aromático/a	芳香的
alegre	令人愉悅的
luminoso/a	光線充足的
acogedor	溫馨的
frío/a	冰冷的
ventilado/a	通風的
moderno/a	現代化的
lujoso/a	豪華的
amplio/a	寬敞的
seco/a	乾燥的
húmedo/a	潮濕的

會話重點

重點 1 「介於主動與被動之間」的有代動詞

第 8 課介紹過「有代動詞」（el verbo pronominal）的被動意義，但還有一種「介於主動與被動之間」的意義。例如動詞 caerse 表示「跌倒、掉落」，雖然可以說是「自己跌倒、掉落的」，但也可以說是因為某個外在原因，害得主詞發生跌倒、掉落的情況。這種動詞還可以和間接受格代名詞連用，表示事情發生在某人身上。例如課文中的 se le ha caído algo，其中的間接受詞 le 表示「您」，雖然「您」很有可能是造成東西掉下去的人，但因為間接受詞的基本概念是「事情發生在您身上」，所以語感上比較接近「您『非故意、不小心』讓東西掉下去」的意思。

重點 2 justo 的用法

justo 當形容詞時，表示「公正的、剛好的、（衣服）太貼身的」，但當副詞時則表示「（時間或空間）正好，就在…」的意思。

Ex. **Es una competición justa.**
（這是一場公平的比賽。）

Ex. **Juan llegó justo antes de salir el tren.**
（璜安正好在列車出發前抵達。）

文法焦點 | hacer 的常見用法

可以泛指許多行為的動詞 hacer（做），本質上就是很容易使用到的詞彙。除了表示「做什麼」以外，下面也要介紹一些不同意義的慣用表達方式。

1. 一般的及物動詞用法

　　a. 做某件事（受詞是表示工作或行為的名詞）

　　　Elisa está **haciendo** los deberes. 愛麗莎正在做作業。

　　　Ema quiere **hacer** la compra hoy. 艾瑪今天想去採買（食材）。

　　　Pablo **hizo** un examen de gramática ayer. 巴布羅昨天有文法考試。

　　　（hacer un examen 是中文「參加考試」的意思）

　　b. 製作（物品、料理等）

　　　Mi madre **hizo** una tarta de chocolate ayer. 我媽媽昨天做了巧克力蛋糕。

2. 使役動詞用法（hacer + inf.）：使某人做…、使得某人…

　　Las palabras del profesor José nos **hacen** llorar. 荷西老師的話讓我們哭了。

3. 無人稱用法：固定使用第三人稱單數的形式，但沒有實際意義上的主詞

　　a. 「hace + 天氣名詞」：表示現在天氣

　　　Hoy **hace mucho viento**. 今天風很大。

　　b. 「hace + 期間」：表示到現在已經過了多久

　　　Hace 2 semanas que estoy en Madrid. 我在馬德里已經待了兩週。（現在還在）

　　　Hace 2 semanas que estuve en Madrid. 我兩週前在馬德里。（現在不在）

4. hacer 的幾個慣用表達方式

　　a. 「hacer ilusión a alguien」：使某人感到期待

　　　La idea de viajar por España con mi familia **me hace mucha ilusión**.
　　　想到要和我的家人在西班牙旅行，讓我很期待。（…的想法使我很期待）

　　c. 「hacer la pelota a alguien」：吹捧某人，拍某人馬屁

　　　¡Deja de **hacerme la pelota**! Dime lo que quieras.
　　　你別再拍我馬屁了！跟我說你想要的是什麼。

　　b. 「Hace falta que + 虛擬式」：（因為少做了什麼而）還需要做…

　　　Hace falta que termines la última parte de trabajo antes de irte.
　　　你離開之前，還需要完成工作的收尾部分。

對話短句

堵塞問題

¿En qué puedo servirle?
有什麼我能為您服務的？

Mi inodoro no descarga bien.
我的馬桶沖水（從水箱出水）不太順暢。

漏水問題

El agua sigue saliendo del grifo del lavabo.
水一直從洗手台的水龍頭漏出來。

¿El agua sale solo unos segundos más o sale sin parar?
水是只會多流個幾秒，還是流個不停？

家電狀況1

¿Qué pasó con la lavadora?
洗衣機發生了什麼問題？

Mi lavadora vibra en exceso y tarda mucho en terminar.
我的洗衣機震動得太劇烈，而且要很久才洗完（結束）。

家電狀況2

La lavadora no se llena de agua.
洗衣機無法進水。

¿Ha revisado la válvula de entrada de la lavadora?
您檢查過洗衣機的進水閥嗎？

請人修理

De la alcachofa de la ducha no sale agua caliente. ¿Podría venir ahora?
蓮蓬頭沒有熱水（不會跑出熱水）。您現在能過來嗎？

Iré esta tarde si le va bien esa hora.
如果時間對您方便的話，我今天下午會過去。

De momento estoy fuera de la ciudad. Lo siento mucho.
目前我不在城裡。很抱歉。

Lección 17 在家

215

門反鎖

Dejé la puerta cerrada al salir de casa, pero estoy en la entrada sin llave.
我出門的時候把門鎖上了，但我現在在門口卻沒鑰匙。

Podría intentar abrir la puerta con una tarjeta fina.
您可以試著用一張薄薄的卡片開門。

暖氣故障

La calefacción no funciona bien. El radiador no calienta.
暖氣運作不正常。電暖器無法加熱。

¿Has intentado apagarla y luego volver a encenderla?
您試過關掉（暖氣）然後再打開嗎？

水電問題 1

¿Ha revisado si funciona bien el contador de electricidad?
您有檢查看看電表（「數算電的東西」）是否正常運作嗎？

El contador de electricidad está roto.
電表壞了。

水電問題 2

Después de encender la televisión, las imágenes desaparecen dentro de unos segundos. ¿Podría venir ahora?
我打開電視之後，影像會在幾秒鐘之內消失。您現在可以過來嗎？

De acuerdo. Déjeme su dirección, por favor.
好的。請給我您的地址。

購買燈泡

Querría comprar la bombilla para el cuarto de estudio. ¿Qué tipo de bombillas me recomienda?
我想要買書房用的燈泡。您推薦我哪種燈泡呢？

Mire, las bombillas azules de bajo consumo de Philips son de buena calidad.
您看，飛利浦的白光（藍色）省電（低耗電）燈泡品質很好。

Ejercicios | 練習題

A. 請將以下西班牙語翻譯成中文。

❶ Vamos a hacer una tarta de cumpleaños para Ana.

❷ Voy a hacer la compra ahora. ¿Quieres ir conmigo（和我一起）?

❸ No hace falta que apagues toda la luz del aula.

❹ No le hagas la pelota a tu jefe（老闆）.

❺ Hoy hace buen tiempo（天氣）.

B. 請參考中文翻譯，重組成正確的句子。

❶ saliendo agua / parar / el inodoro / sigue / sin
馬桶一直出水流個不停。

❷ el fregadero / atascado / la cocina / de / está
廚房的水槽（fregadero）塞住了。

❸ bajo consumo / comprar / de / querría / las bombillas
我想要買省電燈泡。

❹ funciona / electricidad / el contador / no / bien / de
電表運作不正常。

正確答案請見附錄解答篇 p.294

家中的物品

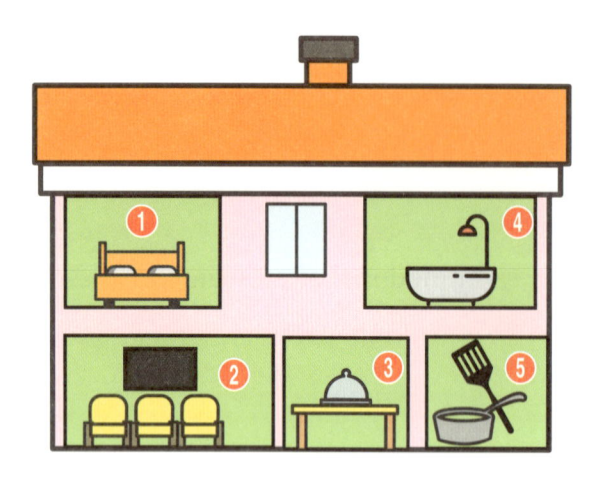

❶ la habitación	房間
❷ el salón (de estar)	客廳（起居室）
❸ el comedor	飯廳
❹ el cuarto de baño	浴室
❺ la cocina	廚房

❻ el cubo de basura	垃圾桶	⓯ el cortaúñas	指甲剪
❼ la fregona	拖把	⓰ la calefacción	暖氣
❽ la escoba	掃把	⓱ la lámpara	燈，燈具
❾ el recogedor	畚箕	⓲ el aire acondicionado	冷氣
❿ la percha	衣架	⓳ la estantería	書架
⓫ el detergente	洗衣精	⓴ el sofá	沙發
⓬ la lavadora	洗衣機	㉑ la mesa	桌子
⓭ la secadora	乾衣機	㉒ la televisión / el televisor	電視
⓮ la silla	椅子		

㉓	la alcachofa de ducha	蓮蓬頭
㉔	la bañera	浴缸
㉕	el champú	洗髮精
㉖	el gel de ducha	沐浴精
㉗	el gel limpiador facial	洗面乳
㉘	el lavabo	洗手台
㉙	el cepillo de dientes	牙刷
㉚	la pasta de dientes	牙膏
㉛	el inodoro/retrete/váter	馬桶
㉜	el rollo de papel higiénico	捲筒衛生紙
㉝	el perchero	衣帽架
㉞	la cama	床
㉟	la almohada	枕頭
㊱	el edredón	棉被
㊲	la sábana el somier el colchón	床單 床架 床墊
㊳	el armario	衣櫃
㊴	la plancha	熨斗
㊵	el sofá-cama	沙發床

Lección 17 在家

㊶	el hervidor de agua	熱水壺
㊷	el dispensador de agua	飲水機
㊸	la olla electrónica / la olla arrocera	電子鍋／電鍋
㊹	el cuchillo (de cocina)	（廚房用）刀
㊺	el wok	中式炒菜鍋
㊻	la sartén	平底鍋
㊼	la espátula	鍋鏟
㊽	el fregadero	洗碗槽
㊾	la estufa de gas	瓦斯爐
㊿	el horno	烤箱
51	el microondas	微波爐
52	la cafetera	咖啡機
53	la nevera	電冰箱

219

關於居家問題的表達方式

una habitación desordenada	亂七八糟的房間
un televisor averiado	壞掉的電視機
un salón oscuro	陰暗的客廳
un pasillo estrecho	狹窄的走道
una casa húmeda	潮濕的房子
la calefacción no funciona bien	暖氣運作不正常
se corta el agua	停水
se va la luz	斷電
sale agua sin parar	不停漏水
aparece grieta en la pared	牆壁上出現裂痕

補充用語：一天的生活作息

起床	levantarse		化妝	maquillarse
睡覺	acostarse		擺設餐桌	poner la mesa
刷牙	cepillarse (los dientes)		洗碗盤	fregar los platos
洗臉	lavarse la cara		打掃	hacer la limpieza
沐浴	bañarse（在中南美也可以表示淋浴）		倒垃圾	bajar la basura（把垃圾拿下樓）
淋浴	ducharse		洗衣服	lavar la ropa

在西班牙租屋

要在西班牙生活，又沒有宿舍可住的人，就得先打理租屋問題了。以分租公寓（piso compartido，每個租屋者有各自的房間，但共用客廳、廚房、衛浴等空間）而言，在馬德里租一個房間，每月大約 500~700 歐元。當然，如果離熱鬧的區域（例如太陽門、哥雅站等等）遠一點，或者公寓沒有電梯的話，價格會便宜一點。至於 Salamanca、Valladolid 之類的大學城，分租公寓每房的月租在 250~350 歐元左右；如果預算更高的話，600 歐元在這裡就可以租到不錯的整層公寓（piso entero）了。

找到公寓之後，就要跟房東約時間看房子了。在決定租房之前，有一些小叮嚀跟大家分享。首先，要先確認屋內各項設備及用品的狀態（例如門窗、門把等等是否有損壞的情況），並且詢問房東會負責提供什麼、哪些東西可以請房東清掉（以免佔空間）。還有，也要注意暖氣是中央調控的系統，還是個人獨立式的（每戶自己控制並負擔費用）。在溫度相同的情況下，中央調控暖氣系統（calefacción central）的費用通常比個人獨立式的暖氣（calefacción individual）

划算，因為費用是由整棟樓的住戶共同分攤的。另外，還要注意瓦斯是透過管線輸送的天然氣（gas natural），還是用瓦斯桶（bombona）供應。有些比較舊型的公寓使用瓦斯桶，會比較麻煩一點。

最後，決定租屋的時候，要先跟房東說好押金（fianza）在退租時如何退回，以及如果公寓某些東西需要修繕，應該由誰負擔費用。在西班牙租房時，一般而言會先繳交第一個月的房租和押金（通常相當於一個月的房租）。至於押金的退還方式，有的房東會採取最後一個月不收房租的做法，也有人會在退租時先檢查房子是否打掃乾淨、設備是否完好無缺，才退回押金。

▲馬德里較為老舊的公寓建築。

Lección 18
在警察局 en la comisaría

La policía: ¡Buenas, señor! ¿Qué le ha pasado?
David: Me robaron el pasaporte.*1 *2
La policía: ¿Cuándo y dónde ocurrió?
David: Pues, no sé exactamente cuándo me robaron. Estaba esperando a mi amiga en la parada Goya. Unos minutos después, llegó mi amiga y me dijo que mi mochila estaba abierta.*3 Y luego, ya no encontré mi pasaporte.
La policía: Lo siento mucho por lo que le pasó.*4 Es verdad que los asuntos como este ocurren muy a menudo*5 en los lugares turísticos. Primero, rellene esta hoja de denuncia. Y luego, acuda a la embajada de su país en Madrid para solicitar un pasaporte nuevo.
David: Muchas gracias por su ayuda.
La policía: De nada.

> 女警察：先生您好！您發生了什麼事？
> 大衛：有人偷了我的護照。
> 女警察：什麼時候、在哪裡發生的？
> 大衛：嗯，我不知道我確切來說是什麼時候被偷的。我當時在哥雅站等我的（女性）朋友。幾分鐘後，我的朋友到了，她跟我說我的背包開著。然後，我就找不到我的護照了。
> 女警察：我很遺憾您發生了這種事。像這樣的事情在觀光地點真的經常發生。首先，請您填寫這張報案單。然後，請您前往貴國在馬德里的大使館，申請一份新的護照。
> 大衛：非常感謝您的幫忙。
> 女警察：不客氣。

¡ojo! | 請注意

*1 el pasaporte 是直接受詞（被偷的東西），me 是間接受詞（被偷走東西的人）。這裡的動詞用第三人稱複數形（簡單過去時態），表示行為者不明確。

*2 除了 robar 以外，也可以用 llevarse 表示「順手牽羊、偷走」的意思，例如 El ladrón se llevó la cartera de mi compañera en el metro.（小偷在地鐵上偷走了我同學的皮夾）。另外，如果在店裡說 Me lo/la llevo.，則是「我要買下（帶走）這個」的意思。

*3 本段中的兩個 estaba，是 estar 的未完成過去時態。相對於本課介紹的簡單過去時態，未完成過去時態表示的是過去非瞬間性、無具體時間範圍、如同背景一般的持續狀態。（參見第19課）

*4 「lo que + 子句」表示「…的東西／事情」，形式上類似一般的關係子句，但這種用法沒有先行詞，直接用中性冠詞 lo 和關係代名詞 que 表示被子句說明的「什麼」。這句話字面上的意思是「對於發生在您身上的事，我感到很遺憾。」

*5 a menudo 是「經常」的意思，可以像這樣用 muy 修飾，表示「很常」。

詞彙整理

P2-L18-02

el/la policía	警察
robar	偷，搶
ocurrir	發生
exactamente	確切地（exacto 的副詞形）
reunirse	（已經認識的人）見面
abierto/a	打開的（abrir 的過去分詞）
encontrar	找到；遇到
el asunto	事情
rellenar	填寫
la hoja	葉子；（紙）一張；表單
la denuncia	告發，檢舉，申訴
acudir	前往（與 ir 同義，但較正式）
la embajada	大使館
solicitar	申請
la ayuda	幫助

會話重點

重點1 表示「發生」的 pasar 和 ocurrir

pasar 的基本意義是「經過」，但也可以表示「發生」，這時候意思和 ocurrir 差不多，但 ocurrir 比 pasar 感覺更正式，意義上也更明確。pasar/ocurrir 都是以事件為主詞，但 pasar 大多以 ¿Qué pasa?（發生什麼事？）、No pasa nada.（沒什麼事。）等慣用法使用，很少用具體的名詞當主詞。而要表示「某人」發生什麼事的時候，會使用間接受詞來表達：¿Qué le pasa?（他／您發生什麼事？）、¿Qué le ocurre a Juan?（璜安發生什麼事？）。

重點2 denunciar 和 reclamar

課文中的名詞 denuncia 是從動詞 denunciar 衍生而來的。denunciar 是及物動詞，表示告發、檢舉、申訴顯然不正當的行為。另外，類似的動詞 reclamar 雖然也有「投訴、抱怨」的意思，但語意上比較強調投訴者的不滿，而且這時候當不及物動詞，後面會接「que + 子句」表示投訴的內容。

Ex. Juan denunció el robo.
（璜安舉報了那件搶案。）

Ex. Pablo reclama que el profesor de matemáticas le tiene manía.
（巴布羅抱怨數學老師討厭他。）

P2-L18-03

各種求救、防身、提醒的用語

Cuidado con los bolsos.	小心（看好）包包。
¡Cuidado!	小心！
¡Socorro!	救命！
¡Ladrón!	小偷！
¡Qué haces tú!	你在做什麼！
¡Lárgate!	滾開！走開！

Lección 18 在警察局

223

文法焦點 | 簡單過去時態（pretérito indefinido）

西班牙語描述過去時，有「簡單過去」和「未完成過去」（將在下一課介紹）的區別。大致上來說，「簡單過去」表示特定時間、期間中已經結束的事件，「未完成過去」則是持續性的背景狀態。以下將詳細說明簡單過去時態的變位法，以及具體使用情況。

簡單過去時態：規則變化

人稱	-ar 動詞（pasar）	-er 動詞（aprender）	-ir 動詞（vivir）
1單	pasé	aprendí	viví
2單	pasaste	aprendiste	viviste
3單	pasó	aprendió	vivió
1複	pasamos	aprendimos	vivimos
2複	pasasteis	aprendisteis	vivisteis
3複	pasaron	aprendieron	vivieron

簡單過去時態：不規則變化

※ 要特別記憶的動詞

ir/ser：fui, fuiste, fue, fuimos, fuisteis, fueron（兩動詞完全相同）
dar：di, diste, dio, dimos, disteis, dieron
ver：vi, viste, vio, vimos, visteis, vieron

※ 變化字根，字尾接 **-e, -iste, -o, -imos, -isteis, -ieron**（注意無重音符號）

estar：estuve, estuviste, estuvo, estuvimos, estuvisteis, estuvieron
hacer：hice, hiciste, hizo, hicimos, hicisteis, hicieron
venir：vine, viniste, vino, vinimos, vinisteis, vinieron

（其他例子：poder→pude..., poner→puse..., querer→quise..., saber→supe... 等等）

※ 只有第三人稱單、複數的字根母音改變：**e→i／o→u**

pedir：pedí, pediste, pidió, pedimos, pedisteis, pidieron
dormir：dormí, dormiste, durmió, dormimos, dormisteis, durmieron

（其他例子：despedir, sentir, servir, seguir, conseguir, morir 等等）

1. 過去已結束，與現在無關的動作（如果有關的話，會用現在完成時態）

Pablo vivió en Madrid. 巴布羅以前住在馬德里。（現在不住那裡）

2. 使某個持續動作或情況（用未完成過去時態表達）中斷的事件

Yo estaba durmiendo en el segundo piso y de repente sonó el timbre.
當時我正在二樓睡覺（未完成過去），突然門鈴響了（簡單過去）。

3. **一發生就結束的動作（出生、死亡、結婚、離婚…）、瞬間或暫時性的動作**

   Alberto nació en el año 2000. 阿爾貝多出生在 2000 年。

   Llegó mi amiga y me dijo que mi mochila estaba abierta.

   我的朋友到了（簡單過去），她跟我說（簡單過去）我的背包開著（未完成過去）。

   →「到了」和「跟我說」是短暫的動作，「開著」則是當時持續的狀態。

4. **有具體期間限度的持續事件（沒有具體範圍的話，用未完成過去時態）**

   Trabajamos en Taipei (por) 10 años. 我們在台北工作了十年。

   → 現在不在台北工作；如果現在還是的話，會用現在完成時態

5. **雖然簡單過去和未完成過去經常互相搭配使用（也請參考下一課的文法說明），但如果是陳述各自獨立的事件，而不是表達其他事情發生的背景情況，就使用簡單過去時態。**

   Llegamos a Paris, visitamos los museos, comimos en un restaurante francés y luego volvimos al hotel.

   我們到達巴黎、參觀了美術館、在一家法國餐廳吃飯，然後回到旅館。

   → 到達、參觀、吃飯、回旅館是各自獨立的事件，而沒有以其中任何一個行為作為背景並詳述其中的細節情況，所以都用簡單過去時態。

Lección 18 在警察局

P2-L18-04

對話短句

物品遺失

¿Dónde perdió la cartera?
您在哪裡遺失了皮夾？

En el metro.
在地鐵上。

No estoy seguro.
我不確定。

物品被偷

¿Dónde le han robado el pasaporte?
您在哪裡被偷了護照？

Probablemente en la estación de tren.
可能在火車站。

No lo sé. No me di cuenta de eso hasta pocos minutos antes.
我不知道。我當時沒注意到（未完成過去），直到幾分鐘前（我才發現被偷）。

※darse cuenta de：注意到…

交通意外

¿En qué le puedo ayudar?
有什麼我可以幫您的嗎？

¿Podría llamar a la ambulancia?
您可以（幫我）打電話叫救護車嗎？

¿Podría llamar a la policía?
您可以（幫我）打電話叫警察嗎？

緊急事故

¿Podría hacerme un favor? Me han robado la cartera.
您可以幫我一個忙嗎？有人偷了我的皮夾。

¿Está bien? ¿Le hizo daño?
您還好嗎？他有弄傷您嗎？

Llamaré a la policía ahora mismo.
我立刻打電話叫警察。

P2-L18-05

發生意外時的用語

有人受傷或身體不適時

¿Estás bien?	你還好嗎？
¿Te encuentras bien?	你身體（狀況）還好嗎？
Alguien ha perdido la conciencia.	有人昏倒（失去意識）了。
¿Te ha dañado?	你有受傷嗎？
Quédate aquí. No te muevas.	你留在這裡。（先）別動。
No te preocupes, llamaré a la ambulancia ahora mismo.	別擔心，我立刻叫救護車。

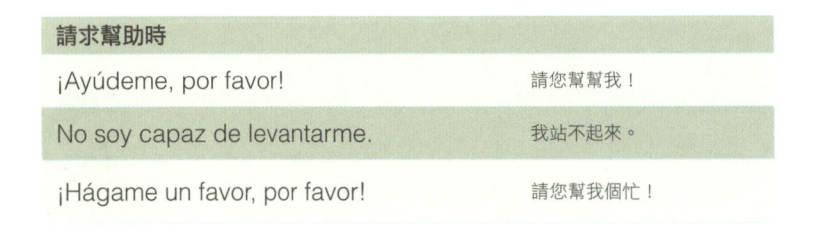

請求幫助時

¡Ayúdeme, por favor!	請您幫幫我！
No soy capaz de levantarme.	我站不起來。
¡Hágame un favor, por favor!	請您幫我個忙！

Ejercicios | 練習題

A. 參考中文翻譯，將提示的動詞改為正確的簡單過去時態，並填入空格中。

① _____ (estar) en Madrid anteayer.

前天我在馬德里。

② _____ (ir) de compras ayer.

我們昨天去購物。

③ Estaba estudiando en casa y de repente _____ (sonar) el teléfono.

我當時正在讀書，突然電話就響了。

④ Mi familia y yo _____ (vivir) en Barcelona cinco años.

我的家人和我在巴塞隆納住了五年。

⑤ Mi hijo _____ (nacer) en el año 2017.

我的兒子2017年出生。

B. 參考中文翻譯，在空格中填入代名詞，並請注意使用正確的格與人稱。

① ¿Qué _____ pasa a Juan y Juana?

璜安和璜安娜發生什麼事？

② Recibí esta cartera en mi cumpleaños. Es Emilia que _____ _____ regaló.

我生日那天收到這個皮夾。是艾蜜莉送我（這個皮夾）的。

③ ¿Dónde está mi cartera? ¿Quién _____ _____ robó?

我的皮夾在哪裡？誰偷我皮夾（誰對我做了偷皮夾的事）？

④ A Ema _____ _____ cayó su cartera.

艾瑪不小心讓她的皮夾掉下去了。

⑤ Se encontró la cartera de David. Ya _____ _____ dije a él.

大衛的皮夾被找到了。我已經跟他說了（這件事）。

正確答案請見附錄解答篇 p.294

與警察相關的單字表現

❶	la comisaría (de policía)	警察局
❷	el/la policía	警察
❸	el escudo	徽章
❹	las esposas	手銬
❺	hacer el proceso verbal	做筆錄
❻	la pérdida / la desaparición	遺失／走失

❼	el ladrón / la ladrona	小偷
→	el robo	竊盜（行為）
❽	el/la testigo	目擊者
❾	llamar a la policía	打電話報警

❿	el patrullero / la patrullera	巡邏警察
⓫	la porra	警棍
⓬	el/la carterista	扒手

⓭	el/la policía de tránsito/ transporte	交通警察
⓮	el accidente de tráfico	交通事故
→	el accidente	事故

⑮ la guardia civil	西班牙國民警衛隊		⑳ la moto de policía	警用摩托車
⑯ el arma ※陰性名詞，但因為開頭是重音節的 a，所以 la 要改為 el。	武器		㉑ el auto policial / el coche de la policía	警車
⑰ el chaleco antibalas	防彈背心		㉒ el perro policial	警犬
→ la bala	子彈		㉓ el criminal	罪犯
⑱ el casco	頭盔		→ el sospechoso / la sospechosa	嫌犯
⑲ el walkie-talkie	無線對講機			

在西班牙報案

不管是旅遊書，還是網路上的資訊，都經常提到西班牙扒手猖獗的問題，尤其是在遊客眾多的大城市。雖然和某些常發生暴力搶劫的國家相比，西班牙的問題還不算太糟，但能夠避免財物損失當然是最好的。原則上，在馬德里、巴塞隆納這些大城市出入時，建議盡量將手提包或者後背包背在胸前。尤其在搭乘交通工具時，或者到人多的地方時，更要特別注意隨身的行李。可能的話，盡量不要獨自行動，在人少的街道巷弄也要小心注意，才不會讓美好的旅行回憶多了一些遺憾。

萬一還是遇到了偷竊或東西遺失的情況，就得向在外巡邏的警察求助，或者找附近的警局報案了。雖然找回失物的機率不高，但如果是遺失證件、信用卡或旅行支票之類的物品，報案紀錄可以作為失竊的證明，以備不時之需。在警局報案時，需要等候一段時間，才能完成報案程序。報案時，警察會請報案者填寫聯絡資料，並詢問事件發生的時間、地點，以及嫌犯的相關線索。

根據許多遊客遭竊之後報案的經驗，他們多半感覺西班牙公務機關的辦事效率緩慢。但既然已經遭遇問題，最重要的還是冷靜以對。在等待的同時，能夠報請掛失的東西，應該先聯絡台灣方面進行處理。如果是遺失護照，可以到台灣駐馬德里辦事處尋求協助。辦事處的人員都很親切，除了幫忙辦理新護照之外，也可以提供相關的協助。

◉ 陳述式簡單過去時態（pretérito indefinido de indicativo）

不規則動詞整理

・特殊形態的不規則動詞（*ir 與 ser 同形）

人稱	ir 去／ser 是*	dar 給	ver 看
1 單	fui	di	vi
2 單	fuiste	diste	viste
3 單	fue	dio	vio
1 複	fuimos	dimos	vimos
2 複	fuisteis	disteis	visteis
3 複	fueron	dieron	vieron

・「-i-」型不規則字根 + -e, -iste, -o, -imos, -isteis, -ieron（*注意拼字變化）

人稱	hacer 做	querer 想要	venir 來
1 單	hice	quise	vine
2 單	hiciste	quisiste	viniste
3 單	hizo*	quiso	vino
1 複	hicimos	quisimos	vinimos
2 複	hicisteis	quisisteis	vinisteis
3 複	hicieron	quisieron	vinieron

・「-u-」型不規則字根 + -e, -iste, -o, -imos, -isteis, -ieron

人稱	tener 有，拿	estar 在	andar 走
1 單	tuve	estuve	anduve
2 單	tuviste	estuviste	anduviste
3 單	tuvo	estuvo	anduvo
1 複	tuvimos	estuvimos	anduvimos
2 複	tuvisteis	estuvisteis	anduvisteis
3 複	tuvieron	estuvieron	anduvieron

人稱	poder 能（助動詞）	haber （完成時態助動詞）	poner 放
1 單	pude	hube	puse
2 單	pudiste	hubiste	pusiste
3 單	pudo	hubo	puso
1 複	pudimos	hubimos	pusimos
2 複	pudisteis	hubisteis	pusisteis
3 複	pudieron	hubieron	pusieron

- 「-j-」型不規則字根 + -e, -iste, -o, -imos, -isteis, -eron（*注音拼字）

人稱	decir 說	traer 帶	conducir 駕駛	traducir 翻譯
1 單	dije	traje	conduje	traduje
2 單	dijiste	trajiste	condujiste	tradujiste
3 單	dijo	trajo	condujo	tradujo
1 複	dijimos	trajimos	condujimos	tradujimos
2 複	dijisteis	trajisteis	condujisteis	tradujisteis
3 複	dijeron*	trajeron*	condujeron*	tradujeron*

- 只有第三人稱單、複數的字根母音改變：e→i／o→u

人稱	pedir 要求，請求	seguir 繼續	reír 笑	dormir 睡
1 單	pedí	seguí	reí	dormí
2 單	pediste	seguiste	reíste	dormiste
3 單	pidió	siguió	rio	durmió
1 複	pedimos	seguimos	reímos	dormimos
2 複	pedisteis	seguisteis	reísteis	dormisteis
3 複	pidieron	siguieron	rieron	durmieron

其他：conseguir（取得）、elegir（選擇）、medir（測量）、servir（上〔菜〕）、repetir（重覆）、sonreír（微笑）、morir（死）…等等（但除了 dormir 與 morir 以外，o→u 的變化並不普遍）

- -ió, -ieron 接在母音後面時，改為 -yó, -yeron（並非不規則變化，而是依照語音規則改變拼寫法）

人稱	caer 掉落	leer 讀	oír 聽	huir 逃
1 單	caí	leí	oí	hui
2 單	caíste	leíste	oíste	huiste
3 單	cayó	leyó	oyó	huyó
1 複	caímos	leímos	oímos	huimos
2 複	caísteis	leísteis	oísteis	huisteis
3 複	cayeron	leyeron	oyeron	huyeron

- 第一人稱單數改變拼字（並非不規則變化，而是配合拼字規則改變寫法）

人稱	buscar 找	llegar 抵達	jugar 玩	empezar 開始
1 單	busqué	llegué	jugué	empecé
2 單	buscaste	llegaste	jugaste	empezaste
3 單	buscó	llegó	jugó	empezó
1 複	buscamos	llegamos	jugamos	empezamos
2 複	buscasteis	llegasteis	jugasteis	empezasteis
3 複	buscaron	llegaron	jugaron	empezaron

Lección 19
在診所 en la clínica

Ana: ¡Hola! Doctor.

El médico: ¡Hola! ¿Qué le pasó?

Ana: Me duele mucho la garganta y también tengo dolor de cabeza.

El médico: ¿Tiene fiebre?

Ana: Pues, no estoy segura. Estos días estaba muy cansada y no me daba ganas de comer ni bajar de la cama.*1 Y a veces tenía escalofríos sin ton ni son.*2

El médico: Creo que está resfriada. Le receto ibuprofeno para el dolor de cabeza y la fiebre. También le prepararé el jarabe para el dolor de garganta.

Ana: Muchas gracias.

El médico: De nada, cuídese.*3

安娜：醫生您好！

醫生：您好！您怎麼了？

安娜：我喉嚨很痛，還有頭痛。

醫生：您有發燒嗎？

安娜：嗯，我不確定。這幾天我一直覺得很累，而且（這個病使得）我沒有食慾也不想下床。我有時候會無緣無故地打寒顫。

醫生：我想您感冒了。我開治頭痛和發燒的布洛芬給您。我也會幫您準備喉嚨痛的糖漿。

安娜：非常感謝您。

醫生：不客氣，您保重。

¡ojo! 請注意

*1 要表達某人「有做…的慾望＝想做…」的時候，一個常用的說法是「某人 tener ganas de + inf.」。不過，這個句子用的卻是「dar ganas de + inf.」，是表示某個外部原因「使某人想做…」（給某人想做…的慾望），這時候原因是主詞，感覺想做的人則用間接受詞表示。在這個句子裡，主要動詞 daba 是第三人稱單數形（未完成過去），沒有清楚說出主詞（原因）是什麼，但可以理解成「生病這件事」讓她沒食慾、不想下床。

*2 關於 sin ton ni son 這個慣用語，有一個說法是 ton 和 son 表示 tono（音調）和 sonido（聲音）。就像是樂團演奏的時候，忽然冒出一個音調、聲音完全不對的樂器聲，會讓人覺得很突兀、不知道為什麼，所以 sin ton ni son 表示「無緣無故」的意思。

*3 cuidarse 表示「照顧自己」，這裡使用的是第三人稱單數命令式。要注意因為是 cuide + se 的關係，為了將重音維持在 cui 音節，所以連寫時加上了重音符號。

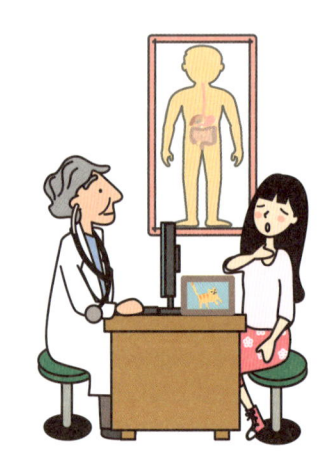

詞彙整理

P2-L19-02

doler	痛（動詞）
la garganta	喉嚨
el dolor	疼痛（名詞）
la cabeza	頭
la fiebre	發燒
seguro/a	確定的
cansado/a	累的
bajar	下來，下去
el escalofrío	寒顫（常用複數）
sin ton ni son	無緣無故地
resfriado/a	得了感冒的
recetar	（醫師）開（藥）
el ibuprofeno	布洛芬（一種止痛消炎藥）
el jarabe	糖漿

會話重點

重點1 疼痛的表達方式

疼痛可以用動詞 doler 或名詞 dolor 來表達。使用動詞 doler 時，句型是「間接受詞（人）+ doler 的第三人稱單/複數形 + 主詞（身體部位）」。也就是說，「疼痛」的主詞是身體部位或器官，而疼痛這件事是「發生在某人（間接受詞）身上」。用名詞 dolor 時，句型則是「tener dolor de + 身體部位」。

Ex. A Clara le duele la garganta.
（克拉拉喉嚨痛。）

Ex. Clara tiene dolor de garganta.
（克拉拉喉嚨痛。）

重點2 疾病形容詞與疾病名詞

表達疾病或症狀時，有時候是用形容詞表達，有時候是用名詞表達。形容詞的表達方式是「estar + 形容詞」，名詞的表達方式則是「tener + 名詞」。

Ex. Leticia está resfriada.（雷蒂西亞感冒了。）

Ex. Alberto tiene fiebre.（阿爾貝多發燒。）

Lección 19 在診所

疼痛的種類

P2-L19-03

el dolor de cabeza	頭痛	el dolor de oído	耳朵（裡面）痛
el dolor de espalda	背痛	el dolor de ojo	眼睛痛
el dolor de vientre	肚子（腹部）痛	el dolor de rodilla	膝蓋痛
el dolor de pecho	胸部痛	el dolor muscular（muscular 是形容詞）	肌肉痛
el dolor de hombro	肩膀痛	el cólico	腸絞痛

文法焦點 | 未完成過去時態（pretérito imperfecto）

延續上一課的「簡單過去時態」，這一課要繼續介紹另一種過去表達方式：「未完成過去時態」。相對於「簡單過去」所表達的點狀、塊狀的事件，「未完成過去」所表達的則像是過去持續的情況或背景畫面，也帶有描寫回憶的色彩。因為這兩種時態性質上是互補的，所以經常互相伴隨使用。

未完成過去時態：規則變化

人稱	-ar 動詞（dar）	-er 動詞（tener）	-ir 動詞（venir）
1單	daba	tenía	venía
2單	dabas	tenías	venías
3單	daba	tenía	venía
1複	dábamos	teníamos	veníamos
2複	dabais	teníais	veníais
3複	daban	tenían	venían

未完成過去時態：不規則變化

和簡單過去時態比起來，未完成過去時態的不規則變化少了很多，幾乎所有動詞都是規則變化，但以下動詞仍然需要特別記憶。

ir：iba, ibas, iba, íbamos, ibais, iban
ser：era, eras, era, éramos, erais, eran
ver：veía, veías, veía, veíamos, veíais, veían

1. 過去的習慣

Siempre <u>iba</u> a clase con mi mejor amiga Ema.
（以前）我總是和我最好的朋友艾瑪一起去上課。
→ 描述過去的習慣時，常會和頻率副詞一起使用

2. 過去持續的動作

<u>Estudiaba</u> en la habitación y de repente sonó el teléfono.
我在房間讀書（未完成過去），突然電話鈴聲響了（簡單過去）。
→ 持續的動作（estudiaba）被電話鈴響（sonó）打斷

3. 過去某個事件發生的背景

Cuando <u>tenía</u> 20 años, ella conoció a su primer novio en Madrid.
20歲的時候（未完成過去），她在馬德里認識她的第一個男朋友（簡單過去）。
→ 「20歲的時候」是「認識第一個男朋友」的背景

4. 對回憶中的情景及人事物的描述

Mi abuela <u>era</u> una persona tierna y amable.
我的外婆是一個溫柔又和藹可親的人。

Recuerdo que era una noche estrellada con brisa, mi novio y yo paseábamos por las calles de la ciudad. 我記得那是一個星光燦爛、有微風的夜晚，我男友和我在城裡的街道上散步。

5. 表示婉轉、客氣的語氣（也可以用條件式表達）

Quería comprar un billete para Valladolid.
我想要買一張到瓦亞多利的車票。

※註：在本課之前，表示「我想要…」的句子大部分都用條件式 Querría... 表達，實際上換成未完成過去時態 Quería 也可以。

P2-L19-04

對話短句

掛號

Quiero hacer una cita con el doctor Sánchez.
我想要預約桑切斯醫生的門診。

¿Le viene bien el viernes por la mañana?
禮拜五早上您方便嗎（對您方便嗎）？

El doctor Sánchez está de vacaciones ahora. Tendrá que esperar hasta la semana que viene.
桑切斯醫生現在正在度假。您得等到下禮拜了。

說明症狀1

¿Tiene fiebre?
您有發燒嗎？

Sí, desde anoche.
有，從昨晚開始。

說明症狀2

¿Qué le pasa?
您怎麼了？

Estoy afónica.
我喉嚨失聲了。

詢問醫生

¿Tiene otras preguntas?
您有其他的問題嗎？

¿Si ya no tengo fiebre, es necesario seguir tomando el medicamento?
如果我已經沒有發燒，需要持續吃藥嗎？

¿El medicamento me causará insomnio o sueño excesivo?
（您開的）藥會造成我失眠或是嗜睡嗎？

Lección 19 在診所

235

受傷

¿Qué le pasó?
您發生了什麼事？

Me caí de la bicicleta.
我從腳踏車摔下來。

辦理住院

¿Todavía quedan disponibles las habitaciones individuales?
還有單人病房的空房嗎（還有剩下可用的單人房嗎）？

Es posible que ya no quede ninguna.
可能已經沒有了。

開刀

¿Tiene alergia a la anestesia?
您對麻醉藥物過敏嗎？

¿Es alérgica a la anestesia?
您對麻醉藥物過敏嗎？

No, no tengo alergia al medicamento.
不會，我沒有藥物過敏。

確認事項1

¿Tiene otro tratamiento en proceso?
您有其他正在進行的療程嗎？

No, no tomo ningún medicamento ahora.
現在我沒有在吃任何的藥物。

確認事項2

¿Está embarazada?
您現在懷孕嗎？

Sí, estoy embarazada de 3 meses.
是的，我懷孕三個月了。

藥局領藥

¿Tiene la receta(/prescripción) médica?
您有醫師處方箋嗎？

Sí, aquí tiene.
有的，在這裡。

No. ¿Se puede comprar este medicamento sin receta?
沒有。沒有處方箋可以買這個藥嗎？

Ejercicios | 練習題

A. 參考中文翻譯，將提示的動詞改為正確的未完成過去時態，並填入空格中。

❶ 我的外公是一個和藹可親的人。

Mi abuelo _____ (ser) una persona amable.

❷ 以前我媽媽每天準備晚餐。現在我們偶爾會在外面吃晚餐。

Antes mi madre _____ (preparar) la cena cada día. Ahora cenamos de vez en cuando afuera.

❸ 我記得那是一個陽光普照的早晨，我的家人和我一起在廣場吃早餐。

Recuero que _____ (ser) una mañana soleada y mi familia y yo _____ (desayunar) en la plaza.

❹ 這幾天我一直覺得頭痛，有的時候我也會胃痛。

Estos días siempre me _____ (doler) la cabeza, a veces también _____ (tener) dolor de estómago.

❺ 以前為了準時去上課，我總是6點半起床。

Siempre _____ (levantarse) a las seis y media para llegar a clase a tiempo.

B. 請依照提示的單字，用適當的方式表達身體狀況，使句子完整。

❶ Emilia _____ (形容詞 embarazada). Tendrá una niña la semana que viene.

艾蜜莉亞懷孕了。下個禮拜她就要生女兒了。

❷ _____ (名詞 fiebre) y dolor de cabeza.

我發燒了，而且頭痛。

❸ ¿_____ (名詞 alergia) a algo?

你對什麼過敏嗎？

❹ _____ (動詞 doler) mucho los dientes.

我牙齒很痛。

正確答案請見附錄解答篇 p.294

Lección 19 在診所

237

與診所、醫院相關的單字

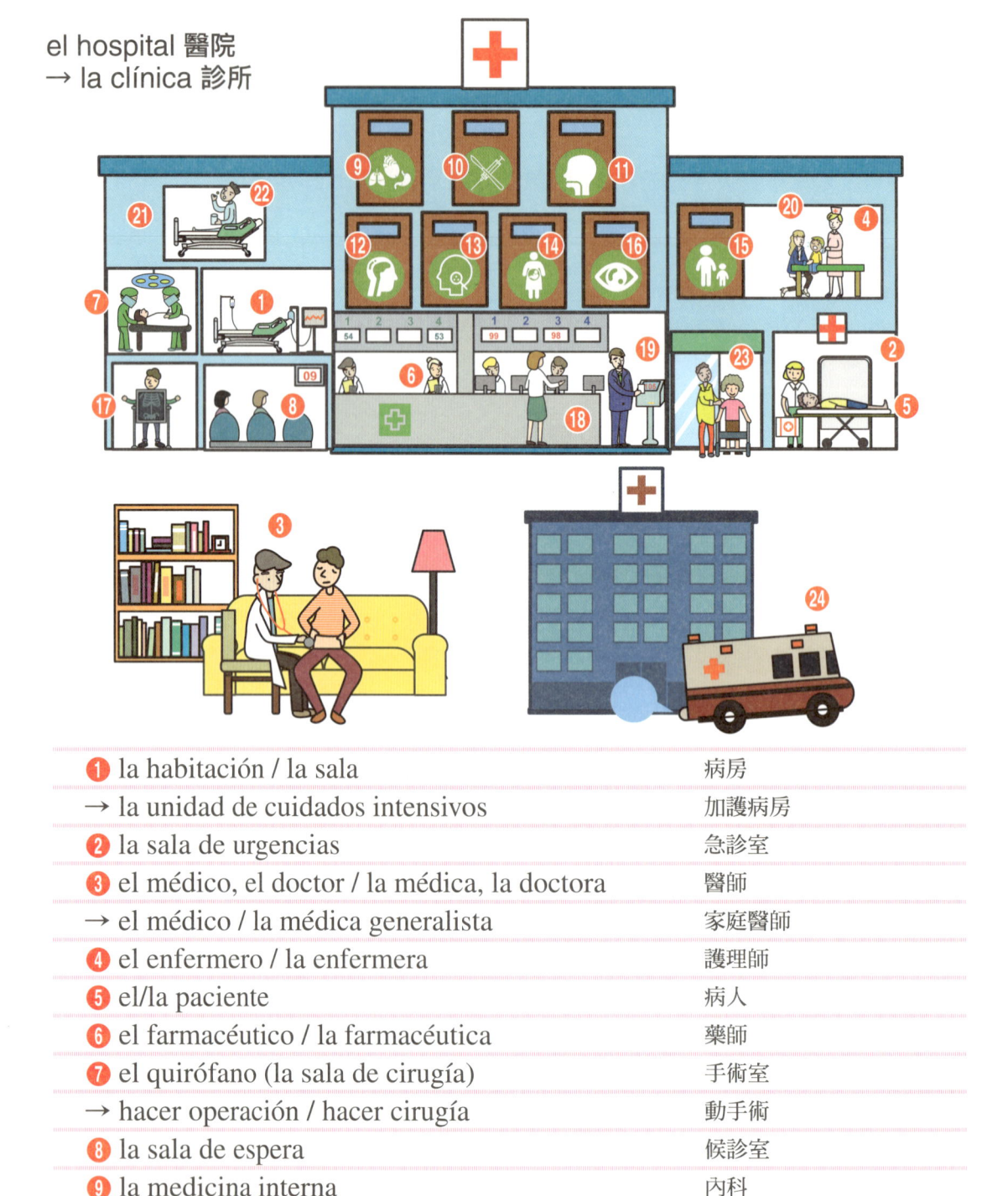

el hospital 醫院
→ la clínica 診所

❶	la habitación / la sala	病房
→	la unidad de cuidados intensivos	加護病房
❷	la sala de urgencias	急診室
❸	el médico, el doctor / la médica, la doctora	醫師
→	el médico / la médica generalista	家庭醫師
❹	el enfermero / la enfermera	護理師
❺	el/la paciente	病人
❻	el farmacéutico / la farmacéutica	藥師
❼	el quirófano (la sala de cirugía)	手術室
→	hacer operación / hacer cirugía	動手術
❽	la sala de espera	候診室
❾	la medicina interna	內科
❿	la cirugía	外科、手術
⓫	la otorrinolaringología	耳鼻喉科
⓬	la neurología	神經內科

⑬ la dermatología	皮膚科
⑭ la ginecología	婦產科
⑮ la pediatría	小兒科
⑯ la oftalmología	眼科
⑰ hacer una radiografía	照X光
⑱ registrarse	掛號
→ rellenar el formulario	填寫表格
→ consultar al médico	看（諮詢）醫生
⑲ tomar un número	取得號碼牌
⑳ inyectar	注射…
㉑ ingresar/hospitalizar	使…住院
㉒ tomar medicina/medicamentos	吃藥
㉓ dar el alta a...	使…出院
㉔ la ambulancia	救護車

與症狀相關的表達

P2-L19-06

enfermo/a	生病的
resfriado/a	著涼感冒的
la tos	咳嗽
la nariz tapada	鼻塞（「塞住的鼻子」）
la nariz gotear	流鼻水（「鼻子滴水」）
→ el goteo nasal	鼻水
el dolor de garganta	喉嚨痛
el estornudo	噴嚏
el escalofrío	寒顫
la diarrea	腹瀉
el mareo	頭暈
vomitar	嘔吐

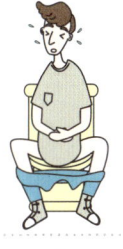

el insomnio	失眠
el mal aliento	口臭
débil	虛弱的
cansado/a	疲憊的
la erupción cutánea	皮膚紅疹
la mala digestión	消化不良
la alergia	過敏
el colesterol alto	膽固醇過高
no tener apetito	沒食慾

其他相關用語

社會保險	el seguro social
健保	el seguro de salud
血液檢查	el examen de sangre
尿液檢查	el examen de orina
做復健	realizar la rehabilitación
處方箋	la receta / la prescripción
（醫師）開（藥）	recetar
量脈搏	tomar el pulso

在西班牙看診及購買藥品

在西班牙，無論是本國人或是外國人，只要領有合法居留證並加入社會保險（seguro social），就可以享有西班牙的公立醫院免費診療服務。在西班牙就醫，通常會先透過電話、網路或是櫃台預約掛號，先確定看診的時段之後，在指定的時間到診間外等候叫號。沒有預約或是過號不到的話，可能就必須等候很久，或者無法當天就醫。

就診時，先在指定的時間到診間外登記，並出示健保卡（tarjeta sanitaria）。一般來說，不會像台灣一樣直接到專科診所就診，而是先到社區的醫療中心（centro de salud）讓家庭醫師診斷，再依照需要轉介專科醫師。如果只是一般的小問題，就會直接開立處方箋，請病患到藥局買藥（病患要自行負擔部分藥費）。但如果是緊急狀況，就會不經預約、直接到醫院掛急診。

至於留學生，雖然必須依規定加入私人醫療保險，但有些保險方案仍需自付部分費用，而且預約醫師、申請保險理賠有點麻煩，所以有些人生病時會直接到藥局，請藥師根據自己的症狀推薦非處方藥品。西班牙當地開的藥物劑量，通常比台灣家醫師的處方來得高，所以會讓人感覺藥效比較好或比較快。常見的處方如普拿疼（panadol）、布洛芬（ibuprofeno），在台灣也是醫師常開的藥物。

▲西班牙 Castellón 省一所外觀別致的藥局（farmacia）。

Lección 20
在百貨公司 en el almacén

要求試穿

Ana:	¡Hola! ¿Podría probarme este vestido?
El dependiente:	Claro. ¿Qué talla usa usted?*1
Ana:	Uso la talla 38.
El dependiente:	Bien. El probador está allí.

試穿結果

El dependiente:	¿Cómo le queda?*2
Ana:	Me queda un poco estrecha*3 la parte de la cintura.
El dependiente:	¿Le apetece probarse la talla 40?*4
Ana:	Sí, por favor. Quería también probarme el mismo vestido del color blanco. ¿Lo tienen?
El dependiente:	Sí, se lo traigo ahora mismo.

要求試穿

安娜：您好！我可以試穿這件洋裝嗎？

店員：當然可以。您穿什麼尺寸呢？

安娜：我穿38號。

店員：好的。試衣間在那邊。

試穿結果

店員：您穿起來怎麼樣？

安娜：腰的部分對我來說有點緊。

店員：您想要試穿40號嗎？

安娜：好的，麻煩您。我也想試穿一下白色的同款洋裝。您們有嗎？

店員：有的，我馬上拿過來給您。

¡ojo! 請注意

*1 表示「穿什麼尺寸」是用 usar（使用）這個動詞來表達。

*2 「間接受詞 quedar」表示「對某人而言合適」的意思，常搭配副詞 bien/mal（好地／不好地）使用，或者加上主詞補語來形容主詞（事物），而疑問句則會用 Cómo 來問，照字面翻譯就是「適合的程度怎麼樣」的意思。

*3 quedar 在這一句的主詞不是 el vestido，而是變成了 la parte de la cintura（腰的部分），而且加上了主詞補語 un poco estrecha（有點緊的）來說明主詞的狀態，所以形容詞 estrecha 的性和 la parte 一致。

*4 「間接受詞 apetecer + 主詞（名詞／inf.）」表示「某人（間接受詞）想要某個東西（主詞）／想要做某事（主詞）」。

詞彙整理

P2-L20-02

probarse	試穿（衣服）
el vestido	洋裝
la talla	尺寸
el probador	試衣間
quedar	適合
estrecho/a	窄的；緊的
la parte	部分
la cintura	腰部
apetecer	使覺得想要
mismo/a	相同的

會話重點

重點1 probar 和 probarse 的用法

probar 是及物動詞，表示「嘗試什麼」的意思，也常用來表示「品嚐」或「試吃」食物。但「試穿」衣服、鞋子的時候，通常會用 probarse 表示反身的意義，也就是「為自己試試看某件衣服→把衣服試穿在自己身上」，這時候衣服是直接受詞，表示自己的代名詞（me, te, se, os, nos, se）則是間接受詞。

Ex. Quiero probar este plato nuevo.
（我想吃吃看這道新菜色。）

Ex. ¿Podría probarme los zapatos?
（我可以試穿這雙鞋嗎？）

重點2 el vestido（洋裝）和 el traje（套裝、西裝）

一般而言，vestido 是指女性的洋裝，traje 則是男性的全套西裝，但這兩個字還有表示其他服裝的用法，而且 traje 也能表示女性的服裝。例如新郎服是 traje de novio，新娘服則可以稱為 vestido de novia 或 traje de novia；男性泳褲（即使並不是上下成套的泳裝）稱為 traje de baño (para hombre)，女性泳裝則是 vestido/traje de baño。

打折的表達方式

P2-L20-03

中文用折價後剩下的價格成數來表達折扣幅度，歐美則是用減去的價格百分比來表達，所以「9 折」就是「折扣 10%」。在商店裡，會用「-10%」或「10% (de) descuento」等寫法表示折扣數字。以下就列出一些折扣的說法，順便複習前面學過的數字。

-5%	cinco por ciento de descuento	-40%	cuarenta por ciento de descuento
-10%	diez por ciento de descuento	-50%	cincuenta por ciento de descuento
-15%	quince por ciento de descuento	-60%	sesenta por ciento de descuento
-20%	veinte por ciento de descuento	-70%	setenta por ciento de descuento
-25%	veinticinco por ciento de descuento	-80%	ochenta por ciento de descuento
-30%	treinta por ciento de descuento	-90%	noventa por ciento de descuento

Lección 20 在百貨公司

文法焦點 | quedar 和 quedarse 的用法

quedar 是常用的多義字，基本意義是「（人事物）剩下，留下」，但還有很多不同的意義。quedar 是不及物動詞，所以不能接直接受詞，但有一些情況會搭配間接受詞使用。而有代動詞 quedarse 則表示「停留（在某個地方）」，還有一些片語用法。以下介紹兩者的常見用法。

quedar

1. 剩下，留下（也可以搭配間接受詞使用）

No **queda** nadie en el aula. 教室裡沒剩下任何人。

Solo **quedan** dos semanas para terminar el curso. 距離學年結束只剩兩週。

No me **queda** ningún duro. 我一塊錢也不剩了。（表示「留在我身上」）

※duro 是「peso duro」的簡稱，是以前西班牙使用的銀元，價值相當於 5 個 peseta。雖然已經被歐元取代，但 duro 仍然保留在西班牙本土的一些慣用句中。

2. 位於某個地點

La cafetería Café di Roma **queda** muy cerca de la plaza mayor.

Café di Roma 咖啡館離主廣場很近。

3. 處於或轉變成某種狀態（情態動詞，後接主詞補語）

La casa **queda** muy tranquila después de que los niños se fueron de campamento de verano. 小孩們去參加夏令營之後，家裡變得很安靜。

4. 適合，合身（搭配表示人物的間接受詞使用，主詞可以是衣物、髮型等等）

El peinado le **queda** muy bien. 這個髮型很適合您。

No te **quedan** bien las gafas. 這副眼鏡不適合你。

5. 約定會面（常搭配 con alguien 使用）

Hemos **quedado** con Lidia para ir al cine esta tarde.

我們和莉蒂亞約了今天下午去電影院（看電影）。

quedarse

1. 停留在某個地方（quedar 也有這個意思，但實際上通常用 quedarse，會比較明確）

Quédate aquí, vuelvo enseguida. 你留在這裡（不要動），我立刻回來。

2. quedarse con：留下…；買下…

Quédese con el cambio.「您把零錢留下來吧」（不用找了）。

Me quedo con este vestido.（決定買下來）我要買這件洋裝。

3. quedarse en blanco：腦袋一片空白

David **se quedó** en blanco cuando el profesor le hizo pregunta.

當老師問大衛問題時，他的腦袋一片空白。

對話短句

尋找商品

¿Dónde se colocan las blusas?
女用上衣放在哪裡呢？

Se las enseño. Sígame, por favor.
我帶您過去看。請您跟我來。

※enseñar 讓某人看…

確認款式

¿De qué color quiere la falda?
您想要什麼顏色的裙子呢？

Prefiero el color rosa.
我比較喜歡粉紅色。

¿Cuáles son los colores que tiene?
您有的顏色是哪些呢？

衣服尺寸

¿Cómo le queda este abrigo?
這件大衣您穿起來怎樣？

Me queda un poco grande.
我穿起來有點大。

詢問意見

¿Le gusta esta camisa?
您喜歡這件襯衫嗎？

Sí, me gusta bastante.
是的，我相當喜歡。

鞋子尺寸

¿Qué talla usa los zapatos?
您的鞋子穿幾號呢？

Uso la talla 38.
我穿38號。

No estoy segura. ¿Podría tomar las medidas de los pies?
我不確定。可以麻煩您（幫我）量一下腳的大小嗎？

Lección 20 在百貨公司

245

試穿

¿Podría probarme estos pantalones?
我可以試穿這件褲子嗎？

Claro.
當然。

確認折扣

¿Hay descuento en esta falda?
這件裙子有折扣嗎？

Sí, ofrecemos un(/el) 15 por ciento de descuento en todas las faldas de la tienda.
有的，我們提供全店裙子 15% 的折扣。

Lo siento mucho, estas son de nuevas colecciones.
很抱歉，這些是新品。

試穿結果

¿Le queda bien este jersey?
這件毛衣對您來說合適嗎？

Sí, es mi talla y me queda bien.
不錯，是我的尺寸，我穿起來很合身。

考慮中

¿Se lo envuelvo?
我幫您包起來（準備結帳）嗎？

※envolver 包裝

Pues, el precio es un poco alto para mí.
嗯，價格對我來説有點高。

退稅

¿Dónde se puede hacer devolución del IVA?
哪裡可以退稅？

Acuda al tercer piso, por favor.
請您前往三樓。

El importe mínimo para hacer la devolución del IVA es 1400 (mil cuatrocientos) euros.
退稅的最低金額是1400歐元。

Ejercicios | 練習題

A. 參考中文翻譯，在空格中填入 quedar 或 quedarse 的正確動詞形態。

❶ 這條圍巾不適合艾瑪。

Esta bufanda no le _____ bien a Ema.

❷ 我們今天晚上約在哪裡（見面）？

¿Dónde _____ esta noche?

❸ （對店員說）我要買這兩件 T 恤。

_____ con las dos camisetas.

❹ 公車站離我家很近。

La parada de autobús _____ muy cerca de mi casa.

❺ 房間很凌亂。

La habitación _____ muy desordenada.

❻ 我還剩下10歐元。

Todavía me _____ 10 euros.

❼ 昨天我留在家裡。

_____ en casa ayer.

B. 請依照中文重組句子。

❶ ¿ la blusa / otros / probarme / colores / podría / de ?

我可以試穿其他顏色的這款女用上衣嗎？

_____

❷ 42 / grande / queda / la talla / me / un poco .

42 號對我來說有點大。

_____

❸ ¿ el / del / le / plato / apetece / día / probar ?

您想要吃吃看今日菜色嗎？

_____

正確答案請見附錄解答篇 p.294

各種服裝、配件的名稱

P2-L20-05

❶	la prenda para caballeros/hombres	男裝（統稱）
❷	la prenda para mujeres	女裝（統稱）
❸	la prenda para niños	童裝（統稱）
❹	el probador	試衣間
❺	la camiseta	T恤
❻	el jersey	毛衣
❼	el chaleco	背心
❽	la chaqueta	外套
❾	el abrigo	大衣

❶	el blusón	罩衫（長版女性上衣）
❷	el cortavientos	風衣
❸	la chaqueta de plumas	羽絨外套
❹	la camiseta deportiva	運動衫
→	la sudadera	長袖運動衫
❺	la camisa	襯衫
❻	el traje	（全套）西裝
❼	la falda	裙子
❽	la blusa	女用上衣

❶	la sudadera con capucha	帽T
❷	el polo / la camisa de polo	POLO衫
❸	el vestido	洋裝
❹	el mono (西) / el overol(中南美)	吊帶褲
❺	los pantalones cortos	短褲
❻	los pantalones	褲子
❼	los vaqueros	牛仔褲
❽	el pijama	睡衣

❶	la ropa/prenda interior	內衣
❷	los calzoncillos	（男）內褲
→	los slips 三角男用內褲；los bóxers 四角男用內褲	
❸	el sujetador	胸罩
→	las bragas	女用內褲
❹	el calzado	鞋類（統稱）
❺	los calcetines	襪子（單數為calcetín）
❻	las pantimedias	褲襪
→	las medias	絲襪
❼	los zapatos de piel	皮鞋
❽	los zapatos de tacón alto	高跟鞋
❾	los botines	短靴（單數為botín）
❿	las botas	長靴

248

Lección 20 在百貨公司

❶ los accesorios	配件
❷ el sombrero	帽子
❸ la gorra	鴨舌帽
→ el gorro	沒有帽沿的帽子（毛帽等）
❹ la bufanda	圍巾
❺ el fular	絲巾
❻ el mantón	披肩
❼ el cinturón	皮帶
❽ la corbata	領帶
❾ los guantes	手套
❿ la pinza (de pelo)	髮夾

❶ los artículos de deportes	運動用品
❷ las zapatillas deportivas	運動鞋
❸ el bañador	泳裝（統稱）
❹ el gorro de natación	泳帽
❺ el bañador de hombre	男性泳褲

❶ la boutique	精品店
❷ el bolso de mano	手提包
❸ la cartera	皮夾
❹ el bolso de hombro	肩背包
→ la mochila	後背包

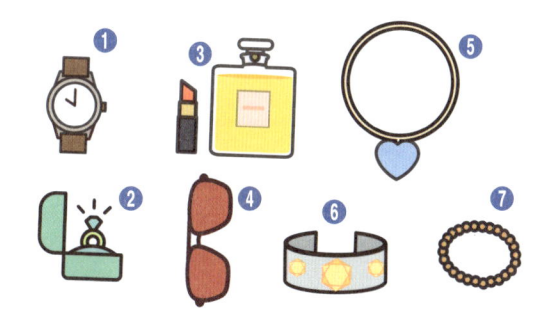

❶ el reloj	手錶
❷ el anillo	戒指
❸ los productos cosméticos	化妝品
❹ las gafas	眼鏡（只用複數形）
❺ el collar	項鍊
❻ el brazalete	手鐲
❼ la pulsera	手鍊

249

與折扣、金額高低相關的用語

promoción	（促銷）優惠	costoso	要價不菲的
rebajas de verano	夏季折扣季	económico	經濟實惠的
rebajas de invierno	冬季折扣季	razonable	（價格）合理的
precio fijo	固定價格	estar bajo el presupuesto	在預算內
→ precio de venta al público (P.V.P)	零售價	superar el presupuesto	超過預算
descuento	折扣	compra dos paga uno	買一送一（付一個的錢買到兩個）
caro	貴的		
barato	便宜的	liquidación	出清

西班牙英國宮百貨

El Corte Inglés 百貨公司是西班牙唯一的連鎖百貨公司。真正的意思是「英式剪裁」，但在台灣經常被稱為「英國宮」。這其實是誤譯造成的，因為陽性名詞 el corte 是「剪裁」的意思，陰性的 la corte 才是「宮廷」，但因為許多旅遊書都採用「英國宮」這個譯名，久而久之也變得通用了。順道一提，目前他們使用的正式譯名是「英格列斯百貨」。

幾乎在每個西班牙的大城市都看得到 El Corte Inglés，有些地方甚至有 3 間以上大小規模不同，或者以專營產品種類做出區隔（例如書籍、影音、服飾、超市等等）的不同店鋪。舉凡民生必需品、3C 產品、家電、精品，甚至是旅遊商品（在旅行社「Viajes el Corte Inglés」提供），英國宮百貨應有盡有，是很受當地人和遊客歡迎的購物地點。

對於旅客來說，英國宮的優點是產品種類多元，可以一次找到許多需要的產品。而地下樓層的生鮮超市，也會引進各國的餅乾、麵包、酒類等等，供顧客選擇。超市區附設的熟食區及麵包區，可以買到西班牙當地的小菜、特色餐點，例如最為人所知的 paella（西班牙海鮮飯）、tortilla de patatas（馬鈴薯蛋餅）以及節慶會吃到的點心等等。

對於留學在外的學生來說，除了可以在同名地鐵站所在的 Tetuán 區找到許多專賣東方食材的店家，也可以就近在英國宮百貨找到台灣的醬料、泡麵及乾貨。

在一些城市的英國宮分店（例如巴塞隆納接近加泰隆尼亞廣場的英國宮），在美食街的樓層還有寬敞舒適的用餐、喝咖啡空間。各式當地美食和整片落地窗的美景，也是另外一種從高樓俯瞰西班牙的好地點。

▲ 位於卡斯提亞那大道（Paseo de la Castellana）的 El Corte Inglés。

▲ 從太陽門廣場到地鐵 Callao 站之間的 El Corte Inglés，沿路共有 4 座設施，分別經營一般百貨、電器與家居用品、運動用品、寵物用品等不同的產品類型。

Lección 21
在書店 en la librería

Ana:	¡Hola! Estoy buscando la novela "Don Quijote". ¿Sabe dónde se coloca?
La dependienta:	Lo siento mucho. Se han vendido todos ya.*1 Si nos llamara para pedir esta novela de antemano, podríamos guardar una para usted.*2 ¿Hace falta que hagamos la reserva para usted?*3
Ana:	Si hago la reserva hoy, cuándo podré tenerla?*4
La dependienta:	Dentro de 3 días.
Ana:	Muy bien. Entonces, haga la reserva para mí, por favor.
La dependienta:	De acuerdo. Rellene esta hoja de pedido con su nombre y el número de teléfono.*5 Cuando tengamos el libro preparado, le avisaremos por mensaje.
Ana:	Muy bien. Gracias.
La dependienta:	De nada. Adiós.

安娜：您好！我在找《唐吉軻德》這本小說。您知道它（被）放在哪裡嗎？
店員：很抱歉。全都賣完了。要是您事先打電話給我們訂這本小說的話，我們就能為您留一本了。需要我們為您預訂嗎？
安娜：如果我今天預訂的話，什麼時候能拿到小說？
店員：三天以內。
安娜：太好了。那就請您幫我預訂。
店員：好的。請您在這張訂購單上填寫您的名字和電話號碼。當我們把書準備好的時候，就會用簡訊通知您。
安娜：好的。謝謝。
店員：不客氣。再見。

¡ojo! | 請注意

*1 這一句和前面的 ¿Sabe dónde se coloca? 一樣，都是「se + 第三人稱動詞」表示被動的用法（參見第 8 課文法焦點）。不過，前一句是用單數表示「叫《唐吉軻德》的這部小說」，這一句則是用複數表示「這部小說在店裡的所有印製本」。

*2 這是用「Si 虛擬式過去未完成，條件式…」表示「與現在事實相反假設」的句型（參見本課文法說明）。

*3 這裡用「hacer + 行為名詞（la reserva）」表示「做預訂這件事」。也可以用動詞 reservar 改寫成「... que la reservemos para usted?」（…我們為您預訂那本小說）。

*4 這是用「Si 陳述式現在，陳述式未來…」表示「一般的條件」的句型（參見本課文法說明）。

*5 la hoja（表單）也可以換成 el impreso（印刷物；〔印出來的〕表單），這兩個字表示「表單」時是同義詞。所以，「申請表」可以說成 hoja de solicitud 或 impreso de solicitud。不過，只有 impreso 能泛指其他印刷物，尤其常表示「傳單」或「介紹冊」等等，例如 Los candidatos repartieron impresos en la salida de metro.（候選人在地鐵站出口發傳單）。

詞彙整理

P2-L21-02

colocar	放置
vender	賣
pedir	訂購
de antemano	事先
guardar	保留
la reserva	預約，預訂，預留
dentro de	（空間）裡面；（期間）以內
rellenar	填寫
la hoja	表單
el pedido	訂購（pedir 衍生的名詞）
preparar	準備
avisar	通知
el mensaje	訊息，簡訊

會話重點

Lección 21 在書店

重點1 buscar（找）和 encontrar（找到）的差別

雖然這兩個單字都有「找」的意思，但 buscar 表示「尋找的過程」，而 encontrar 則表示「找到的結果」。

Ex. Estamos buscando una persona que sepa español.
（我們正在找懂西班牙語的人。）
→ 現在還沒找到；que 後面用 saber〔知道，懂〕的虛擬式現在時態 sepa 表示某個不確定的對象「可能」具備的能力

Ex. Hemos encontrado la cartera perdida.
（我們已經找到了遺失的皮夾。）

重點2 cuando 子句使用陳述式和虛擬式的差別

由 cuando（當…的時候）引導的時間副詞子句，可以是陳述式或虛擬式。差別在於，陳述式表示已經實現的事，或者一般的事實；虛擬式則表示預期可能會發生，但還沒實現的情況，而且會搭配未來時態的主要子句使用。

Ex. Cuando tengo tiempo, me gusta hacer deporte.
（每當我有時間的時候，我喜歡做運動。）
→ Cuando 陳述式現在 + 陳述式現在

Ex. Cuando tenga tiempo, haré un viaje.
（到了我有時間的時候，我就會去旅行。）
→ Cuando 虛擬式現在 + 陳述式未來

P2-L21-03

閱讀、逛書店相關的表達

讀書	leer un libro	著色本	el libro para colorear
翻閱／大略瀏覽書	hojear un libro	要求親筆簽名	pedir un autógrafo
打開書	abrir un libro	使覺得有趣	parecer interesante
闔上書	cerrar un libro	使覺得無聊	parecer aburrido/a
挑選旅遊指南	elegir la guía de viaje	使覺得有用	parecer práctico/a
精裝書	el libro de tapa dura	使覺得色彩繽紛	parecer colorido/a
平裝書	el libro de tapa blanda		

253

文法焦點 | 虛擬式過去未完成時態（pretérito imperfecto de subjuntivo）

在第 10 課，我們已經學到虛擬式是一種表達不確定性／可能性的語氣。虛擬式其實也有時態的區分，前面學過的是「虛擬式現在時態」，而這一課我們要學的是「虛擬式過去未完成時態」。和「虛擬式現在」對比，「虛擬式過去未完成」的意義可以大略分為兩種：1) 表示**過去的**願望、建議、要求、推測、否定意見等等；2) 表示**降低的**可能性，也就是不太可能的事，或者和現在事實相反。

虛擬式過去未完成的動詞形態，可以直接從陳述式簡單過去（參考第18課）的第三人稱複數形推斷出來。

		-ar 動詞：llamar	-er 動詞：vender	-ir 動詞：abrir
陳述式簡單過去 第3人稱複數		llamaron	vendieron	abrieron
虛擬式 過去未完成	1單	llamara	vendiera	abriera
	2單	llamaras	vendieras	abrieras
	3單	llamara	vendiera	abriera
	1複	llamáramos	vendiéramos	abriéramos
	2複	llamarais	vendierais	abrierais
	3複	llamaran	vendieran	abrieran

※ 虛擬式過去未完成的字尾，也有將其中的 -ra- 改為 -se- 的形態。在大部分的情況下，兩者意義相同，但在某些進階用法中，則只能用 -ra- 形，不能用 -se- 形。為了減輕學習者的負擔，本書只使用 -ra- 形。

以下是虛擬式過去未完成的一些常見用法：

1. 過去的願望、建議、要求、推測、否定意見等等

例如 desear（希望）、sugerir（建議）、pedir（要求）、esperar（預期）、no creer（不認為）等動詞的陳述式簡單過去或過去未完成時態後面，會接「que 虛擬式過去未完成」，表示過去的不確定性。

現在的肯定意見：陳述式現在 + que 陳述式現在
Creo que Elisa **va** a casarse con Pablo. 我認為愛麗莎會和巴布羅結婚。

現在的否定意見：陳述式現在 + que 虛擬式現在
No creo que Elisa **vaya** a casarse con Pablo. 我不認為愛麗莎會和巴布羅結婚。

過去的否定意見：陳述式過去未完成 + que 虛擬式過去未完成
No creía que Elisa **fuera** a casarse con Pablo. 我之前一直不認為愛麗莎會和巴布羅結婚。

2. 與現在事實相反的假設

一般的條件：Si 陳述式現在，陳述式未來
Si nos **llama** de antemano, **guardaremos** el libro para usted.
如果您事先打電話給我們，我們就會為您保留那本書。（歡迎隨時預約）

與現在事實相反：Si 虛擬式過去未完成，條件式（參見第 4 課）
Si nos **llamara** de antemano, **podríamos** guardar el libro para usted.
要是您事先打電話給我們，我們就能為您保留那本書了。
（您沒有事先打電話，所以我們無法保留那本書 → 現在沒有書）

※注意：si 子句沒有「si 虛擬式現在」的用法

3. 感嘆詞 ojalá（但願）

ojalá 是一個特殊的感嘆詞，形態不會改變，但意義上又有點像動詞，後面可以接子句，表示「但願…」。「ojalá (que) + 虛擬式現在」表示或許有可能實現的願望，「ojalá (que) + 虛擬式過去未完成」則表示與現實情況相反，或者幾乎不可能實現。

Ojalá que **ganemos** el partido. 但願我們贏得這場比賽。
（虛擬式現在：有可能會贏）

¡Ojalá que ahora tú **estuvieras** aquí conmigo! 真希望現在你和我一起在這裡！
（虛擬式過去未完成：你現在不可能馬上過來）

4. como si（彷彿…一樣）

這是一種比喻的用法，因為比喻的內容並不是真正的事實，所以後面一定會接虛擬式過去未完成時態。

Lidia y yo nos parecemos mucho como si **fuéramos** hermanas gemelas.
莉蒂亞和我（外表）非常相似，彷彿是雙胞胎姊妹一樣。（實際上並不是）

P2-L21-04

對話短句

書區位置

¿Dónde se puede encontrar las novelas traducidas?
哪裡可以找到翻譯小說？

Están en la 3ª (tercera) planta.
在三樓。

¿Dónde están las guías de viaje?
旅遊指南在哪裡呢？

書籍位置

¿Podría enseñarme dónde se colocan los cuentos de hadas?
您可以告訴我童話故事（書）放在哪裡嗎？

(Se colocan) En la sección infantil y juvenil, en la planta baja.
在兒童及青少年區，在地面層。

Lección 21 在書店

作者作品

¿Tienen las novelas de Millás?
您們有米雅斯的小說嗎？

Sí, (las novelas de Millás) están en el pasillo número 7.
有的，（米雅斯的小說）在 7 號走道。

詢問庫存

No encuentro este libro en la estantería. ¿Quedan más ejemplares?
我在架上找不到這本書。還有多的書嗎？

※el ejemplar：出版物的一份印製成品

Espere un momento. Lo consultaré para usted ahora mismo.
您稍等一下。我立刻為您查詢。

Lo siento mucho. Ya no queda ninguno.
很抱歉。已經沒有了。

優惠訊息

¿Hay ofertas en los libros de segunda mano?
二手書有優惠嗎？

¿Hay descuento en los materiales de papelería?
文具用品有折扣嗎？

Sí, ofrecemos un(/el) 30 por ciento de descuento en todos los productos.
有的，我們提供所有產品7折的優惠。

結帳

¿Cuánto cuesta en total?
總共多少錢？

Son 20 euros.
總共是20歐元。

Son 25 euros. ¿Tiene usted el carné de socio?
總共是25歐元。您有會員卡嗎？

付款方式

¿Podría pagar con tarjeta de crédito?
我可以用信用卡付款嗎？

Sí, claro.
當然可以。

線上購書

¿Si realizo compra Online(/en línea), conseguiré el mismo precio?
如果我在線上購書，我能得到（和實體店鋪）一樣的價格嗎？

Sí, ambos precios son iguales.
是的，兩邊的價格是一樣的。

256

Ejercicios | 練習題

A. 參考中文翻譯，將提示的動詞改為虛擬式過去未完成時態，並填入空格中。

① 之前我就一直不認為他會繼續在這間公司工作。

No creía que _____ (seguir; 注意變音 e→i) trabajando en esta empresa.

② 要是你提前買了票的話，就能和我們一起去 Pablo Alborán 的演唱會了。

Si _____ (comprar) la entrada antes, podría ir al concierto de Pablo Alborán con nosotros.

③ 要是你能跟我一起去就好了！

¡Ojalá que _____ (poder; 注意變音 o→u) ir conmigo!

④ 巴布羅和荷西外表很像，彷彿是雙胞胎兄弟一樣。

Pablo y José se parecen mucho como si _____ (ser) hermanos gemelos.

⑤ 她的行為舉止好像是這個家的女主人似的。

Ella se comporta como si _____ (ser) la ama de esta casa.

B. 請依照提示的動詞，添加適當的詞彙來完成句子，並且注意使用正確的動詞形態。

① 翻譯小說放在哪裡？

¿_____ (colocar) las novelas traducidas?

② 這裡賣文具嗎？

¿_____ (vender) los materiales de papelería aquí?

③ 要是我（女性）很有錢的話，我就會把這些書全都買下來了。

_____ (ser) muy rica, compraría todos los libros.

④ 您需要填寫這張表格來預約。

Hace falta _____ (rellenar) esta hoja para hacer la reserva.

⑤ 當我抵達車站的時候，會打電話給你。

_____ (llegar) la estación, te llamaré.

正確答案請見附錄解答篇 p.295

Lección 21 在書店

書籍種類及相關單字

P2-L21-05

❶ los libros más vendidos	最暢銷的書	❿ el cuaderno	筆記本
❷ los últimos libros	新書	⓫ la nota	（一張）便條紙
❸ los libros ilustrados	圖畫書	⓬ el bolígrafo / el boli	原子筆
→ el libro con pegatinas	貼紙書	⓭ la pluma	鋼筆
❹ el cuento de hadas	童話故事	⓮ el lápiz de color	色鉛筆
❺ la fábula	寓言	→ el lápiz de cera	蠟筆
❻ el libro pop-up	立體書	⓯ el rompecabezas	（一幅）拼圖
❼ el libro de tela	布書	⓰ el bloque de juguete	（一塊）積木
		⓱ el libro electrónico	電子書
❽ las ficciones	小說類	⓲ la partitura	樂譜
→ la novela	小說	⓳ el álbum de fotos	攝影集；相簿
❾ los materiales de papelería	文具	⓴ el libro de segunda mano	二手書

258

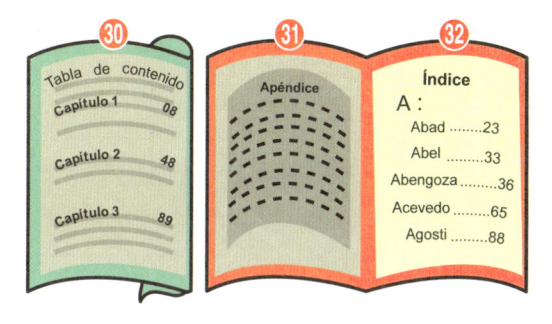

㉑ el prólogo 序言
→ el ultílogo 後記
㉒ el número de página 頁碼
㉓ el ilustrador / la ilustradora 插畫家
㉔ la editorial 出版社
㉕ la contraportada 封底
㉖ el lomo 書背
㉗ el título 書名
㉘ la portada 封面
㉙ el autor / la autora 作者
㉚ la tabla de contenido 目錄
㉛ el apéndice 附錄
㉜ el índice 索引

P2-L21-06

書籍內容的類型

❶ la literatura	文學
❷ la biografía	傳記
❸ el cómic	漫畫
❹ la historia	歷史
❺ la lengua / el idioma	語言
❻ el libro de texto	教科書
❼ el diccionario	字典
❽ el libro de informática	電腦用書
❾ el libro de diseño gráfico	平面（圖像）設計書
❿ el libro de arte	藝術書
⓫ el libro de comercio	商業（類）書籍
⓬ el libro de ciencia	科學（類）書籍
⓭ el libro de deporte	運動（類）書籍
⓮ la guía turística / la guía de viaje	旅遊指南
⓯ la revista	雜誌
⓰ el libro de salud	健康（類）書籍
⓱ el libro sobre crianza / libro para padres	親子教養書籍
⓲ el libro de recetas	食譜書
⓳ el libro de estilo de vida	生活風格（類）書籍
⓴ el libro de entrenamiento	健身（類）書籍
㉑ el libro de autoayuda	心理勵志（類）書籍

Lección 21 在書店

259

西班牙的書店

　　西班牙人很重視生活品質，也很喜歡閱讀書籍雜誌，因此，從隨處可見的書報攤（el quiosco）、個人經營的小型書店到百貨公司裡的雜誌書籍專區，有各式各樣的書籍可供選擇。對於剛學西班牙語的人來說，要貼近當地生活，了解當下的西班牙大小事，購買價格實惠又簡單易懂的各類雜誌是不錯的選擇。書報攤會把各式雜誌擺在架上讓客人選擇，但大多數的人不會先看內容，而是直接購買自己想要的刊物，只有少數人會先翻閱再決定要不要買。有許多雜誌會附上贈品，例如美容雜誌會附贈包包或美妝用品，和台灣的雜誌很類似。除了美容雜誌以外，手工藝、休閒嗜好等各種特殊類型的雜誌，也常會贈送和內容相關的贈品，例如迷你模型類的雜誌可能會每期贈送縮小版的陶瓷製品等等，讓讀者可以慢慢收集成套。

　　對於在當地念書的遊留學生來說，找到適用的專用書或工具書非常重要，而藏書眾多的個人書店就成為學生們的寶庫。個人書店的老闆和員工都很熱心又專業，只要跟他們詢問自己需要的類型，就可以輕鬆找到許多實用的書籍。每個城市都有各自不同的大型書店，有些只在當地開設分店，當然也有跨足各大城市的連鎖書店。如果想要買到西班牙語和其他語文相關的書籍，也可以在英國宮百貨的書籍文具區找找，雖然藏書不比獨立書店多，但對於初學西班牙語的學生來說，是不錯又方便的選擇。

▲馬德里的一處書報攤。

◉ 虛擬式過去未完成時態（pretérito imperfecto de subjuntivo）

※虛擬式過去未完成時態，都可以從陳述式簡單過去時態（參見第 18 課）的第三人稱複數形推演出來，所以這裡不再分類整理，只選擇其中一些例子，讀者可以搭配 RAE 網路字典（http://dle.rae.es）中的「Conjugar」功能，自行練習推演。

不規則動詞整理

		ir 去／ser 是	dar 給	hacer 做
陳述式簡單過去第 3 人稱複數		fueron	dieron	hicieron
虛擬式過去未完成	1 單	fuera	diera	hiciera
	2 單	fueras	dieras	hicieras
	3 單	fuera	diera	hiciera
	1 複	fuéramos	diéramos	hiciéramos
	2 複	fuerais	dierais	hicierais
	3 複	fueran	dieran	hicieran

		venir 來	estar 在	tener 有，拿
陳述式簡單過去第 3 人稱複數		vinieron	estuvieron	tuvieron
虛擬式過去未完成	1 單	viniera	estuviera	tuviera
	2 單	vinieras	estuvieras	tuvieras
	3 單	viniera	estuviera	tuviera
	1 複	viniéramos	estuviéramos	tuviéramos
	2 複	vinierais	estuvierais	tuvierais
	3 複	vinieran	estuvieran	tuvieran

		poder 能（助動詞）	poner 放	decir 說
陳述式簡單過去第 3 人稱複數		pudieron	pusieron	dijeron
虛擬式過去未完成	1 單	pudiera	pusiera	dijera
	2 單	pudieras	pusieras	dijeras
	3 單	pudiera	pusiera	dijera
	1 複	pudiéramos	pusiéramos	dijéramos
	2 複	pudierais	pusierais	dijerais
	3 複	pudieran	pusieran	dijeran

Lección 22
在美容院 en el salón de belleza

Ana: ¡Hola! Quería cambiar el peinado.

La peluquera: Muy bien. ¿Prefiere tener el cabello más corto o mantener la melena pero hacerla ondulada?[*1][*2]

Ana: Pues, siempre llevo el pelo largo, liso y negro. Esta vez quiero cortarme el pelo.

La peluquera: ¿Le apetece cambiar el color de cabello?

Ana: ¿Qué color de pelo me favorece[*3]?

La peluquera: El color castaño le queda muy bien.

Ana: Parece muy bien. Una cosa. Quiero que me cortes el cabello en capas.[*4]

La peluquera: Claro. No hay problema.

安娜：你好！我想要換個髮型。

髮型師：好的。您比較想要讓頭髮短一點，還是維持長髮但燙成波浪捲？

安娜：嗯，我一直都是黑色長直髮。這次我想把頭髮剪（短）。

髮型師：您想要改變髮色嗎？

安娜：什麼髮色適合我呢？

髮型師：栗子色很適合您。

安娜：（這個建議）似乎不錯。還有一件事。我希望你幫我的頭髮打層次。

髮型師：當然。沒問題。

¡ojo! | 請注意

[*1] el pelo 和 el cabello 都可以表示頭髮，但 cabello 專指頭髮，pelo 則可以指各種毛髮，甚至是植物的絨毛。la melena 表示長的頭髮，或者獅子的鬃毛。

[*2] 「hacerla ondulada」（la = la melena）使用了「hacer + 直接受詞 + 受詞補語」的用法，表示「使成為某種樣子」。形容詞 ondulado 表示「波浪捲（大捲）」，而「小捲」則是 rizado。rizado 也可以表示「自然捲」的意思。

[*3] me favorece 其實就是 me queda bien（適合我）的意思，不過動詞 favorecer 更能明顯表示「使人顯得好看」的意思。

[*4] 這裡用「querer que 虛擬式」表示願望（參見本課文法說明）。cortar en capas 字面上的意思是「剪成幾層」，也就是所謂的「打層次」，所以用複數的 capas。

詞彙整理

cambiar	更換，改變
el peinado	髮型
el cabello	頭髮（專指頭上的毛髮）
corto/a	短的
mantener	維持
la melena	長髮
ondulado/a	波浪形的
largo/a	長的
liso/a	光滑的；（頭髮）直的
negro/a	黑的
cortar	剪
el pelo	毛髮，頭髮（可指任何種類的毛髮）
favorecer	適合（使人的樣子好看）
castaño/a	栗子色的
la capa	一層

會話重點

重點1 表示「穿著」和「髮型」的 llevar

llevar 基本上是「攜帶」的意思，但也可以表示「穿著什麼衣服或配件」，或者「有某種髮型」、「留著鬍子」。不過，llevar 不能表示固定不變的特徵（例如鼻子、眼睛等等），所以表示身體特徵時，tener 這個動詞是比較通用的。

Ex. Lidia lleva un vestido azul.
（莉蒂亞穿著一件藍色洋裝。）

Ex. Lidia lleva/tiene el pelo largo.
（莉蒂亞留著一頭長髮。）

Juan es aquel hombre que lleva/tiene barba.
（璜安是那個留著鬍子的男人。）

Luis ~~lleva~~/tiene los ojos azules.
（路易斯有藍色的眼睛。）

重點2 「剪頭髮」的說法

理髮師剪別人的頭髮時，直接受詞是「頭髮」，間接受詞是「被剪的人」（el peluquero le cortó el pelo/cabello 理髮師剪了他的頭髮）。至於一般人說「我去剪頭髮」，因為實際上是「讓人剪頭髮」，所以不能單純用 cortar 來表達，而可以像課文一樣，用有代動詞 cortarme 表示「介於主動與被動之間」的意義（參見第 17 課的會話重點 1），可以理解為「我使別人剪我的頭髮」。其他請人對自己做的服務，也可以像這樣用有代動詞表達。另一種表達方式則是用第三人稱複數的動詞形態，表示不明確或不需要指明的人（不需要知道理髮師是誰）。

Ex. Voy a cortarme el pelo.
（我要去剪頭髮。）

Voy a hacerme la manicura.
（我要去做指甲。）→有代動詞

Ex. Voy a la peluquería para que me corten el pelo.
（我要去髮廊剪頭髮。）
→虛擬式第三人稱複數 corten

上髮廊會用到的表達方式

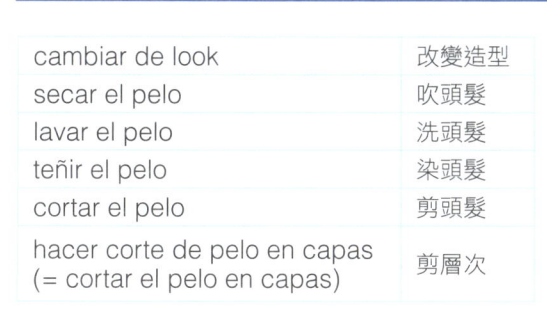

cambiar de look	改變造型	hacer reflejos/mechas	挑染
secar el pelo	吹頭髮	cortar el flequillo	修剪瀏海
lavar el pelo	洗頭髮	tener el flequillo	有瀏海
teñir el pelo	染頭髮	hacer el corte (de estilo) bob	剪鮑伯頭
cortar el pelo	剪頭髮	hacer la manicura	作美甲
hacer corte de pelo en capas (= cortar el pelo en capas)	剪層次	hacer la permanente	燙頭髮
		alisar el pelo	燙直頭髮

文法焦點 | 虛擬式用法2：願望、要求、推測、主觀意見與感受、不確定的未來時間

關於「虛擬式現在時態」，在第 10 課已經介紹過「建議」和「否定意見」兩種用法，也說明了虛擬式是一種表示不確定性或主觀認知的語氣，而且文法上永遠是從屬子句的內容。在這一課，將會繼續介紹「虛擬式現在」的其他常用用法。（以下所說的「虛擬式」都是「虛擬式現在」的意思。「虛擬式過去未完成」請參考上一課的說明。）

1. 表示願望

例如 querer（想要）、desear（希望）、esperar（期望）等動詞，後面會用「que 虛擬式」表示願望。另外，在祝福別人的時候，也經常會省略「Espero（我期望）」，直接用「Que…」來表達。

¡(Espero) Que **tengas** suerte! 祝你有好運！
Quiero que me **cortes** el pelo como siempre.
我希望你照舊（像一直以來一樣）剪我的頭髮。

2. 表示要求採取的行為

例如 decir（告訴）、pedir（要求）等動詞，後面會用「que 虛擬式」表示要求採取的行為。

Dile a tu hermano que me **devuelva** el libro que le presté antes.
告訴你哥哥，把之前我借他的書還給我。
※dile = decir 第二人稱單數命令式 di + le（= a tu hermano）；devuelva 的原形是 devolver（o→ue）

3. 表示推測

例如「Es posible/imposible que 虛擬式」（…是有可能／不可能的）等句型，會用虛擬式表示推測的內容。

Es posible que Juan no **venga**. 璜安有可能不來。

4. 表示主觀意見或感受

例如 es una pena（…是件遺憾的事）、alegrarse de（因…而高興）等表達方式，後面會用「que 虛擬式」表示引起感受的事實。

Es una pena que Lidia no **pueda** ir a España con nosotros.
很遺憾莉蒂亞不能跟我們一起去西班牙。
Me alegro mucho de que mi hermano **tenga** empleo.
我很高興我的哥哥有（得到了）工作。

5. 表示不確定的未來時間

例如 cuando（…的時候）、hasta que（直到…為止）、antes/después de que（…之前／之後）後面所接的子句，會用虛擬式表達未來發生這件事的不確定性。（注意「cuando 虛擬式」中間不能加 que）

Cuando **llegue** a la oficina, te avisaré. 當他到辦公室時，我會通知你。
Te esperaré hasta que **vuelvas**. 我會等你直到你回來。

對話短句

確認髮型1

Buenas, ¿En qué puedo servirle?
您好。有什麼我能為您服務的？

Quiero cortarme el pelo.
我想要剪髮。

確認髮型2

¿Qué corte de pelo prefiere?
您比較想要剪什麼樣的髮型呢？

※corte 是動詞 cortar 對應的名詞

Pues, no tengo ni idea. ¿Qué me recomienda?
嗯，我一點想法也沒有。您有什麼建議嗎（您建議我什麼）？

Quiero tener el mismo corte (de pelo) como esa modelo.
我想要剪跟這個模特兒一樣的髮型。

※modelo 的男女性同形，但這裡可以從指示詞 esa 知道是女的

一般剪髮1

¿Qué corte de pelo quiere?
您想要剪什麼樣的髮型呢？

Quiero hacerme un corte (de pelo) en capas.
我想要打層次。

一般剪髮2

¿Qué peinado prefiere?
您比較想要什麼髮型呢？

Quiero recogerme el pelo.
我想要把頭髮挽起來。

Quiero hacerme un peinado para boda.
我想要做（適合）婚宴的髮型。

Lección 22 在美容院

修瀏海

¿Qué corte de pelo quiere hoy?
您今天想要剪什麼髮型？

Solo el flequillo.
只要（剪）瀏海就好了。

Quiero cortarme las puntas.
我想要修剪一下髮尾。

美甲

Quiero hacerme la manicura.
我想要做美甲。

Quiero hacerme uñas de cristal.
我想要做水晶指甲。

De acuerdo.
好的。

燙髮

Quiero hacerme la permanente.
我想要燙髮。

Quiero alisarme el cabello.
我想要燙直頭髮。

De acuerdo. Sígame, por favor.
好的。請您跟我來。

染髮1

Quiero teñirme el pelo.
我想要染髮。

De acuerdo. Siéntese, por favor.
好的。請坐。

染髮2

¿Qué color de pelo prefiere?
您比較想要什麼髮色？

Quiero el color marrón.
我想要（染）棕色。

El color negro.
（我想要染）黑色。

266

Ejercicios ｜練習題

A. 請依照範例，將括號中的動作表達方式轉換成表示「我想要（讓人對自己做）…」的句子。

例：我想要剪髮（cortar el pelo）：Quiero cortarme el pelo.

❶ 我想要染髮（teñir el pelo）：_____

❷ 我想要燙直頭髮（alisar el pelo）：_____

❸ 我想要做水晶指甲（hacer uñas de cristal）：

_____

B. 請參考中文翻譯，填入適當的動詞形態。有些空格的答案不是虛擬式。（如果不熟悉虛擬式的規則與不規則動詞形態，請再複習第10課的「文法焦點」。）

❶ 祝你旅途愉快！¡Que _____(tener) buen viaje!

❷ 祝你幸福！¡Que _____(ser) feliz!

❸ 醫生建議我少喝一點酒。

El médico me aconseja que _____(tomar) menos alcohol.

❹ 老師希望學生努力學習。

El profesor quiere que los estudiantes _____(estudiar) mucho.

❺ 當我完成學業時，我就會離開台灣去西班牙工作。

Cuando _____(terminar) el estudio, _____(marcharse)

de Taiwán a trabajar en España.

❻ 我會在這裡等你，直到你完成工作。

Te _____(esperar) aquí hasta que _____(terminar) el

trabajo.

❼ 我很高興你喜歡這個禮物。

_____(alegrarse) de que te _____(gustar) el regalo.

正確答案請見附錄解答篇 p.295

髮型、髮質及頭髮狀態的表達方式

❶ el cabello largo
長髮

❷ el cabello corto
短髮

❸ el cabello medio largo /
la media melena
中長髮

❹ el cabello hasta la cintura
及腰長髮

❺ el cabello al hombro / el cabello a la altura de los hombros 及肩長髮

❻ el pelo liso
直髮；柔順的頭髮

❼ el pelo rizado/crespo
捲髮

❽ el peinado afro
爆炸頭髮型

❾ (llevar) el peinado con raya en medio
（有）中分髮型

❿ (llevar) el peinado con raya a un lado
（有）旁分髮型

⓫ el pelo rapado
平頭

⓬ la trenza
辮子

⓭ la coleta
馬尾

⓮ el moño
髮髻

Lección 22 在美容院

⑮ el corte (de pelo/estilo) bob
鮑伯頭

⑯ el pelo teñido
染過的頭髮

⑰ rubio/a
（人）金髮的

⑱ pelirrojo/a
（人）紅髮的

⑲ el pelo brillante
有光澤的頭髮

⑳ el pelo sedoso
絲般滑順的頭髮

㉑ la cana
白髮

㉒ el pelo negro
黑髮

㉓ las caspas
頭皮屑

㉔ el pelo graso
油膩的頭髮

㉕ las puntas abiertas de pelo
分岔的髮尾

㉖ el pelo seco
乾燥的頭髮

㉗ la patilla
鬢角

㉘ las puntas
髮尾

㉙ el flequillo
瀏海

269

美容沙龍裡的事物

❶	el acondicionador	潤髮乳	❽	el cepillo neumático	氣墊梳
❷	la mascarilla para el pelo	護髮乳／髮膜	❾	la pinza de pelo	髮夾
❸	las tijeras	剪刀（用複數形）	❿	el rizador de pelo	電棒捲
❹	el tinte	染劑	⓫	la máquina de cortar el pelo	電動推剪
❺	la laca	定型噴霧	⓬	el champú	洗髮精
❻	el espejo	鏡子	⓭	lavar el pelo	洗頭髮
❼	el peine	梳子	⓮	la toalla	毛巾

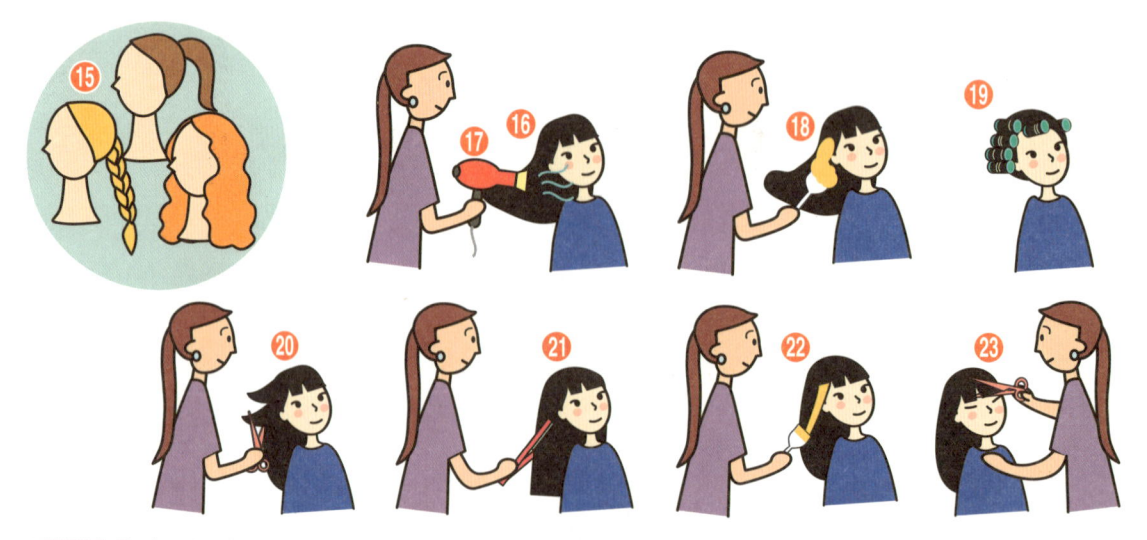

⓯	la peluca	假髮	⓴	hacer corte (de pelo) en capas	打層次
⓰	secar el pelo	吹頭髮	㉑	alisar el pelo	燙直
⓱	el secador	吹風機	㉒	hacer reflejos en el pelo	挑染
⓲	teñir el pelo	染頭髮	㉓	cortar el flequillo	修剪瀏海
⓳	hacer la permanente	燙髮			

西班牙的髮廊及美容院

　　在西班牙剪髮，可以選擇髮廊（la peluquería）或者美容沙龍（el salón de belleza）。有些髮廊專為男士提供服務（peluquería de caballeros），收費比較低廉，通常只會提供剪髮及洗髮等等簡單的服務；當然，也有男女老幼都可以利用的一般髮廊。還有一種專門針對男性顧客的店，是同時提供修容（打理鬍子、毛巾敷臉等）和理髮服務的「barbería」，服務形式上比較接近傳統，給人一種復古的感覺。有些髮廊會在店門口的玻璃上標示洗髮、剪髮、燙髮……等等的服務價格，讓顧客可以在利用前先得知價位，有些則不會標示，最好先詢問自己需要的服務如何計算費用。在台灣，我們已經習慣用不貴的價格就能獲得親切又周到的美髮服務，所以到了西班牙的髮廊，或許會覺得花大錢又不划算。一般而言，髮廊剪髮的價格從 30 歐元到 100 歐元不等，而且計價方式比較複雜，依照原本的頭髮長度和各種造型細節（編髮、特定髮型、打層次、剪瀏海等等），總金額都會有所不同，所以事前的溝通是必要的。如果想要其他的美容項目，例如美甲、護膚按摩或是頭髮、頭皮的保養，就要到設備比較完善的美容沙龍，價位也相對較高，消費金額通常都在 100 歐元以上。

　　西方的髮型師對於東方人的髮質比較不熟悉，無論剪瀏海或是打層次，都經常做不出預期的效果，讓人感覺剪出來的髮型和預期相差甚遠。所以東方人經常會光顧華人在當地開設的髮廊，而且這些店家靠著更為親切的服務、較長的營業時間和較低的價格，也漸漸成為當地人喜愛的選擇。

▲在馬德里從 1900 年營業至今的 barbería「El Kinze de Cuchilleros」，外觀充滿往日氣息。

Lección 23
在劇院 en el teatro

David: ¡Hola! ¡Buenas! Quería comprar dos entradas para "Carmen".

La taquillera: ¿Para qué día?

David: El viernes, día 4 de marzo.

La taquillera: ¿Los asientos los quería de platea o de palco?

David: ¿Se ve bien desde las últimas filas de platea?

La taquillera: Se oye bien, pero no se ve muy bien de verdad. Si no le importa*¹ pagar un poco más, le recomiendo las filas más cercanas al escenario.

David: Entonces, hágame una reserva de dos entradas para las primeras filas de platea, por favor.

La taquillera: De acuerdo.

大衛：嗨！你好！我想要買兩張《卡門》的票。

女售票員：哪一天的呢？

大衛：禮拜五，3月4號。

女售票員：您想要的座位是一樓正廳區還是包廂區？

大衛：（表演）從正廳最後幾排看得清楚嗎？

女售票員：聽得清楚，但真的是看不太清楚。如果您不介意多付一點錢，我推薦您最靠近舞台的那幾排。

大衛：那麼，請您幫我預約兩張正廳前排的票。

女售票員：好的。

¡ojo! | 請注意

*¹「間接受詞 + importar + 主詞」表示「某事（主詞）讓某人（間接受詞）在意」的意思，表達邏輯和中文的「某人介意某事」是相反的，要特別注意。主詞可以是一般名詞，也可以像這裡一樣用動詞原形（inf.），或者「si + 直述式簡單現在時態的子句」。動詞原形和「si + 子句」都視為第三人稱單數的主詞。

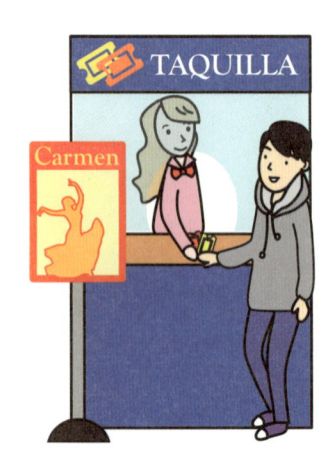

詞彙整理

el asiento	座位
la platea	劇院的一樓正廳座位區
el palco	（劇院二樓以上的）包廂
último/a	最後的
la fila	排
oír	聽
importar	對…重要，使…介意
el escenario	舞台

會話重點

重點1 se ve、se oye 表示事物「看／聽得到」的用法

課文中的「se ve bien」、「se oye bien」使用了有代動詞的「無人稱結構」：「se + 第三人稱單數動詞」。「無人稱」就是動詞不歸屬於任何一個主詞的意思，在這裡表示「不指明動詞的施事者是誰」，或者不知道是誰／沒有必要指明是誰。以課文中的 se ve bien、se oye bien 為例，因為是表達「任何坐在那個位置的人是否看／聽得清楚」，看、聽的動作不屬於任何特定人物，也不是單指說話者自己，所以用無人稱結構表達。另外，也要注意無人稱結構通常是不及物，也就是不能接受詞的。

西班牙語日期的表達方式

Hoy es <u>viernes</u>, el (día) <u>veinticuatro</u> de <u>julio</u> de <u>dos mil veinte</u>. 今天是2020年7月24日星期五。

    星期   日   月   年

  表達日期的時候，順序是「星期→日→月→年」，月份和年份用介系詞 de 表示。當然，年份通常是省略不說的，而星期、日期也可以分開來單獨表達。除了 1 號用序數「primero」表達以外，其他日子都是基數（一般的數字），而前面的「día」只有在想要特別強調是日期數字時才會說出來。

  用 ser 動詞表達「是星期幾」時，星期名稱前面通常不加冠詞 el；表達「是幾月幾號」時，日期前面的冠詞 el 也可以省略。但如果用的是一般動詞，把星期、日期當成副詞使用，表示「在星期幾／幾月幾號做什麼」的時候，就必須在星期或日期前面加上冠詞 el，例如：Voy a España el sábado / el dos de mayo.（我星期六／5 月 2 日要去西班牙）。

días de la semana 一週裡的日子

星期一	星期二	星期三	星期四	星期五	星期六	星期日
el lunes	el martes	el miércoles	el jueves	el viernes	el sábado	el domingo

※月份的說法，請參考第 5 課（102 頁）

Lección 23 在劇院

文法焦點 | 最高級

在第 16 課已經介紹過西班牙語的比較法，這一課則要介紹最高級的表達方式。西班牙語的最高級分為「相對最高級」（superlativo relativo）和「絕對最高級」（superlativo absoluto）兩種，但兩者的用法相當不同。「相對最高級」比較接近我們一般認知上的最高級意義「在…之中最…」，形式上則可以視為比較法的延伸。「絕對最高級」則比較像是一種強調的方式，類似中文說「好極了」、「太美了」之類的感覺，表示心理上覺得程度非常高，而不是要具體表達在什麼範圍、跟什麼對象比起來「最…」的意思。

相對最高級

「相對最高級」只要在形容詞比較級前面加上定冠詞就可以形成了，在意義上則需要一個可確知的比較範圍（常用「de + 名詞」表達）。

定冠詞 + más/menos + 形容詞 + de + 名詞（可確知的範圍）

David es **el menos generoso** del mundo. 大衛是全世界最不大方的。
Lidia es **la** chica **más guapa** de la clase. 莉蒂亞是班上最漂亮的女生。
※定冠詞和形容詞中間，有可能被形容詞所修飾的名詞隔開。

有時候，相對最高級的比較範圍沒有直接表達出來，是因為可以從當時的情況推斷。例如課文中的 las filas más cercanas al escenario（最靠近舞台的那幾排），比較範圍顯然是「de la platea」（正廳座位區的），所以不說出來也沒關係。

某些形容詞的比較級並不是加 más，而是改成特殊的形式，相對最高級則是在這些特殊形式前面加上定冠詞。例如：

原形	比較級	最高級
bueno/a	mejor	el/la mejor
malo/a	peor	el/la peor
grande	mayor	el/la mayor
pequeño/a	menor	el/la menor

另外，也有一些形容詞本身就具備「最…」的意義，所以不適用於一般的比較法，直接照詞彙意義使用即可。例如課文中「las últimas filas」（最後幾排）裡面使用的 último/a（最後的），以及 primero/a（最先的；注意用在陽性單數名詞前面的時候，要改為 primer）、óptimo/a（最佳的）、máximo/a（最大的）、mínimo/a（最小的）等等。

絕對最高級

「絕對最高級」是在形容詞或副詞後面加上字尾 -ísimo/a，表示心理上覺得「極為…」的意思，不涉及和特定對象的比較。使用時要注意下面幾種不同的變化規則，也要注意並不是所有形容詞都適用（例如無法強調程度的形容詞，就不能使用），所以從一些常見的例子開始學習就可以了。

1. 字尾為母音時，去掉字尾的母音，加上 -ísimo/a

La novia está **guapísima** hoy. 新娘今天超漂亮的。（原形為 guapo/a）
Pablo llegó **tardísimo** a casa ayer. 巴布羅昨天很晚才到家。（原形為 tarde）

2. 字尾為子音時，直接加上 -ísimo/a

El examen de Matemáticas fue **dificilísimo.** 數學考試很困難。（原形為 difícil）

3. 字尾為 -ble 時，將 -ble 改為 -bilísimo/a

El nuevo director es **amabilísimo**. 新來的主任非常和善。

小補充：「más/menos de + 數量」表示「多於／少於…」的用法

要表示數量上「多於／少於某個數字」的時候，也是用 más/menos 表達，並且要注意使用的介系詞是「de」。我們也可以加上「no」，用否定的方式表達「不多於、（最多）不超過…」或「不少於／（最少）不低於…」的意思。

En esta reunión **no** hay **más de 200 personas**. 這場會議人數不超過 200 人。

對話短句

P2-L23-04

買票 1

Hola, quería comprar dos entradas para "Carmen", por favor.
你好，我想要買兩張《卡門》的門票，麻煩了。

De acuerdo.
好的。

買票 2

¿Todavía quedan plazas para esta noche?
今天晚上（的場次）還有位子嗎？

¿Para cuántas personas?
幾個人呢？

選定場次 1

¿Para qué fecha?
要哪個日期的呢？

El día 24 de diciembre.
12 月 24 日。

Para esta noche.
今天晚上。

275

選定場次2

¿Qué sesión prefería usted?
您比較想要哪一場呢？

Quería la de las ocho y media de la noche.
我想要晚上 8 點半的那場。

選座位

¿Qué localidad prefiere usted?
您比較想要哪個位子（座位）呢？

Pues, prefiero las filas de la platea más cercanas al escenario.
嗯，我比較想要正廳座位區最靠近舞台的那幾排。

優惠票

¿Si ofrecen la tarifa reducida para los estudiantes?
您們是否提供給學生的優惠票價？

Sí.
有的

領取票

He reservado dos entradas para "Carmen". ¿Dónde se puede recogerlas?
我已經預訂了《卡門》的兩張門票。可以在哪裡取票呢？

Pase a la taquilla número 5, por favor.
麻煩您到 5 號售票口。

退票

He reservado dos entradas(/localidades) para "Carmen" para mañana. ¿Es posible cancelarlas ahora?
我已經預訂了明天《卡門》的兩張門票（／兩個位子）。現在可以取消這些票（／位子）嗎？

Sí, no hay problema. Pero le tenemos que cobrar la tasa de cancelación.
可以，沒有問題。但我們必須跟您收取消的費用。

Lo siento mucho. Es demasiado tarde para realizar la cancelación.
很抱歉。（現在）進行取消已經太晚了。

邀約

Tengo dos entradas para el concierto de la Nochebuena. ¿Quieres ir conmigo?
我有兩張耶誕夜演唱會的入場券。你想要跟我一起去嗎？

Sí, vamos, vamos.
好啊，走吧。

Ejercicios | 練習題

A. 請利用提示完成句子，並且視情況添加單字或改變形態。

1. 巴布羅是班上最高的男孩。（chico, alto）

   Pablo es _____ de la clase.

2. 璜安是家裡最小的兒子。（hijo, pequeño）

   Juan es _____ de la familia.

3. 安娜有個非常帥氣的丈夫。（majo 的絕對最高級）

   Ana tiene un marido _____.

4. 我的兒子今天早上很早就起床了。（pronto 的絕對最高級）

   Mi hijo se ha levantado _____ esta mañana.

5. 現在我口袋裡的錢不超過 20 歐元。（tener, más）

   _____ 20 euros ahora en el bolsillo.

B. 請利用括號中提示的詞語，將中文句子翻譯成西班牙文。

1. 現在預訂入場券已經太晚了。（Es demasiado tarde para...）

   _____

2. 在離舞台最近的那幾排看得比較清楚。（verse, en, fila, cercano al escenario）

   _____

3. 您們是否提供給長者的優惠票價？（Si, ofrecer, la tarifa reducida, los mayores）

   _____

4. 我想要取消這些演唱會入場券。（cancelar, entrada, concierto）

   _____

正確答案請見附錄解答篇 p.295

關於戲劇和電影的單字

P2-L23-05

① el musical	音樂劇
② la ópera	歌劇
③ la comedia	喜劇
④ la tragedia	悲劇
⑤ la película de acción	動作電影
⑥ la película de terror	恐怖電影
⑦ la película de fantasía	奇幻電影
⑧ la película de amor / la película romántica	愛情電影
→ la película de comedia romántica	浪漫愛情喜劇片
⑨ la película de suspenso	懸疑電影
⑩ la película dramática	劇情片
⑪ la película de guerra	戰爭電影
⑫ la película documental	紀錄片
⑬ la película pornográfica	色情片
⑭ la película de Western	西部電影
⑮ la serie	影集
⑯ la película de ciencia ficción	科幻電影
⑰ el recital	獨奏會
⑱ el concierto	演唱會／音樂會
⑲ la película muda	默片
⑳ la película de dibujos animados	動畫電影

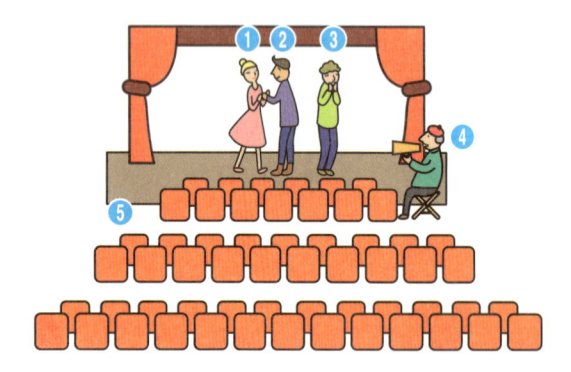

los personajes	人物腳色
① la actriz	女演員
② el actor	男演員
③ el/la personaje secundario/a	配角
④ el director	導演
⑤ el asiento / la localidad	座位，位子
→ el patio de butacas / la platea	正廳（第一層）
→ el palco　包廂（第二層以上的私人觀看空間）	

el avance 預告片

el subtítulo 字幕

278

西班牙戲劇中的經典角色「唐璜」

說到西班牙的著名戲劇，一定不能不提到來自瓦亞多利（Valladolid）的劇作家索利亞（José Zorrilla）在 1844 年完成的《唐璜》（Don Juan Tenorio）。作品中的男主角唐璜（Don Juan）是虛構的人物，由於故事劇情的安排，突顯了他性格中風流的一面，使得一般大眾普遍將「唐璜」這個名字和「花花公子」畫上等號。

事實上，這位傳說中的人物曾經出現在許多不同作家的作品中，各種版本的故事對他的描繪也不盡相同。在西班牙文學中，首次出現「唐璜」這號人物的作品是狄兒梭（Tirso de Molina）1616 年出版的劇本《賽維亞的騙子與石頭客》（Burlador de Sevilla y convidado de piedra）。除了西班牙以外，歐洲其他國家也有以唐璜為主題的作品。法國詩人兼劇作家莫里哀（Jean-Baptiste Molière）曾經發表過以唐璜為名的劇本，他筆下的這位西班牙貴族充滿魅力、四處留情，在情場上戰無不勝，卻也因此對愛麻木，最終被打入地獄，但他從來不曾後悔。英國詩人拜倫（Lord Byron）也寫過一部以唐璜為主題，但並未完成的詩章，詩中的唐璜是個不斷墜入情網的情場犧牲者，和其他作家筆下的情場浪子形象差異頗大。

今日最盛行的索利亞版《唐璜》，已經成為世界各地的劇場經常上演、改編的作品。而在西班牙當地，因為劇中有諸聖節（Día de Todos los Santos）的場面，所以每年在諸聖節的時候，都可以在馬德里看到這部劇作的演出。

▲ 位於瓦亞多利市索利亞廣場（Plaza de Zorrilla）的索利亞紀念像，下方是一位繆思女神。從這裡開始的索利亞大道（Paseo de Zorrilla），也是為了紀念他而命名的。

Lección 24
在博物館 en el museo

David: ¡Hola! Quería comprar dos entradas generales.

La taquillera: Aquí las tiene. ¿A ustedes les apetece hacerse socios? Ofrecemos una tarifa reducida para los socios nuevos.

David: ¿Cuánto es la cuota[*1]?

La taquillera: Es gratis. Solo tienen que visitar nuestra página web y hacerse socios por internet.

David: Parece muy fácil.

La taquillera: También ponemos a disposición[*2] del visitante un servicio de audioguía en varios idiomas.

David: ¿Cuánto cuesta el alquiler de la audioguía?

La taquillera: 5 euros por persona.

David: Pues, entonces, nada. ¿Dónde está la entrada de la exposición especial?

La taquillera: Pasen por este pasillo hasta el final, está allí a la derecha.

大衛：您好！我想要買兩張全票（一般入場券）。

女售票員：這裡是您的票。您們想加入（博物館的）會員嗎？我們提供新會員優惠（打折扣的）票價。

大衛：費用是多少？

女售票員：是免費的。您們只要上我們的網頁，在網路上（透過網路）加入會員即可。

大衛：（加入會員）好像很容易。

女售票員：我們也提供多國語言的語音導覽服務給參觀者利用。

大衛：語音導覽租用要多少錢？

女售票員：每人 5 歐元。

大衛：嗯，那算了。特展的入口在哪裡呢？

女售票員：請您們經由這條走廊走到盡頭，就在那裡的右手邊。

¡ojo! 請注意

[*1] 這裡的 cuota 是指會員費，而不是上一句的 tarifa（門票的費用）。表示組織會員資格的費用，經常會用 cuota 這個字。

[*2] poner a disposición de alguien 字面上的意思是「供某人處置」、「任某人差遣」，實際上則經常用來表示「提供什麼東西讓某人使用」。這個句子把 poner 很長的受詞 un servicio de audioguía en varios idiomas 移到句尾，讓句中的慣用表達方式不會被拆散。

詞彙整理

la entrada	進入；入場券；入口
general	一般的
el socio / la socia	會員
la tarifa	費用，票價
la cuota	（會員資格）費用
la página web	網頁
poner ... a disposición de alguien	把…交給某人處置／使用
el/la visitante	訪客，參觀者
la audioguía	語音導覽
vario/a	多樣的
el idioma	語言
el alquiler	（名詞）租用；租金
la exposición	展覽
el pasillo	走廊

會話重點

重點1　hacerse 表示「成為」的用法

hacerse 表示「成為」的用法，意思相當於 llegar a ser（變成是…）。雖然從課文裡 hacerse socios 的例子來看，或許會覺得這可以說是一種反身用法，也就是「使自己變成…」，但實際上這個用法不一定表示「主動改變自己」的意思。hacerse médico（成為醫生）、hacerse cristiano（成為基督徒）可以說有主動成分在內，但 hacerse viejo（變老）、El sueño se ha hecho realidad.（那個夢想成為了現實）就無法解釋成「改變自己」的意思了。不管怎樣，理解成中文的「成為」都是沒錯的。

重點2　Cuánto es/son...、Cuánto cuesta(n)... 和 Cuánto vale(n)...

在第 14 課，我們已經看過用 costar（〔事物〕花費…）、valer（價值…）等動詞詢問價格的說法，而在這一課則出現了直接用 ser 動詞表達的「Cuánto es...」。購買一般物品的時候，這三個說法是通用的，動詞單複數也都和主詞（物品）一致；用「Es/Son...」回答價錢的時候，單複數和「金額數字」一致。不過，要注意 valer 的使用上有一些限制，因為它表示「價值多少」，而不是「花掉某人多少錢」，所以 El cuadro ha costado 500 euros.（〔買〕那幅畫花了 500 歐元）裡面的 costado 就不能改成 valido，因為這裡要表達的是具體花了錢這件事。另外，由於義務而不得不繳的費用，因為沒有價值感，所以也不會用 valer 來表達。

到旅遊景點會用到的表達1

¿A qué hora se abre?	幾點開館？	Tengo carné de estudiante.	我有學生證。
¿A qué hora se cierra?	幾點閉館？	¿Si hay exposición especial de...?	是否有…的特展？
¿Está abierto (en) los días festivos?	假日開館嗎？	¿Si hay visitas guiadas?	是否有導覽？
¿Cuánto es la tarifa?	請問票價多少？	Quería comprar recuerdos.	我想要買紀念品。
Quería comprar entrada.	我想要買門票。		

文法焦點 | por 和 para

本課的文法焦點，將介紹西班牙語當中常見的介系詞 para 及 por 的用法。簡單來說，兩者典型的用法是「por + 原因／理由」、「para + 目的」，但有時兩者的用法之間會產生混淆。以下就用一些例子比較兩者的差異。

一般而言，「por...」表示引起另一件事的原因，後面可接名詞或 inf.：

Siempre pierde el metro **por** levantarse tarde. 他總是因為晚起床而錯過地鐵。

Mi madre no nos deja salir **por** el tifón. 因為颱風，所以我媽媽不讓我們出門。

「para...」表示具體的目的，用「para inf./sustantivo（名詞）」或「para que 虛擬式」表達：

Ana estudia de día a noche **para** (hacerse) arquitecta.
為了成為建築師，Ana 日以繼夜讀書。

Te digo la verdad **para** que no cometas el mismo error otra vez.
我對你說實話，是為了讓你不再犯同樣的錯誤。（cometer 的虛擬式 cometas）

另外，「por...」有時候也表示「為了…」的意思，但這時候的「por...」不是表達「要做到的某件具體的事」，而是一個比較大略的概念，用來表示理想、期望等等。

Te lo digo **por** tu bien. 我跟你說這件事是為了你好。（bien 當名詞用）

下面是 por 和 para 其他的一些用法。

por

1. 經由，通過…

Pasen **por** este pasillo hasta el final. 請您們經由這條走廊走到盡頭。

2. 透過，藉由…（從 1. 的意義延伸而來，表達「方式」）

Podría hacerse socios **por** internet. 您可以透過網路加入會員。

Te avisaré **por** correo electrónico. 我會透過電子郵件通知你。

3. 以…為單位（例如表達計費方式，或者時間週期「每…」的意思）

El alquiler de la audioguía cuesta 5 euros **por** persona.
語音導覽的租用，每個人要 5 歐元。

Voy de compras con mis padres una vez **por** semana.
我和我的爸媽每週去採買一次。

4. 在被動態中表示行為者

Este edificio fue diseñado **por** un arquitecto conocido.
這棟大樓由一位知名建築師設計。（ser → 簡單過去 3 單 fue）

para

1. 往…（目的地）

Voy **para** la Facultad de Filología y Letras, ¿y tú? 我要去文哲院，你呢？

2. 對於，針對…（表示對象、收件者、用途等等）

Para mí, aprender español es algo muy divertido.
對我而言，學習西班牙語是件非常有趣的事。

Ofrecemos una tarifa reducida **para** los socios nuevos.
我們提供新會員的優惠票價。

Este paquete es **para** el decano. 這個包裹是給（大學）校長的。

3. 表示期限（「到…為止」「在…之前」，或者預約的時間、日期等）

A: Quería hacer una reserva **para** cuatro personas.
我想要預約四個人的位子。（para 表示對象）

B: ¿**Para** qué día? / ¿**Para** cuándo?
要預約哪一天？／要預約哪時候？（para 表示預約時間）

Lección 24 在博物館

P2-L24-04

對話短句

買票

¿Cuántas entradas quería (comprar)?
您要（買）幾張門票？

Dos entradas generales, por favor.
麻煩兩張全票。

Tres entradas reducidas.
三張優惠票。

語音導覽

¿Quería alquilar la audio-guía?
您要租借語音導覽嗎？

Sí, por favor.
是的，麻煩您。

No, no la necesitamos, gracias.
不用，我們不需要，謝謝。

開放時間1

¿El Museo (Nacional) del Prado se abre a las diez?
普拉多美術館十點開館嗎？

Sí.
是的。

開放時間2

¿El Museo (Nacional Centro de Arte) Reina Sofía se abre todos los días?
蘇菲亞皇后（國家藝術中心）美術館每天都開館嗎？

No, se cierra cada martes.
不，每週二休館。

可否拍照

¿Está permitido sacar fotos en el museo?
在館內是可以拍照的嗎？

Lo siento, está prohibido.
很抱歉，館內禁止拍照。

Sí, pero, solo se puede sacar fotos sin flash.
可以，但是，不能使用閃光燈（只能以不用閃光燈的方式拍照）。

請人拍照

Perdone, ¿podría sacar una foto para nosotros?
不好意思，可以請您幫我們拍張照片嗎？

Sí, claro.
當然可以。

Claro, vamos a ver...
當然可以。我們來看看（怎麼拍呢？）…

買紀念品

¿En qué puedo ayudarle?
有什麼我能幫您的嗎？

Estoy buscando las tazas imprimidas con la pintura de Goya.
我正在找印有哥雅畫作的馬克杯。

¿Tienen la guía oficial del Museo (Nacional) del Prado en chino tradicional?
您們有繁體中文版的普拉多美術館官方導覽書嗎？

找廁所

Perdone. ¿Dónde está el servicio?
不好意思。廁所在哪裡呢？

El servicio está en la planta baja.
廁所在地面層。

Está al lado de la taquilla.
在售票處的旁邊。

到旅遊景點會用到的表達2

¿Hay servicio/toilet por aquí cerca?	附近有廁所嗎？
¿Hay oficina de cambio por aquí cerca?	附近有換匯處嗎？
¿Hay cajero (automático) por aquí cerca?	附近有自動提款機嗎？
¿Se puede hacer devolución de impuestos aquí?	這裡可以退稅嗎？
¿Podría enviar este paquete a ...?	我可以寄這個包裹到…嗎？
¿Se puede pagar con tarjeta de crédito?	可以用信用卡付款嗎？
¿Está abierta aquí?	這裡開放參觀嗎？
¿Cuál es el horario?	開放時段（整體的開放時程）是什麼時候？

Ejercicios | 練習題

A. 請參考中文，在空格中填入介系詞 por 或 para。

❶ 大衛為了和家人一起過聖誕節而回到馬德里。

David vuelve a Madrid _____ pasar la Navidad con su familia.

❷ 我爸爸每週去健身房三次。

Mi padre va al gimnasio 3 veces _____ semana.

❸ 對我而言，聖誕夜非常重要。

_____ mí, la Nochebuena es muy importante.

❹ 瑪利亞因病而沒有跟我們出門。

María no salió con nosotros _____ enfermedad.

❺ 這個生日禮物是給你的。

Este regalo de cumpleaños es _____ ti.

B. 請利用括號中提示的單字，將中文句子翻譯成西班牙文。

❶ 我想要租借語音導覽。（alquilar, audioguía）

❷ 在大廳可以拍照嗎？（estar permitido, sacar fotos, el vestíbulo）

❸ 這附近有咖啡館嗎？（cafetería, aquí cerca）

❹ 普拉多美術館每天10點開門。（el Museo del Prado, abrirse, todos los días）

正確答案請見附錄解答篇 p.295

馬德里中心區的景點與美術館

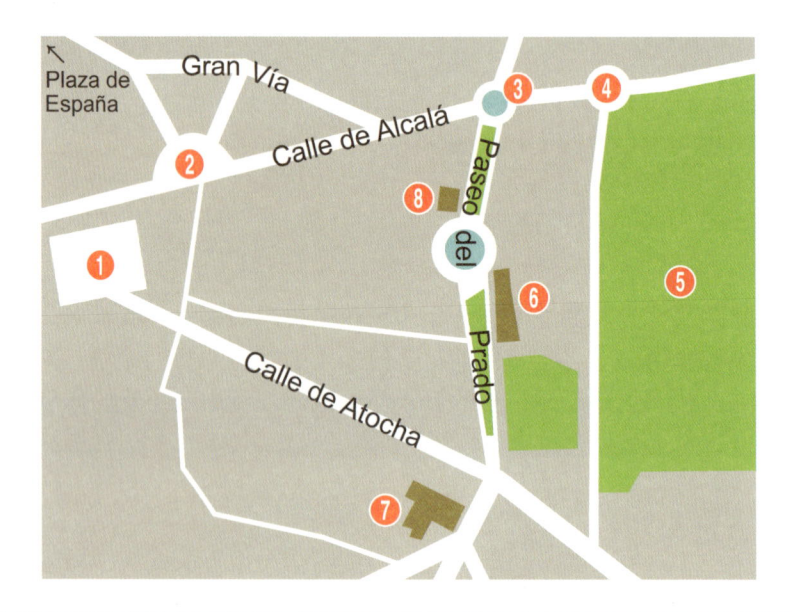

❶ Plaza Mayor
主廣場

❷ Plaza de la Puerta del Sol
太陽門廣場

❸ Plaza de Cibeles
西貝雷斯廣場

❹ Puerta de Alcalá
阿卡拉門

❺ Parque del Retiro
雷提洛公園

❻ Museo del Prado
普拉多美術館

❼ Centro de Arte Reina Sofía
蘇菲亞皇后藝術中心

❽ Museo Thyssen-Bornemisza
提森-博內米薩美術館

補充表達

中文	西班牙文	中文	西班牙文
平面圖	el plano	優惠時段	el horario reducido
入口	la entrada	免費時段	el horario gratuito
出口	la salida	特展	la exposición especial
禁止進入（告示文字）	prohibida la entrada	常設收藏品	la colección permanente
閉館時間	la hora de cierre	跟團旅遊	el viaje en grupo
紀念品店	la tienda de recuerdos	旅遊行程路線	el itinerario turístico

286

馬德里普拉多美術館

　　如果想在馬德里市中心來趟藝術之旅，那麼拜訪普拉多大道上的「藝術金三角」——普拉多美術館、蘇菲亞皇后藝術中心、提森-博內米薩美術館——是很好的選擇。因為很方便參觀這些知名的美術館，所以蘇菲亞皇后藝術中心附近的地鐵 Atocha 站已經在 2018 年 12 月改名為「Estación del Arte」（藝術之站），同時也避免了和國鐵 Atocha 車站之間的混淆。而在藝術金三角中，最具代表性的就是普拉多美術館了。

　　普拉多美術館是西班牙最著名的美術館。興建於 1819 年的普拉多美術館，收藏了 14 到 19 世紀的歐洲繪畫、雕塑及許多工藝品。這些年來，建築物幾經擴建，展覽空間和收藏規模持續擴大，成為世界頂尖的藝術殿堂之一。目前，普拉多美術館依照藝術流派、畫家及主題分區展示作品，讓觀眾容易理解不同時期及風格的藝術發展脈絡。其中，哥雅的作品集中展示於南側的 0~2 樓展區，佔據相當大的比重，突顯他作為西班牙最重要畫家之一的藝術成就與影響力。除了哥雅的作品之外，普拉多美術館還擁有西班牙黃金時期畫家維拉茲奎茲（Diego Rodríguez de Silva y Velázquez）最著名的畫作《侍女》（Las meninas）。這幅畫作不但營造出有如照片攝影般的效果，而且畫作中的人物位置和動作神情都饒富深意，長久以來一直是各領域學者及研究者注目及分析討論的對象。在這幅畫中，畫家將原本畫作的主角（飛利浦四世國王及皇后）以鏡中影像來表現，其他出現在畫作中位居前方明顯位置的人物（德雷莎小公主、侍女、畫家、侏儒和一條狗），原本都是在畫室裡觀看畫家創作的次要人物。這幅作品的誕生，也使維拉茲奎茲達到創作生涯最高的成就。

▲普拉多美術館的主體建築是向南北兩側延伸的對稱結構，在兩端和對稱中點都設有出入口。本頁圖片右邊是位於北側的主要參觀入口，在「0 樓」（地面層）的售票處買票之後，到上面的「1 樓」入口（中文所說的 2 樓）進入參觀。上一頁的圖片是西側的入口，門前設有維拉茲奎茲的塑像。

MEMO

Respuestas | 解答篇

【解答篇】

Lección 1

A.
1. qué   2. Dónde   3. Cuánto   4. Cuándo   5. Cómo

B.
1. 我要怎樣才能到馬拉加？ (3) 您可以搭高鐵。
2. 有到市中心的公車嗎？ (1) 有，您可以搭 2 號路線公車。
3. 我們在地圖上的哪裡？ (2) 我們在這裡。
4. 你可以把鹽遞給我嗎？ (4) 拿去。

C.
1. ¿Sabes si hay autobuses por aquí cerca?
2. ¿Dónde puedo comprar el billete de tren?
3. ¿Cuánto tiempo tarda en llegar a Toledo?

Lección 2

A.
1. Quiero 或 Querría 皆可
2. coger 或 tomar 皆可
3. Qué   4. cuando   5. Cuándo

B.
1. b   2. a   3. b   4. a   5. a

翻譯：
1. 這輛公車經過主廣場嗎？
    a. 不，沒事（沒發生什麼事）。
    b. 不，不經過那裡。您必須搭 20 號路線。
2. 我要搭幾號路線的公車才行？
    a. 您必須搭 100 號路線。
    b. 您必須喝更多的水。
3. 索羅亞美術館離這裡很遠嗎？
    a. 不，您必須向右轉。
    b. 不，搭公車只要 10 分鐘。
4. 國家圖書館離這裡近嗎？
    a. 不，很遠。
    b. 是的，會經過國家圖書館。
5. 公車站在哪裡？
    a. 在博物館正門那邊。
    b. 公車站沒有飲料販賣機。

C.
1. b   2. a   3. b   4. b   5. b

翻譯：
1.
    a. 請給我一張旅行票。
    b. 請給我一張單程票。
2.
    a. 我要如何取得有時刻表的公車路線圖？
    b. 首班車幾點出發？
3.
    a. 這輛公車暫停服務嗎？
    b. 這輛公車停靠市集嗎？
4.
    a. 要多少錢？
    b. 有幾個停靠站？
5.
    a. 這輛公車停靠「中央市場」嗎？
    b. 這一站是「中央市場」站嗎？

Lección 3

A.
1. aquí cerca   2. billete de 10(diez) viajes
3. en   4. enseñarme   5. lo

B.
1. Selecciona "metrobús 10 viajes".
2. Inserte moneda o billete.
3. Retire el billete comprado.
4. No te olvides de sacar el billete comprado.（這個句子使用了「有代動詞」olvidarse〔忘記〕，所以必須加上「你」的受格形式 te。關於「有代動詞」，請參考第 8 課的介紹。）
5. Pague con tarjeta de crédito.（為了要保持字根 [g] 的發音，所以不是拼成 page，而是 pague〔ge 會念成 [xe]，gue 才是念成 [ge]〕。）

290

Lección 4

A.
1. tiene que   2. Hay que   3. no tengo que   4. No debes

B.
1. tendría   2. Debería   3. Querría   4. Podría   5. gustaría
（主詞是 viajar，所以使用第三人稱單數形）
翻譯：
1. 安娜必須在第一個紅綠燈右轉。
2. 您必須在售票處購買定期票。
3. 我想要一張往巴塞隆納的票。
4. 您可以在這裡購買多功能票。
5. 我今年夏天想在西班牙旅行。

C.
1. Estamos en la dirección correcta.
2. Deberíais coger la línea 2.
3. Podríais bajar en la parada siguiente.
4. Tenemos que esperar otro tren en el andén de enfrente.
5. Este tren va en dirección al sur de Madrid.

Lección 5

A.
1. para   2. a   3. De   4. hacia   5. por
翻譯：
1. 請給我一張往雷昂的票。
2. 列車下午 1 點出發。
3. 3 點 15 分的列車從哪個月台發車？
4. 這班列車開往托雷多嗎？
5. 我想要一張下午出發的票。

B.
1. Son las dos y media de la tarde.
2. Son las cinco y cuarto de la mañana.
3. Son las diez menos cuarto de la noche.
4. Son las tres y diez de la tarde.
5. Es la una menos diez de la tarde.

C.
1. ¿A qué hora quiere salir de aquí?
2. No queda plaza a esa hora.
3. Querría un billete de ida y vuelta.
4. ¿Para cuántas personas?
5. El tren sale del andén 5.

Lección 6

A.
1. lo   2. recogerlo   3. lo   4. Le   5. avisarle
翻譯：
1. A：您有駕照嗎？ B：是的，我有。
2. A：您想要在哪裡取車？ B：我想要在這裡取車。
3. A：您們有自排車嗎？ B：是的，我們有。
4. A：你買什麼給你朋友？ B：我買一本書給他。
5. A：我可以怎樣通知艾瑪呢？ B：你可以打電話通知她。

B.
1. recoger   2. alquilar   3. devolver   4. viene

C.
1. Le recomendamos este modelo.
2. ¿Cuál es su modelo preferido?
3. ¿Tienen el coche de cambio manual?

Lección 7

A.
1. iré   2. volverá   3. llegará   4. saldremos   5. Tendré
翻譯：
1. 當我有時間的時候，我會去西班牙。
2. 安娜什麼時候會回家？
3. 下一班公車幾點到？
4. 明天我們將會從台北出發前往台南。
5. 明天我和安娜有個約會。

B.
1. Estoy buscando   2. Siga caminando
3. viene andando

C.

1. ¿Tengo que girar a la derecha?
2. Está en la dirección contraria.
3. ¿Dónde está el metro más cercano?
4. ¿Hay correos por aquí cerca?

Lección 8

A.

A.
1. se venden   2. vendido   3. se cierra   4. cierra
5. llama

B.

1. disponible   2. incluido   3. secadora   4. libre

C.

1. 我可以把行李寄放在飯店嗎？　(3) 當然可以。您可以放在行李寄放處。
2. 這附近有地鐵站嗎？　(1) 有的，在飯店對面有一個。
3. 房間的費用含早餐嗎？　(2) 沒有，很抱歉。不包含。

Lección 9

A.

1. ha ido   2. han vuelto   3. Has llamado
4. He trabajado   5. ha llamado

B.

1. se puede（表示非特定任何人的 se）
2. le interesa（間接受詞 + 情感動詞）
3. me da（dar tiempo de inf.＝「〔情況使某人〕有時間做⋯」）
4. se abre（abrirse，有代動詞表被動的用法）
5. Se venden（venderse，有代動詞表被動的用法）

翻譯：
1. 怎樣才能到達第比達波山遊樂園呢？
2. 璜安對西班牙的藝術有興趣。
3. 我沒有時間讀那些書。
4. 這間店幾點開？
5. 這裡有賣紀念品嗎？

C.

1. ¿Hay entradas con descuento para los estudiantes?
2. Ofrecemos las entradas gratuitas para los estudiantes extranjeros.
3. ¿Podría enseñarme algunos lugares turísticos de la ciudad?

Lección 10

A.

1. quiera   2. pruebe   3. tomes   4. va   5. visitar

翻譯：
1. 我不認為艾娃想跟我們出去吃飯。
2. 我建議您嚐嚐看這個蛋糕。
3. 我建議你吃吃看這道菜。
4. 我認為大衛今天下午不會去上課。
5. 我建議你們改天去這家餐廳。

B.

1. Cuál   2. Qué   3. Cuántas   4. Qué

C.

1. Parece muy rico.
2. Una mesa para dos personas, por favor.
3. Me pone una ensalada mixta.
4. Este cordero sabe muy salado.

Lección 11

A.

1. una, un, el   2. Los   3. una

B.

1. (4) 我要一根長棍麵包。
2. (2) 我要一個鮪魚鹹餡餅。
3. (1) 我要一杯黑咖啡。
4. (3) 我要一杯鳳梨汁。

5. (5) 我要100克的奶油餡布奴耶羅。

C.
1. (6)　2. (3)　3. (1)　4. (5)　5. (4)　6. (2)
翻譯：
女服務員：先生您好。有什麼我可以為您服務的嗎？
男顧客：請給我一個這個。
女服務員：一個火腿的鹹餡餅，對嗎？
男顧客：對。
女服務員：還要什麼嗎？
男顧客：請給我一杯咖啡。
女服務員：咖啡您要加牛奶嗎？
男顧客：不要，謝謝。
女服務員：好的。要帶走還是這邊吃？
男顧客：這邊吃。
女服務員：好的。總共是 2 歐元。
男顧客：在這裡。

Lección 12

A.
1. A Julia le gustan las comidas japonesas.
2. A José y yo nos gusta salir con los amigos.
3. Los alemanes son callados.
翻譯：
1. 胡麗雅喜歡日本料理。
2. 荷西和我喜歡跟朋友們外出。
3. 德國人很安靜。

B.
1. ti　2. le　3. nos　4. mí　5. les
翻譯：
1. 你喜歡海鮮飯。
2. 安娜喜歡旅行。
3. 我們喜歡甜食。
4. 我喜歡做菜。
5. 我祖父母喜歡散步。

C.
1. ¿Cuál es su especialidad?
2. ¿Qué te parece si vamos juntas a picar algo?

3. Los españoles son muy amables.
4. A mí no me gusta nada el chocolate.

Lección 13

A.
1. están　2. ha empezado　3. puedas　4. venga
5. pierdas
翻譯：
1. 嬰兒用品正在打折是真的。
2. 折扣季已經開始了，是真的嗎？
3. 你不能跟我們去看電影很遺憾。
4. 璜安有沒有要來上課不是很清楚。
5. 你浪費這麼多時間在講電話是一個問題。

B.
1. en　2. lejos　3. encima　4. cerca　5. al lado

C.
1. ¿Cuánto es en total?
2. La fecha de caducidad es el 20 de junio.
3. ¿Podría enseñarme cómo usar la caja de auto-cobro?

Lección 14

A.
1. parece　2. Parece　3. te parece（主詞是 si vamos de compras esta noche 這個子句）　4. se parece
5. se parecen

B.
1. Estoy　2. está（位置總是用 estar 表示）　3. es　4. están　5. son

C.
1. ¿De dónde es esta botella de vino tinto?
2. El vino es de una bodega muy famosa.
3. Póngame medio kilo de naranjas, por favor.

293

Lección 15

A.
1. abrir 2. hacer 3. anular 4. tener, retirar 5. ingresar

B.
1. Tengo 20(veinte) años.
2. Tienes que trabajar más.
3. (Ya) Tengo todo preparado.（todo 可以當成可數或不可數名詞。將「一切事物、所有事物」視為整體時，使用不可數（單數）的 todo 作為泛稱。但如果要表達「全部對象中的每一個」，則會用複數的 todos 來代表，例如「〔學生中的〕每個人」、「〔一盒蛋之中的〕每一顆」等等。）
4. Pablo tiene dolor de cabeza.
5. Tenemos una reunión con el Señor Gonzáles.

Lección 16

A.
1. carta ordinaria 2. carta urgente 3. envío exprés
4. por transporte martítimo

B.
1. más 2. menos 3. mayor 4. más 5. tanto

Lección 17

A.
1. 我們要為安娜做一個生日蛋糕。
2. 我現在要去採買（食材）。你要跟我一起去嗎？（在介系詞後面，代名詞「我」和「你」使用「mí」和「ti」的形態，但當介系詞是 con 的時候，要改成「conmigo」和「contigo」。）
3. 你不用把教室的燈全都關掉。（雖然要表示「很多盞燈」的時候，可以用複數形 las luces，但這裡的 la luz 其實是不可數的意思，表示「（燈）光」。）
4. 你不要拍你老闆的馬屁。
5. 今天天氣很好。（「天氣」和「時間」都是用 tiempo 這個字來表達）

B.
1. El inodoro sigue saliendo agua sin parar.
2. El fregadero de la cocina está atascado.
3. Querría comprar las bombillas de bajo consumo.
4. El contador de electricidad no funciona bien. 或者 No funciona bien el contador de electricidad.

Lección 18

A.
1. estuve 2. fuimos 3. sonó 4. vivimos 5. nació

B.
1. les（間接受詞）
2. me（間接受詞）、la（直接受詞）
3. me（間接受詞）、la（直接受詞）
4. se（有代動詞 caerse 的代名詞部分）、le（間接受詞＝a Ema）→ 參見 17 課會話重點「介於主動與被動之間的有代動詞」
5. se（間接受詞 le 後接 lo → 改為 se）、lo（直接受詞）

Lección 19

A.
1. era 2. preparaba 3. era, desayunábamos
4. dolía, tenía（前者是第三人稱單數〔主詞是 la cabeza〕，後者是第一人稱單數〔主詞是「我」〕，這兩個人稱的未完成過去形字尾相同）
5. me levantaba

B.
1. está embarazada 2. Tengo fiebre 3. Tienes alergia
4. Me duelen

Lección 20

A.
1. queda 2. quedamos 3. me quedo 4. queda
5. queda 6. quedan 7. Me quedé

B.
1. ¿Podría probarme la blusa de otros colores?
2. La talla 42 me queda un poco grande. 或 Me queda un poco grande la talla 42.
3. ¿Le apetece probar el plato del día?

Lección 21

A.
1. siguiera　2. compraras　3. pudieras　4. fueran
5. fuera

B.
1. Dónde se colocan　2. Se venden　3. Si fuera（Si 虛擬式過去未完成，後接條件式，表示與現實相反的假設）　4. que rellene（hace falta que 虛擬式現在）　5. Cuando llegue a（Cuando 虛擬式現在，後接陳述式未來，表示還沒實現的情況）

Lección 22

A.
1. Quiero teñirme el pelo.
2. Quiero alisarme el pelo.
3. Quiero hacerme uñas de cristal.

B.
1. tengas（虛擬式現在：2單）
2. seas（虛擬式現在：2單）
3. tome（虛擬式現在：1單）
4. estudien（虛擬式現在：3複）
5. termine（虛擬式現在：1單）、me marcharé（陳述式未來：1單）
6. esperaré（陳述式未來：1單）、termines（虛擬式現在：2單）
7. Me alegro（陳述式現在：1單）、guste（虛擬式現在：3單）

Lección 23

A.
1. el chico más alto
2. el hijo menor（不能說成 más pequeño）
3. majísimo（majo 是西班牙當地表示「帥」的說法，各國通用的同義形容詞則是 guapo）
4. prontísimo
5. No tengo más de

B.
1. Es demasiado tarde para reservar la(s) entrada(s).
2. Se ve mejor en las filas más cercanas al escenario.
3. ¿Si ofrecen la tarifa reducida para los mayores?
4. Quería/Querría cancelar las/estas entradas para el concierto.

Lección 24

A.
1. para　2. por　3. Para　4. por　5. para

B.
1. Quería/Querría alquilar la audioguía.
2. ¿Está permitido sacar fotos en el vestíbulo?
3. ¿Hay cafetería por aquí cerca?（por 表示大概範圍的用法）
4. El Museo del Prado se abre a las diez todos los días.

台灣廣廈 Taiwan Mansion International Group

國家圖書館出版品預行編目（CIP）資料

我的第一本西班牙語會話/鄭雲英著. -- 修訂一版. -- 新北市：
國際學村出版社, 2025.09
　　面；　　公分
QR碼行動學習版
ISBN 9978-986-454-448-6(平裝)

1.西班牙語 2.會話

804.788　　　　　　　　　　　　　　　　114011110

國際學村

我的第一本西班牙語會話

作　　　　者／鄭雲英	編輯中心編輯長／伍峻宏・編輯／賴敬宗
繪　　　　者／Renren、黎宇珠	封面設計／陳沛涓・內頁排版／菩薩蠻數位文化有限公司
	製版・印刷・裝訂／東豪・弼聖・秉成

行企研發中心總監／陳冠蒨　　媒體公關組／陳柔彣
　　　　　　　　　　　　　　　綜合業務組／何欣穎

發　行　人／江媛珍
法律顧問／第一國際法律事務所 余淑杏律師・北辰著作權事務所 蕭雄淋律師
出　　版／國際學村
發　　行／台灣廣廈有聲圖書有限公司
　　　　　地址：新北市235中和區中山路二段359巷7號2樓
　　　　　電話：(886)2-2225-5777・傳真：(886)2-2225-8052
讀者服務信箱／cs@booknews.com.tw

代理印務・全球總經銷／知遠文化事業有限公司
　　　　　地址：新北市222深坑區北深路三段155巷25號5樓
　　　　　電話：(886)2-2664-8800・傳真：(886)2-2664-8801
郵政劃撥／劃撥帳號：18836722
　　　　　劃撥戶名：知遠文化事業有限公司（※單次購書金額未達1000元，請另付70元郵資。）

■出版日期：2025年09月　修訂一版　　ISBN：978-986-454-448-6
　　　　　　　　　　　　　　　　　　　版權所有，未經同意不得重製、轉載、翻印。

Complete Copyright ©2025 by Taiwan Mansion Books Group.
All rights reserved.